# 更大的希望

［奥］伊尔泽·艾兴格 著
庄亦男 译

# 目 录

| | |
|---|---|
| 巨大的希望 | 1 |
| 码 头 | 26 |
| 神圣之地 | 48 |
| 为一种异己势力效劳 | 79 |
| 对恐惧的恐惧 | 101 |
| 一场大戏 | 127 |
| 外婆的死 | 164 |
| 关于翅膀的梦 | 192 |
| 别惊讶 | 225 |
| 更大的希望 | 255 |
| | |
| 第四道门 | 285 |
| 给青少年的讲话 | 291 |
| | |
| 译后记 / 庄亦男 | 297 |

## 巨大的希望

绕过好望角,海水的颜色就变深了。一条条海上航线垂死挣扎般地闪现之后,就湮没在了黑暗里。飞机航线也纷纷沉入海中,仿佛源于一次失误的测绘。成群的小岛战战兢兢地挤作一团。昏暗的海水漫过所有的经线、所有的纬线,它对世界上所有确定的知识露出了嘲讽的表情,然后像重磅丝绸一样在靠近浅色陆地的地方鼓起一层层褶皱,使得非洲大陆的最南端成了渐浓的暮色中最后一丝清醒的亮光。它还让海岸线下的基座失去了踪影,断裂和撕扯就不再显得那么刺眼。

黑暗落下来了,缓缓向北方漫延。像一支长长的驼队,在沙漠中绵延着向上行进,不可阻挡。埃伦把快要挡住视线的水手帽往上抬了抬,扬起眉毛,皱起额头。突然,她把有些发烫的小手摁在了地中海上。不过这毫不管用。黑暗已经潜进了欧洲的各个港口。

白色的窗框投下浓重的黑影。庭院里的喷泉潺潺作响。不知何处传来渐渐消散的笑声。一只苍蝇从多佛尔爬向加来。

埃伦感觉冷。她把地图从墙上撕了下来，铺在地板上，然后用旧车票折了一只白色的小纸船，船身上还立着宽宽的风帆。

船离开了汉堡港口，向大洋深处驶去。乘客都是小孩子，都是些不同寻常的小孩子。这艘已经载得满满的船，沿着西海岸航行，沿途仍旧不断地接收着小乘客。孩子们穿着长大衣，背着小背包。他们必须逃离。他们之中没有人获准停留，也没有人被允许离开。

他们有着错误的祖父母，他们没有护照，没有签证，他们找不到人为自己做担保。所以他们只能在夜里航行，避开所有人的耳目。他们躲避所有的灯塔，他们远远绕开远洋轮船；要是遇到渔船，便乞求几块面包。但他们从不乞求怜悯。

在汪洋的中心，他们把小脑袋伸出船舷外，开始歌唱。"嗡嗡嗡，小蜜蜂到处飞……"[①] "在很远的地方，有个蒂珀雷里……"[②] "陷阱里的小白兔……"[③] 还有许多各种各样的儿歌。月亮在海面上洒下了一条装饰圣诞树的银白色链子。它知道，这些孩子缺少一位舵手。风吹动着船帆，助他们一臂之力。它与他们感同身受，因为它同样无法为自己找到担保人。还有一条鲨鱼在他们周围游来游去。它自告奋勇，要来保护孩子

---

[①] 深受德国儿童喜爱的民间歌谣，歌词创作于19世纪。——译者（后文若无特别说明，注释皆为译者所加）

[②] 原文为英语，这是一首进行曲旋律的英国歌曲，在第一次世界大战时期，在士兵之间广为流传。

[③] 德国幼教中经常使用的儿童游戏歌曲，歌词创作于19世纪。

们免受那些人的伤害。一旦它饿了，孩子们就会把面包扔给它。所以它总是时不时地饿。当然，这世上也没有人能为它做担保。

它告诉孩子们，有人想要抓它；孩子们也告诉它，同样有人要抓走他们，他们是悄悄到这儿来的，一路上都特别刺激。他们既没有护照也没有签证。但是他们不惜一切代价要走出去。

鲨鱼安慰他们，当然只能以鲨鱼的方式。于是它始终陪伴在他们身边。

一艘潜艇突然出现在孩子们面前，把他们吓坏了。但是当水手们看到有些孩子也戴着水手帽，就只是丢了一些橙子给他们，并没有对他们做任何事情。

正当鲨鱼要给孩子们讲个笑话，好让他们抛开那些痛苦的思绪时，海面上突然掀起了风暴。可怜的鲨鱼顿时被一个巨浪甩得远远的。月亮也惊恐地收回了圣诞树上的银链子。煤黑色的海水溅湿了小船。孩子们大声呼救。没有人为他们做担保。也没有人向他们抛出一根救命的绳索。

雄伟的、明亮的、不可企及的自由女神像从无边的恐惧中显现出来。这是第一次，也是最后一次。

埃伦在睡梦中惊叫起来。她横躺在地图上，不安地在欧洲大陆和美洲大陆之间翻来覆去。她舒展开的手臂触到了西伯利亚和夏威夷。她的拳头里还攥着那条小纸船，紧紧攥着不松手。

一张张白色扶手椅，摆着红色靠垫，惊愕地围着圈跑。一扇扇高大发亮的门轻轻颤抖。彩色的招贴画因痛苦而变得暗淡无光。

埃伦哭了起来。她的眼泪打湿了太平洋。她的水手帽从脑袋上掉了下来,遮住了一部分南极海。躺在这整个世界上已经够硬的了。真希望那艘小纸船从来也没有出现过!

伏案工作已久的领事终于抬起了头。

他站了起来,绕着书桌走了一圈,又坐回椅子上。他的手表不走了,他无法确定现在究竟是几点。应该已经接近午夜了。已经不再是今天,也还没到明天,能确定的只有这么多。

他穿上大衣,关掉了灯。在戴帽子的时候,他听到了些什么,便把帽子捏在手里,仔细倾听起来。是一只猫,无助又坚持不懈地叫着。这让他有了一丝怒意。

或许声音是从那个白天挤满了人的房间里传来的。他们在那儿等待,等到的却只有拒绝。不计其数的人,带着苍白又满怀期待的面孔而来,所有人都想移居国外,因为他们害怕,因为他们还一直相信,地球是圆的。怎么可能向他们解释清楚,某个条款只是例外,而例外并不能当成常规准则。怎么可能让他们清楚地认识到仁慈的上帝和领馆官员之间的区别。他们始终怀着希望,想要在手里掂量那根本无法把握的,想要去盘算那根本无从预计的。他们根本不愿意停下来。

领事又把身子探出窗外,朝楼下张望。没有人。他便关上了窗,转身把钥匙放进了口袋里。他迈着大步经过了一排接待室。接待室的数量要比这里所有房间加起来还多。人们总是自不量力地怀着希望。过多的希望。真的太多了吗?

静谧刺痛人的神经。夜在一点一点变黑,温暖又细密地编织而成,就像一件丧袍。留些希望吧,你们这些人,不要放弃希望!往里面织进一些明亮的丝线吧!一种崭新的图案一定会出现在它的反面。

领事加快了脚步。他只顾看着前方,不自觉地打了个哈欠。当他还没来得及把手伸到嘴边遮挡一下,脚下就有什么东西把他绊倒了。

领事立刻爬了起来,但没能马上找到电灯开关。当他好不容易扭亮电灯的时候,沉睡的埃伦出现在了他的面前。她半张着嘴,仰面躺着,双手捏着小拳头。她的头发修剪得就像小马的鬃毛,帽子的边缘印着一排烫金的小字:"尼尔森教练船"。她躺在好望角和自由女神像之间,一副谁也移不走的样子。这就是领事用他那因肿胀而无法完全睁开的左眼看到的景象。他很想大声地骂一句不体面的话,不过好歹还是用手把这句话堵在了嘴里。他从地上捡起帽子,仔细地把它抚平,然后放慢脚步走向埃伦。她的呼吸又沉又快,就好像担心自己的每一次呼吸都会耽误一些更重要的事情。

领事踮着脚尖绕开了地图。他弯下身子,动作轻柔地把埃伦抬离了这个坚硬的世界,把她放在了丝绒垫子上。埃伦闭着眼睛叹了口气,把头埋进了领事的深灰色大衣里,一颗圆圆的、非常坚硬的小脑袋。等到领事觉得双脚开始发麻,就又把埃伦抱起来,重新关上了所有的门,小心翼翼地把她抱进了自己的房间。

钟敲响了一点。这个时刻,世界上所有的钟都不再多走一步，不再多发出一个声响。这个既不算太迟也已经不早了的时刻，是午夜之后的第一个钟点。一只狗开始吠叫。已经是八月了。某处的露台上，还有人在跳舞。不知哪里有一只夜莺在鸣唱。

领事已经把埃伦放在了一张靠背椅上。他坐在她的对面，舒展着双腿，手里夹着香烟。他已经下了决心，要耐心地对待这件事，尽管他这一生中还没有接待过比这更任性随意的来访。

埃伦的头靠着椅背，布满她整张脸的无边无际的信任，在落地灯的光亮下一览无余。领事一支接着一支地点燃香烟，又从柜橱里拿出一大块巧克力放在埃伦面前的烟几上，然后准备好一支红笔，还找来了一堆花花绿绿的招贴画。但这一切都无法让埃伦醒过来。其间埃伦一度把头转向了另一边——领事激动地站起身子——但她又睡了过去。

钟敲了两下。喷泉的水声仍旧清晰可闻。领事感到极度疲劳。他惊愕地发现已故总统的画像竟居高临下地向他微笑。领事试着抬起眼睛与那目光对视。但他已经累得做不到了。

埃伦一醒过来，立刻就要找那张地图。不管是眼前的巧克力，还是一个熟睡的领事，都不能使她的注意力从那上面移开。她皱起眉头，收起伸直的双腿，然后越过靠背椅的扶手，摇晃起领事的肩膀。

"您把地图藏到哪里去了？"

"地图？"领事有些困惑。他把领带扣摆正，又用手揉了揉眼睛。

"你是谁?"

"地图在哪儿?"埃伦又重复了一遍,语气里有一丝威胁。

"我不知道。"领事有些恼怒地回答她,"或许你觉得是我把它藏起来了?"

"有可能。"埃伦嘟囔了一句。

"你怎么能认为我会干这样的事呢?"领事说着舒展了一下身体,"什么人会想要把整个世界都藏起来?"

"那是您不了解那些大人物!"埃伦回答他,带着点宽宏大量的语气,"您就是领事吗?"

"是我。"

"那么……"埃伦说,"那么……"她的嘴唇在颤抖。

"那么什么?"

"那么就是您把地图藏起来了。"

"你在胡言乱语些什么?"领事压住怒火问她。

"您可以想办法弥补。"埃伦说着在自己的书包里翻找起来,"我把我的素描簿也带来了,还有蘸水笔。如果您的写字台已经收起来了也没有关系。"

"你要我用它们干什么?"

"签证,"埃伦有些胆怯地笑起来,"请您给我签发签证!我的外婆说,一切都在于您,只要您签字。我外婆是一个明智的女人,您可以相信我!"

"是的,"领事说,"这点我相信。"

"上帝保佑!"埃伦露出微笑,"那您为什么要驳回我的签证申请呢？我妈妈不能一个人到大洋对岸去。这样她还能给谁梳头？给谁洗袜子呢？她晚上要给谁念童话，如果她就一个人？她能给谁削苹果，如果我不一块儿去？她又要给谁一个耳光，在她忍无可忍的时候？我不能让我妈妈一个人离开，领事先生！我妈妈被驱逐了。"

"事情没有这么简单。"领事向她解释，打算争取一点时间来组织语言。

"还有其他事，"埃伦说，"都是因为没有人能为我担保。为我妈妈担保的人不能为我担保。这是钱的问题，我外婆这样对我说，太可笑了，她说，小麻雀似的瘦小孩子，多一个少一个的事，她说，那个孩子不用留下，她登上船就可以从这里离开。一切都是领事的责任！"

"这是你外婆说的？"

"是的。没有人能为我担保！连冰箱都能找到一个人为它的质量担保。只有我没有。我的外婆说，没错，是没有人能为我担保，但又有什么人能为——我外婆说——一个活生生的个体做担保呢？鲨鱼也好，风也好，也都找不到人为自己担保，但是鲨鱼和风也根本不需要签证！"

"我们能不能保持理智地谈话？"领事有些不耐烦地说。

"好！"埃伦一副欣然接受的样子，但转而开始向领事讲起了鲨鱼的故事，讲起那些没有签证的孩子，还有那场大风暴。讲述过程中，她还把那些儿歌也都唱了一遍。唱完又接下去讲故事。她的声音响亮，又有一些胆怯，源源不断地从靠背椅里传出来。她深深地陷在椅子的角落里，修补过的鞋底带着恳求的表情望着领事的脸。

等她讲完的时候,领事把巧克力递到了她的面前。

"有没有可能,这些都是你梦到的?"领事小心翼翼地问。

"梦到的?"埃伦大声叫起来,"绝不可能!我们院子里的小孩子们都不愿意和我玩,也是我梦到的?我的妈妈被驱逐,留下我一个人,也是我梦到的?没有人能为我担保,也是我梦到的?您把地图藏了起来,还拒绝了我的签证,难道也是我的梦!"

"所有的孩子都睡了。"领事一字一句地说,"只有你还没有去睡觉。"

"晚上到领馆来的人会少很多。"埃伦向他解释,"晚上就不用拿号排队了,晚上所有事都会办得快很多,因为晚上不是办公时间!"

"这个想法真不错!"

"是呀!"埃伦笑起来,"我们家的鞋匠,您知道吗,就是那个捷克鞋匠,他对我说,去找领事吧,领事是个好人,领事能为风、为鲨鱼做担保,领事也能为你做担保!"

"你是怎么进这里来的?"领事问了她一个犀利的问题。

"我给了门卫一个苹果。"

"不过或许你还是把梦里的事当真了?你现在得回家去。"

"回家,"埃伦并不放弃,"我的妈妈在哪里,我的家就在哪里。而我妈妈明天就要到海的另一边去了,我的妈妈,她后天就到了一片蔚蓝的地方,那里连风都像躺倒睡着了一般,只有海豚围绕着自由女神像跳出海面!"

"海豚并不会围绕着自由女神像跳跃。"领事打断了她。

"这不重要。"埃伦把脑袋搁在自己的手臂上,"我累了,我得睡一会儿,因为我明天还得坐船穿越大海。"

她顽固地坚信自己的想法。那个念头就像沙漠里的风暴,穿过整个透着凉意的房间。

"签证!"

"你发烧了。"领事说。

"请给我签证!"

她直接把素描簿伸到了领事的鼻子下面。一张白色的纸绷得平平的,上面歪歪扭扭地写着一个词:"签证"。字的周围画着彩色的花朵作为装饰,鲜花和小鸟,下面画了一条直线,那就是签名处。

"我把所有东西都带来了,您只要签字就好了。请吧,亲爱的领事先生,请签字吧!"

"事情没有那么简单。"他站了起来,走过去关上了窗,"这可不像完成老师罚做的作业那么简单。来吧。"他说,"走吧!我们出去,到街上去,我解释给你听。"

"不!"埃伦喊叫起来,在靠背椅里蜷成一团。她的双颊烧得通红。"不,鞋匠说过了,他是这么说的:能为风、为鲨鱼做担保的人,也可以为我担保!!"

"没错,"领事回答她,"是的,能为风和鲨鱼做担保的人,也能为你担保。但这个人不是我。"

"我不相信您的话。"埃伦像耳语一般轻声说,"如果您现在不签字的话……"她的声音在颤抖。鞋匠骗了她。鞋匠说是领事，可领事却把她推给了另外一个人。而她的妈妈正坐在家里，面对着行李不知所措，因为她害怕。这是她在这里的最后一夜。

"如果您现在不签字……"埃伦在思索有什么更有分量的威胁。她的牙齿咬得咯咯响。"那我就变成一只海豚。然后我就跟着那艘蒸汽船一直游一直游，然后围着自由女神像跳来跳去，这就由不得您了！"

她不说话了。那块没有被动过的巧克力仍旧躺在一旁的圆烟几上，同样被抛在一边的，还有那些彩色的招贴画。"我冷！"埃伦喃喃自语。她的嘴半张着，身子一动不动，看到领事朝她走去，就双脚乱蹬不让他靠近。领事想要抱住她，但她飞快地翻过了扶手。领事追了过去，她却直接从写字台下面钻过，撞倒了两把沙发椅，然后用两条手臂紧紧攀住壁炉。逃跑的时候，她还不忘重复那些威胁的话，说要变成海豚。泪痕布满了她的整张脸。

一番追逐之后，领事终于拉住了她。他感觉她确实发烧了，任由她发烫又沉重的身子依偎在自己怀里。他找了一条床单把她裹了起来，又把她放回了靠背椅上。

"地图！请给我地图！"

领事走回前面的接待室，从地板上捡起了地图，把它抚平，然后带了回来。他把地图铺开在圆烟几上。

"它在转！"埃伦说。

"是啊，"领事有些不安地笑了笑，"世界是旋转的。你不是在学校里已经学过了吗？地球是圆的。"

"是的,"埃伦有气无力地回答,"地球是圆的。"说着,她就伸手去够那张地图。

"你现在相信我说的了吧?我没有藏过任何东西。"

"求您了,"埃伦最后一次尝试,"请您给我的签证签字吧!"她抬起头,用胳膊肘支撑着脑袋,"水笔就在那儿,只要那个就够了。您签字的话,我就保证再也不偷苹果了。我愿意为您做任何事情!我听说,在边境线上会有人发橙子,还有一张总统的画像?是真的吗?那条大蒸汽船上有多少救生艇呢?"

"每个人就是他自己的救生艇。"领事说,"好了,我现在想到了一个好办法!"说着,他把素描簿摊在了自己膝头。

"你的签证必须由你自己签发。你自己来签字!"

"我怎么行呢?"埃伦怀疑地问。

"你可以的。每个人在本质上都是他自己的领事。这个广阔的世界是否真的这样广阔,也全凭每个人自己。"

埃伦惊讶地注视着领事。

"你看,"他继续说,"所有那些从我手里拿到签证的人,所有人,迟早都会失望。风在哪里都不会平静得如同安眠。"

"哪里都不?"埃伦不相信地重复了一遍。

"如果一个人不给自己签发签证,"领事说,"那么哪怕他走遍了整个世界,也永远走不出去。不能自己给自己发签证,就永远无法解放自己。只有那些能给自己提供签证的人,才能获得自由。"

"我愿意给我自己发签证,"埃伦挣扎着从椅子上坐起来,"那我该怎么做呢?"

"你得签上自己的名字。"领事说,"这个签名就是一种承诺,你给自己的承诺:当你和你妈妈告别的时候,你保证不会哭。不仅如此,你还会去安慰你的外婆,她非常需要你这样做。你也绝不会再去偷苹果。还有,你会一直坚信,总有什么地方终将一片蔚蓝!不管发生了什么。"

埃伦激动地给自己的签证签上了名字。

天边渐渐透出曙光,光亮无声无息地慢慢爬上窗子,轻柔得像一个训练有素的盗贼。有一只鸟开始鸣唱。

"你看,"领事说,"鸟的鸣唱从来也不需要什么条件。"

埃伦觉得自己听不懂他的话了。

送牛奶的车辘辘地穿过小巷。所有东西开始又一次慢慢互相衬托出彼此的轮廓。大公园里的第一批秋花,轻巧地从雾气中显露出彩色的身影。

领事走向电话。他用手指摁了摁两边的太阳穴,把头发重新拢整齐。他摇了摇头,踮起脚尖来回晃动了三下身体,闭上眼睛又猛地睁开。最后,他拿起听筒,拨了个错误的号码,又把听筒扔了回去。

嗒嗒的脚步声穿过内庭。庭院里的喷泉还在潺潺作响。领事想要记下些什么,手头却找不到他的笔记本。他走到埃伦跟前,从她的大衣口袋里抽出了学生证。然后他叫了一辆车,扶起了被撞倒的椅子,把地毯重新铺平。围绕着好望角的海水变得明亮起来。领事折起地图,把巧克力重新包好,塞进了埃伦的书包。他又一次拿起那本素描簿细细端详:星星,飞鸟,斑斓的花朵,最下面是埃伦那个醒目的、有些歪斜的签名。这便是他整个任期内唯一一份真正的签证。

他叹了一口气,为埃伦扣好大衣,小心翼翼地把帽子戴到她头上。她的脸看起来不安而晦暗,只有那排金光闪闪的"尼尔森教练船"在她头上醒目地闪耀着。

领事又一次向签证轻轻吹了口气,权当是画龙点睛,仿佛这样就赋予了它生命。然后他把签证塞进埃伦的书包里,把包挂到了她身上。他抱起埃伦,向楼梯下走去。车已经等在了楼下。他让她躺在汽车的后座上,把地址交给了司机,看着车消失在街角。

突然,领事抬手盖住了自己的眼睛,然后转身大步走上楼梯。

月亮显得十分苍白。

埃伦伸手去摸母亲的脸。她伸出双手去抓黑色帽檐下那温热的、布满泪痕的脸,伸向那张让整个世界都变得真实而温暖的脸,那张她人生中最初看到的脸。最后一次,她乞求一般地伸手去触碰那一切的起源,那蕴藏着所有秘密的宝藏。但是母亲的脸变得越来越无法企及,它在不断后退不断远离,苍白得如同破晓的天空中挂着的月亮。

埃伦叫了起来。她猛然翻开被单,挣扎着坐起来,在虚空中乱抓一气。她用最后的力气翻过围栏,从床上落了下来。她向深处坠落。

没有人试图拉住她。也没有一处能找到一颗星星,给她一点支撑。埃伦从她所有的娃娃和泰迪熊的臂弯里滑落。埃伦从院子里那些不愿和她一起玩的孩子中间滑落,就像一个穿过圆箍的球。埃伦从她妈妈的双臂之间掉了下去。

半个月亮接住了她,却又像所有的摇篮一样,阴险地划出一个巨大的弧度,再次把她抛了出去。云朵毕竟充当不了羽绒床,苍穹也并不是一个蓝色的半球。天是漏的,张着致命的口,而坠落中的埃伦终于意识到,上和下的区别已然失效。其他人还一直蒙在鼓里吗?这些可怜人,他们错把坠落当成跳跃,错把坠落称为飞翔。他们什么时候才能醒悟?

埃伦砸穿了她图画书里的一页页纸,空中飞人的保护网接住了她。

她的外婆抱起她,把她放回床上。

就像记录体温变化的曲线,太阳和月亮、白天和黑夜,交替升起,永不停歇,时而炽热而高不可及,之后又再次下沉,深不可测。

埃伦睁开了眼睛,用胳膊肘支起身子:

"妈妈!"

她响亮而友好地唤了一声,便停下来等待回应。

壁炉烟囱发出噼啪噼啪的声音,透过厚厚的墨绿色瓷砖传了出来。除此之外,一切寂静无声。灰色变得浓重。

埃伦轻轻摇晃了一下脑袋,感到有些头晕,便又倒回枕头上。透过窗子的上半部分,她看到成行飞过的候鸟,规则得如同画在天空上的一笔。紧接着又有人把这一笔擦得无影无踪。埃伦轻轻地笑起来。可不就是在图纸上画画吗!

但是您擦得太用力了啊!要是美术课女老师提醒过上帝就好了。这么用力地擦,会把纸擦出一个洞的!

可是我亲爱的，要是亲爱的上帝说"这正是我想要的"呢？您就透过这个洞看看吧！

对不起，现在我一切都懂了！

埃伦闭上了眼睛，又惊恐地猛然睁开。窗户很久没有擦洗过了。窗外的景象看不真切。长长的灰色痕迹就像干涸的泪痕，在玻璃上恣肆攀爬。埃伦在被单下缩起了双脚。她的脚像冰一样冷，仿佛并不完全属于她。她伸展了一下四肢。她到了不得不长大的时候。而长大总是发生在一夜之间。但在这个春天的早晨，总有什么东西有些异样。不，或许……或许是秋天吧。或许是快要晚上了。那更好了。埃伦完全不反对。反正她的母亲肯定是去购物了。去卖菜的妇人那儿了，就是街角的那个。

我得抓紧时间，您知道吗！埃伦一个人在家，没有人能预料，会发生什么事情。我就要一些苹果，麻烦您了！我们准备做烤苹果，这是埃伦最喜欢的，我还答应她，给壁炉生起火，天毕竟已经有些冷了。应该付多少钱？您说什么？多少？不，这太多了。太贵了！

埃伦完全坐了起来。

最后一个词就好像贴着她耳边的一声呼唤，埃伦仿佛亲耳听着它消散在空中："太贵了！"卖菜妇女的脸有些泛红，在暮色中扭曲起来。

"您！"埃伦说着，双脚跨过床的边缘悬空着，她仿佛是要用这个动作来示威，"哎呀，您要得太多了！"卖菜妇女没有回答。天变得更冷了。

"妈妈，"埃伦喊道，"妈妈，把长筒袜给我！"

没有任何动静。

哎呀，所有人都藏到哪里去了？他们又都在跟我做恶作剧。

"妈妈，我要起来了！"她的声音听起来更急切了。

"那我就要赤脚踩在地上了。如果你不给我拿来长筒袜，我就光脚了！"

即便如此。即便是威胁，也是徒劳的。

埃伦跳下床。她一点把握都没有。她蹒跚地穿过房门。隔壁房间也没有人。钢琴盖翻开着。索尼娅小姨一定是还没练过琴。可能她去看电影了。埃伦把脸颊贴在又冷又滑的窗玻璃上。铁路线对面的房子里，一个老妇人扶着一个小孩站在窗边。埃伦朝他眨了眨眼睛。那孩子竟也向她眨眼睛。老妇人拉着他的手。至此一切正常。必须争取时间，必须冷静地思考。

埃伦穿过整栋房子，又原路返回。哎呀，要是她的妈妈发现她这副样子会怎样？只穿着长衬衣，光着脚！

四面的墙壁充满敌意地注视着她。埃伦在钢琴上敲响了一个音符，它顿时充满了整个房间。她又敲出了第二个音符，接着是第三个。却没有哪一个声音延绵着与下一个相衔接，没有哪一个声音能给她一丝安慰。仿佛这些琴键不情不愿地发出声响，仿佛它们更愿意沉默，仿佛它们有意向她隐瞒着什么。

如果妈妈知道这些，她那颗心会活活裂成碎片！那些老掉牙的童话里就是这样写的。

"等着，我要把这些告诉妈妈！"

埃伦向这片寂静发出警告。可寂静仍然保持缄默。

埃伦用脚啪嗒啪嗒打着拍子，她的太阳穴灼热起来。楼下的小巷里有狗在吠叫，还有小孩子嬉戏打闹。那些声音仿佛来自很深很深的地下。埃伦把双手贴在脸颊上。不是那只狗，也不是那群孩子，是其他东西，在深处嘶吼。埃伦把握紧的小拳头捶在琴键上，捶在白色的键上，捶在黑色的键上，像擂鼓一样持续不断地敲击。她把沙发上的垫子扔到地上，她扯下桌上的桌布，她拾起废纸篓抡向镜子，就像大卫把石头掷向巨人歌利亚①。正像与歌利亚战斗的大卫一样，她和被遗忘的恐惧扭打在一起。对她来说，这是一种全新的、令人毛骨悚然的意识，它就像海怪丑陋的头颅，从梦魇的洪流中浮出水面。

怎么可以撇下她一个人这么久？她的妈妈怎么可以离开她这么久？这么冷，应该有人来生火，太冷了！太冷了！

埃伦跑过所有的房间。她把橱门一扇扇地扯开，拨开每一件衣服，把它们扔到地上，朝每一张床的底下张望。但哪里都没有她的妈妈。

她想要驳斥这个事实，她想要证明恰恰相反的事实，她想要去填满真相的血盆大口，她一定会找到她的妈妈！哪里都没有，这怎么可能！哪里都没有？

埃伦跑了一圈又一圈。她打开所有的门，去追赶妈妈的脚步。她们一定是在玩捉迷藏，肯定是这样！她的妈妈跑得太快了，比埃伦跑得快，要是她们是绕着圈子跑的话，她几乎要从后面重新赶上埃伦了。她马上就要抓到埃伦了，然后就会把她

---

① 以色列人大卫用投石器击败进犯的非利士巨人歌利亚。可参考《圣经·撒母耳记上》17:1-54。

高高举起,抱起她开始转圈。

埃伦突然停住了脚步,一下子转过身去,张开双臂。"这不算!"她绝望地叫起来,"这不算,妈妈,这不算!"桌上躺着她的签证:小鸟、星星,还有她的签名。

"晚报!"报童边喊边走过十字路口。他声嘶力竭地叫着,瑟瑟发抖,又极度兴奋。他跳上有轨电车的踏脚板,左手接过零钱,喘了口气,又跳了下来。这真是一桩好买卖,噢,这是天底下最好的买卖:

"晚报!"

人们总是看个不够。所有人都愿意付更多的钱来买报纸。他们对此是这么好奇,仿佛报童卖给他们的不只是战事报告和电影排片表,而是真实的生活。

"晚报!"报童还在喊。

"晚报!"有个声音贴着他背后响起。不止一次了。这个报摊在十字路口中央的石岛上,摊位边靠着一个盲人。他把礼帽戴在头上,看起来并不打算接受别人的施舍。他只是站在那里,没人有权禁止他这么做。他时不时地喊几声"晚报",却无任何东西可卖。他叫得很轻,也不收取任何钱。他就像一片森林那样,用回声应和着报童的每一次叫卖。对他来说,这并不是一桩生意。

男孩像猛禽一样在摊位四周盘旋,不时地向盲人投去怀疑的目光。而那个盲人却十分自在,仿佛自己并不是唯一一个站在十字路口中央的盲人。

男孩开始思索如何摆脱这个人。这个瞎子在拿他开玩笑，这个瞎子把他的每一声响亮的叫卖都变成了有气无力的呼救，他没有权力这样做。

"晚报！"

"晚报！"

汽车一辆辆呼啸而过，都顶着配有蓝色玻璃的前照灯。有几辆停了下来，摇下车窗要了份报纸。正当男孩盘算着把这个瞎子领过马路需要多长时间，埃伦闯到了十字路口中间，对信号灯完全视若无睹。她摇摇晃晃地走着，目视前方，手臂下面夹着那本素描簿，头上的帽子拉得低低的，几乎遮住了半张脸。

汽车纷纷停了下来，电车发出尖厉的刹车声。十字路口中间站着的警察，生气地朝她挥动手臂。

埃伦在安全岛上停住了脚步。司机们的愤怒喊叫就像洋流一般从她两边流过。"我说您哪，"报童对盲人说，"这儿有个人，正好能领您过马路！"盲人挺直身子，伸手抓向他眼前的黑暗。埃伦便把他的手搭在了自己的肩膀上。当警察踏上安全岛走到报童身边的时候，埃伦已经带着盲人消失在熙攘杂乱的车流中，潜入了这个笼罩在黑暗中的胆战心惊的城市。

"我该把您送到哪里去呢？"

"带我过十字路口。"

"我们已经到对面了！"

"真的吗？"盲人说，"这不是个很宽阔的十字路口吗？"

"您说的难道是另外一个？"埃伦小心翼翼地说。

"另外一个?"盲人重复了一遍,"我认为不是。不过你觉得是另外一个?"

"不。"埃伦有些生气地提高了声音。她站在原地,把他的手放了下来,有点害怕地抬头看他。

"再走一小段吧!"盲人说。

"但是我得去领事那儿,"埃伦这么说着,又拉起了他的手,"而且领事住在相反的方向。"

"哪个领事?"

"那个管大洪水的领事。他还管风,管鲨鱼!"

"噢,"盲人说,"那个!那你尽管跟着我走好了!"

他们就这样拐进了一条长长的阴暗小巷。小巷通往上方,右边安静地立着一排房屋,还有各国的使馆,全是一副讳莫如深的样子。他们沿着一道墙向上走。盲人的拐杖敲击着石子路,发出清脆而单调的声响。树叶纷纷掉落,如同守口如瓶的传令官。盲人加快了脚步,埃伦只好踩着小而迅捷的步伐,跟着他一路小跑。

"你找领事什么事呢?"盲人问她。

"我想问他,我的签证到底是什么意思?"

"什么签证?"

"我自己给自己签署了一份签证,"埃伦不太确定地向他解释,"周围还画了花朵。"

"噢!"盲人用确认的语气说,"那就对了!"

"我现在要去确认这件事。"埃伦说。

"你不是已经自己签上名了吗?"

"是啊。"

"那领事还能为你确认什么呢?"

"这个我不知道。"埃伦说,"但我要去找我妈妈。"

"你妈妈在哪里?"

"那对面。那一大片水的对面。"

"你打算走路去那里吗?"盲人问她。

"您!"埃伦气得发抖,"您在拿我开玩笑!"此刻,她的感觉就和那个报童一样,好像眼前这个人根本不是什么盲人,他空空的眼睛里闪耀着的光,仿佛能洞穿围墙,看到另一边的情景。她转身就走,沿着小巷往下跑去,素描簿紧紧地夹在手臂下面。

"别丢下我一个人!"盲人喊道,"别丢下我一个人!"他挂着拐杖站在小巷的中央。埃伦抬起头向上望去,他那沉重而茕茕孑立的身影,从泛着冷光的天空中凸显出来。

"我不懂您的意思。"埃伦重新跑回他的身边,呼吸急促地说道,"我的妈妈在对岸,我要到她那里去。没有东西能拦住我!"

"现在在打仗。"盲人说,"客船班次很少。"

"客船很少,"埃伦绝望地结结巴巴地重复,更加用力地夹紧了手臂下的签证,"但是总会有船为我开的!"她发誓一般地瞪着面前潮湿而阴郁的空气。"为了我,会有船开的!"

小巷的尽头,就是天国。教堂的两座塔楼,像边防哨一样,俯视着这片使馆区。

"非常感谢你。"盲人彬彬有礼地说着,便甩开了埃伦的手，走到教堂的阶梯上坐了下来。他把礼帽放在膝盖之间，就当它不存在了，然后从上衣口袋里拿出一把生锈的口琴，吹了起来。这在教堂司事眼里早已是司空见惯了，因为盲人吹得很轻，又很生涩，听起来仿佛只是风穿过树枝的悲叹声。

"我现在要怎么样才能到领事那里去？"埃伦朝盲人喊道，"从这里我怎样才能最快地赶到领事那里？"

但是盲人已经不再关心她的事了。他的头向一边倾斜着，沉醉地吹奏着那把生锈的口琴，显然不会再给她任何回答。这时候，天也下起雨来。

"您！"埃伦边喊边拽住了他的外套。她从他手里夺过了那铁皮乐器，又扔回了他的膝盖上。最后她只得挨着他坐在了冰冷的台阶上，大声地质问他。

"您是怎么想的？我怎么才能到领事那里去？您是什么意思？如果没有一艘蒸汽船会为我开，那谁能把我送到大洋对面去？谁带我过去？"

她愤怒地抽泣着，把一记记拳头砸在盲人身上，但他完全不为所动。埃伦不肯罢休但又有些迟疑地站在他面前，直愣愣地注视着他的脸。而他平静得如同脚下的台阶，一级一级通向上方的台阶。

怀着满腔怒火，埃伦朝空无一人的教堂走去，但她的脚步始终有些迟疑；直到最后一刻，她还在犹豫要不要折返。她感觉到了自己的卑微，她觉得不该用自己的脚步声打破这片宁静。她扯下帽子，又戴了上去，腋下的那本素描簿被夹得更紧了。她迷惘地打量着挂在两侧祭坛上方的那些圣徒画像。她该向其中的哪个人来告那个盲人的状呢？

　　深邃的眼神，瘦骨嶙峋的手，手中高举的十字架——圣徒弗朗茨·克萨韦尔①站在闪耀着圣光的山顶上等待着。一张张黄色的脸孔仰望着山顶，每一张都是渴求解脱的神情。埃伦停住脚步，抬起了头，但她注意到，那位圣人的目光直接越过她，望向了远方。她挪动脚步试图吸引圣人的目光，却都是徒劳。看来这位老画家画得还真是不错。"我不知道我为什么直接跑到您的面前。"埃伦艰难地一字一句地说道。她永远也理解不了那些把上教堂当成一种娱乐的人，他们滔滔不绝如痴如醉地告解，似乎陶醉在一种享受里。不，这根本不是享受。而是一种折磨，只有无尽的痛苦。如同刻意要伸直一根手指，而这根手指却宁愿握在整只手中，与它成为一个整体。那么祷告呢？对于埃伦来说，最好还是免了。一年前她刚学会了头朝下跳水，祷告就和这种体验类似。人们不得不登上高高的跳台，只是为了向深处坠落。每次纵身一跃，都要艰难地下一次决心，要做好心理准备：弗朗茨·克萨韦尔并不把目光投向自己，要能够承受自己被遗忘的事实。

　　但现在必须做出决定了。可埃伦还一直没有想明白，为什么她偏偏要向这位圣人提出自己的请求。书里说他尽管游历了许多陌生的国家，却在离自己最渴望的那个国家一步之遥的地方死去了。

　　她焦虑地试图把所有的事情解释给他听。"我的妈妈在对

---

① 16世纪西班牙传教士，足迹远至日本，并尝试进入中国进行传教，最终没有成功，在广东上川岛去世。

面,但是她不能为我做担保,没有人能为我担保。你可不可以……"埃伦有些犹豫,"我是说,你能不能让谁来给我做担保?我不会让你失望的,如果我到了自由的地方!"

圣人的表情看起来有些惊讶。埃伦意识到,自己并没有把意思准确地表达出来。她努力地消除那些横亘在自己与自己内心之间的东西。

"也就是说,我一定不会让你失望……哪怕我留在这里,哪怕我最终不得不淹死在自己的眼泪里!"

圣人仍然是一副错愕的样子,她必须继续努力。

"我是说,我不会让自己被眼泪淹死。我会努力尝试谅解你,哪怕我并不能获得自由。"

仍旧是那独一无二的无声的弗朗茨·克萨韦尔的惊讶,最后一扇门向后退去。

"我的意思是,我是说……我不知道,需要什么东西,才能使我自由。"

埃伦感到泪水从自己的双眼里流出,但她自己也觉得,对于这样一场谈话来说,眼泪并不合适。

"我请求你:不管发生什么,请帮帮我,让我相信,总有什么地方,一切都会变成蓝色。帮帮我,带我越过那片海水,哪怕我必须留在这里!"

和圣人的对话结束了。所有的门都打开了。

码　头

"带我一起玩吧!"
"快走开!"
"带我一起玩吧!"
"走开!"
"我们没在玩。"
"那在干什么?"
"我们在等待。"
"等什么?"
"我们在等一个小孩掉到河里。"
"为什么?"
"我们就可以救他了。"
"然后呢?"
"然后我们就弥补了过失。"
"你们做错什么了?"

"是我们的祖父母辈。是他们的责任。"

"噢。那你们等很长时间了吗?"

"七个星期了。"

"有很多孩子溺水吗?"

"没有。"

"你们真的打算等到有个襁褓中的婴儿从这儿掉进河里?"

"为什么不呢?我们把他捞起来擦干,带到市长那儿去。市长就会说:真乖,好孩子!从明天起,你们又被允许坐在任何一张长凳上了。你们的祖父母辈已经无关紧要了。谢谢你,市长先生!"

"不用谢,很乐意。请代我向你们的祖父母辈问好!"

"你演得真不错。你愿意的话,从现在起,你就扮演市长吧。"

"再来一遍!"

"这里有一个小孩,市长先生!"

"这个孩子怎么了?"

"我们救了他。"

"这是怎么回事?"

"我们坐在河岸边,一直在等……"

"不对,你们不能把这个说出来!"

"好吧,我们恰好坐在河边,偶然遇到了他!"

"然后呢?"

"然后一切都发生得非常快,市长先生。我们很乐意做这样的事。从现在起我们又可以坐在任何一张长凳上了对吗?"

"是的。你们也可以到城市公园里去玩。你们的祖父母辈已经影响不到你们了!"

"非常感谢,市长先生!"

"等等,我该拿这个孩子怎么办?"

"您可以留着他。"

"可我不想留着他,"埃伦绝望地叫起来,"这是一个没有用的孩子。他的妈妈被驱逐出境,他的爸爸却应征入伍了。说到他爸爸的时候,绝对不能提起关于妈妈的一切。对了,他的祖父母辈也有问题:其中两个人是正当的,两个是错误的!打平手是最让人生气的,我简直受不了了!"

"你在说些什么?"

"这个孩子不属于任何一边,他是多余的,你为什么要救他?还是把他扔回去吧!如果他要和你们玩,你们也别理他,以上帝的名义,别理他!"

"好了,你留下吧!"

"来吧,坐在我们旁边吧。你叫什么?"

"埃伦。"

"我们一起等那个孩子吧,埃伦。"

"你们叫什么呢?"

"这个是比比。有着错误的爷爷奶奶和外公外婆,还有一支让她自豪的浅色唇膏。她想去舞蹈学校。她相信,市长会同意她去的,只要我们救了孩子的命。

"那边,第三个,是库尔特。其实呢,他觉得我们这种救孩子的行为是很可笑的。但他还是决定和我们一起等。等我们救完孩子,他想再回去踢足球。他的祖父母辈里有三个错误的人。对了,他是守门员。

"莱昂是年纪最大的。和我们一起练怎么在水里救人,他想当导演,精通各种导演的手法,他的爷爷奶奶外公外婆都是错误的。

"接下来,那是汉娜。她以后想要七个孩子,想要在瑞典海岸边有幢房子,她的丈夫应该是个牧师。她总是拿着一块桌布缝缝补补,也说不定她想把它做成新房子里儿童房的窗帘,是吗,汉娜?毕竟光线太亮是有害的。她也和我们一起等,每天下午都不回家,也从来不到上游那儿去,那里有在地上投下巨大阴影的大煤气堡[①]。

"露特,那个是露特!她喜爱唱歌,总是唱些'在人生的痛苦之后进入金色的小巷'[②]之类的歌。尽管她的父母九月份就要失业了,但她肯定还是幻想着在天国里有一套公寓。世界美好而广阔——这我们都承认——尽管如此!这就是让人搞不懂的地方,不是吗,露特?总有哪儿不对头!

"赫伯特,到这儿来,小家伙,他是年纪最小的。一只脚有些僵硬,还总是心事重重。他担心没法和我们一起跳进水里救小孩。但他练得很刻苦,马上就要赶上我们了。他有三个半错误的祖父母辈,他非常爱他们。他还有一个红色的

---

① 坐落在维也纳西梅林区(Simmering)的四座巨大储气罐,建于19世纪末。西梅林区当时是工人居住区聚集的工业区,较为偏僻,第三章中孩子们玩耍的中央公墓也在这个区。
② 露特唱的都是一些基督教教会歌曲,可以看出她来自虔诚的基督教家庭。

橡皮水球,有时候会借给我们玩,对吧,小家伙?他是个认真的孩子!"

"那你呢?"

"我是格奥尔格。"

"就是屠龙的那个①?"

"是放风筝的那个②。等到十月份!露特到时候就会唱'像放飞风筝那样让你的灵魂飞升而起吧'之类的。让我想想关于我自己还有什么可讲的呢。我的爷爷奶奶外公外婆都是错误的,还有,我收集了很多蝴蝶标本。其他的就等你自己发现了!"

"你过来。看到了吗?赫伯特有个旧的观剧望远镜,他就是用它侦察河道上的情况的。赫伯特就是我们的瞭望塔。那边就是城市铁路,你看到了吗?那下面还有一条破旧的小船,它只能载得动我们中的一个人。"

"你再往山里走一点,就能看到带秋千的空中飞椅。"

"那些荡起来的秋千可有意思了,人们坐在秋千上,一会儿靠拢,一会儿又分开……"

"然后相互离得越来越远!"

"坐在上面会吓得不敢睁开眼睛!"

"运气好的话,说不定铁链就会断开。背景音乐可新潮了,秋千一直能荡到曼哈顿呢。这是游艺棚里的男人说的。要是铁

---

① 格奥尔格的名字来自圣徒格奥尔格,即英语中的圣乔治,他的主要事迹包括用长矛斩杀恶龙解救国王的女儿,被称为"屠龙者"。
② 德语中,"风筝"这个词是从"龙"衍生出来的。

链真断开就好了！但谁能有这样的好运呢？"

"每年都有委员会的人来检查设备。这显然是多余的，其实是想阻止人们在天空中飞翔，游艺棚里的男人说过。但是他们乐意被阻止，这也是游艺棚里的男人说的。"

"那里还有别的秋千，坐在上面的人会颠倒过来！"

"这样他们才终于意识到自己是颠倒的，游艺棚里的男人说。"

他们七嘴八舌地说开了。

"你们是不是经常坐？"埃伦有些犹疑地问。

"我们？"

"我们，你是说？"

"我们从来没坐过。"

"从来也没有？"

"这是禁止的，铁链可能会断开！"

"我们的祖父母辈太重了。"

"但是有时候游艺棚里的男人会来我们这儿，和我们坐在一起。他说：太重也比太轻好！他说：他们对我们是有所畏惧的。"

"所以我们被禁止乘坐空中飞椅。"

"得等救了一个孩子再说！"

"那如果没有孩子掉进水里呢？"

"没有？"

一阵惊骇在孩子们之间弥漫开来。

"你怎么能这样想？夏天还长着呢！"

"为什么要这样问?你和我们不是一伙儿的!"

"只有两个错误的祖父母辈!太少了。"

"你不懂。你根本就不需要救小孩。你反正可以随心所欲地坐在任何一张长凳上!你反正也可以乘空中飞椅!你哭什么呢?"

"我……"埃伦抽泣道,"我只是突然想到……我想到,冬天就要来了。你们还坐在外面,一个挨着一个,在等小孩子!长长的冰柱挂在你们的耳朵上,你们的鼻子上,你们的眼睛上,连那个望远镜都冻住了。你们看啊看,但是那个孩子,那个你们要救的孩子,却不掉进河里。游艺棚的男人也早就回家了,飞翔的锁链已经被木板牢牢地钉上了,风筝也已经升上了天空。露特想要唱歌,她想要唱歌,可是呢!可是她不再开口了。

"那边温暖明亮的城市列车里,人们把脸颊贴在冰冷的玻璃上:你们看呀,朝那边看!在河道的后面,那些安静的小巷后面,大煤气堡的右边,那大块浮冰的上面,是不是矗立着一个被雪覆盖的小小纪念碑?一座纪念碑?是用来纪念谁的?

"我就要告诉他们:它是用来纪念每一个有着错误的祖父母辈的孩子的。然后我要说:我好冷。"

"别说了,埃伦。"

"不用担心我们,会有孩子被救起来的!"

沿着河道走来一个男人。流动的河水扭曲了他的影子,使它鼓起一道道褶子,又把它拉长抹平,只允许它保留几秒钟的真实面目。

"生活,"那个男人低头看了一眼,笑了起来,"生活就是一种能治愈人的残酷。"说着,他远远地朝着他那肮脏的影子啐了一口。

两个老妇人站在河边,激烈地讨论着什么,都试图把对方说服。

她们的语速非常快,简直是在熟练地背诵一首诗。

"你们从那流动的水里看自己,"那个男人从她们身边经过,"我相信,你们就会觉得自己的样子非常奇怪。"他说着,脚步轻快地走了过去。

他看到了孩子们,就和他们打起招呼,脚步也加快了。

"我走过了千山万水……"露特和汉娜开始一起唱,"世界美好而广阔。"剩下的孩子们沉默着。"可尽管如此……"露特和汉娜继续唱。岸边的小船晃晃悠悠。

"可尽管如此!"那个男人大声说着,挨个儿和孩子们握手,"尽管如此……尽管如此……尽管如此?"

"这是埃伦,"格奥尔格简洁明了地向他解释,"祖父母辈里,两个错误,两个正确。打了个平手。"

"我们所有人都是这样,"这个男人笑起来,用他的大手拍了拍埃伦的肩膀,"到了真相大白的那一天,一定要快快活活的!"

"事情已经是这样了。"埃伦有些迟疑地回答。

"到了真相大白的那一天,一定要快快活活!"这个男人又重复了一遍。

"如果右边是一个微笑的人,左边是一个哭泣的人,你会去谁那里呢?"

"哭泣的那个。"埃伦回答。

"她可以和我们玩到一起去!"赫伯特叫起来。

"她的妈妈被驱逐了,她的爸爸去参军了。"

"那你现在住在哪里?"男人收起开玩笑的表情问她。

"和一个错误的外祖母住在一起。"埃伦有点胆怯地回答,"但是她已经被算作正确的了。"

"不要急着得出结论,有朝一日你会发现,所谓的正确是多么地错误。"男人小声地发了句牢骚。

"埃伦在担心。"格奥尔格小声说,"她担心,我们要拯救的那个孩子,永远也不会掉进水里。"

"你怎么能这么认为呢?"男人突然愤怒地喊叫起来,并用力摇晃埃伦,"你怎么能有这样的想法呢?那个孩子必须掉进水里,如果有必要被救起的话。你懂吗?"

"好吧。"埃伦有些被吓到了,正努力使自己平静下来。

"你什么也不懂!"男人越说越生气,"没有人懂得发生在那个孩子身上的事情意味着什么。每个人都只想着救自己,而不愿意跳进水里。但是他不跳进水里,怎么能获得拯救呢?"

那条旧船还在水里晃来荡去。"它只能载我们之中的一个人!"比比试着去转移那个男人的注意力。

"一向只能一个人,"那个男人冷静了下来,"一直只能一个人。不过也足够了。"

"一条不经用的船。"库尔特轻蔑地嘀咕了一句。

"比起远洋蒸汽船可好着呢。"男人回答。他靠着孩子们坐了下来。河水固执地一遍遍冲刷着码头堤岸。

"那您的情况是怎样的呢?"埃伦有点羞涩地问,"我是说您的祖父母辈呢?"

"四个正确的、四个错误的祖父母辈。"男人一边回答一边在灰绿色的草地上舒展开双腿。"不对呀,"埃伦笑着大声指出,"这样不就变成八个祖父母了吗!"

"四个正确的,同时也是四个错误的,"男人不容置疑地又重复了一遍,转过身去用三支手指抽出一根香烟,"就和我们中的每个人一样。"

鸟儿几乎贴着水面从河道上掠过。赫伯特仍然不知疲倦地用望远镜在水面上搜寻着。"而且,我几乎就和那亲爱的上帝情况差不多,"面对埃伦的惊异,男人解释道,"我想要占有全世界,然而却拥有了一个游艺棚。"

"对此我很遗憾!"埃伦礼貌地回应。接着大家都陷入了沉默。孩子们聚精会神地观察着河面上的情况。快要落下去的太阳有些不怀好意地微笑着,把余晖洒在他们肩头,但是他们并没有注意到。

我们等待着这个陌生的婴儿,我们要拯救他于溺亡,然后我们要把他抱去市政府。你们真是好孩子!市长就会这么说。忘掉你们的祖父母辈吧。从明天起你们就被允许乘空中飞椅了……明天……明天……明天……"有鱼在跳!"赫伯特笑了起来,望远镜在他的眼前舞动。

"瞭望塔看得到它们,但它们却看不到瞭望塔。"露特一边思考一边说，"你或许会说，这是颠倒了吧。不过这倒是在那些歌里出现过。"

"可是尽管如此！"游艺棚的男人大声插了一句，一下子站了起来，"可是尽管如此，你们今天就能乘空中飞椅了！"

"这话连您自己也不相信吧。"汉娜显然不相信。比比正慢条斯理地拉她的及膝长筒袜。

"您知道，您在拿什么东西冒风险吗？"

"那儿！"赫伯特忘情地叫了起来，"有个陌生孩子！他要淹死了！"

莱昂一把从他手里拿过望远镜。"这是个男人，"他声音里充满了失望，"而且他只是在游泳。"

"来吧，"游艺棚的男人催促他们，"我不拿你们开玩笑。我的合伙人出门去了，现在是你们唯一的机会。这个时间正好也没有人玩。只剩你们。"

"只剩我们。"格奥尔格恍惚地重复了一句。

"好！"比比叫了起来，听起来就像一声鸟鸣。

"那么埃伦呢？"

"埃伦不一定今天坐，"那个男人说，"她什么时候都可以坐。"

"我在这里等你们。"埃伦无所谓地补充道。她很乐意促成这样一种公平。她目送着他们向远处走去。

游艺棚的男人跑在前头，其他人跟在他身后，一起向山里跑去。河水迎面向低处奔流，这让他们看起来跑得更快了。他们紧紧拉着彼此的手。狗吠叫了几声，便被他们甩在了身后。

绿草地上紧挨着的年轻情侣们,顿时向两个相反的方向翻身。被抛出的扁平石块击打着水面,发出啪啪的声响。

空中飞椅无声地矗立在夕阳之下。那个男人上前开了锁。它带着梦幻而沉醉的表情站在那儿,站在那几座影影绰绰的大煤气堡中间,就像一个等待上妆的小丑。长长的铁链从五彩缤纷的屋顶煞有介事地挂下来,那一个个小座位也都镀上了一层光彩。连天空和太阳都一下子被漆上了斑斓的色彩。

孩子们的脸上无意识地布满了笑容。

"你们要点音乐吗?"男人问。

"真的音乐?"赫伯特激动地大声发问。

"你想要的太多了。"男人回答他。

大煤气堡用黑暗威胁着他们。

"放音乐太危险了!"格奥尔格说,"河水会传播声音,人们从很远的地方都能听到。到处都有秘密警察。"

"河水奔流而过。"男人阴沉着脸说了一句。

"要是让他们知道了我们坐空中飞椅!"露特露出惊恐的表情。游艺棚的男人一言不发地检查着一个个座位。地上的沙子不怀好意地泛着冷冷的光。

"音乐!"

"要是有人告发您呢!"

"您知道这意味着什么吗?"

"不会。"男人平静地回答,给孩子们系紧安全带。仿佛为了试验机器,他启动了空中飞椅。座位开始摇晃。

"出发!"比比又喊了一声,"音乐!"

顶篷开始旋转。赫伯特那只僵硬的脚战战兢兢地悬在半空中。

"回来!"扩音器喇叭的怪叫声越过了码头堤岸。

"我要下来!"赫伯特叫起来。但已经没有人能听见。

孩子们飞起来了。他们克服了沉重的鞋子的重力法则,冲破了秘密警察的法律条令,飞起来了。他们遵循着自己内心力量的法则飞起来了。

所有的灰绿色在他们脚底下向后退去,越来越远。所有颜色都搅到了一起。纯净而华丽的光,颤动着,闪烁着,赞美着所有不知名的东西。这幅画面不再需要任何人赋予它意义。

远处的地面上,游艺棚的男人交叉着双臂站在那里,闭着眼睛。在这一瞬间,他用他的小游艺棚换来了整个世界。孩子们欢呼着,他们一次又一次地聚拢,一次又一次地分开,就像人们短暂相聚后又各自远走高飞。一切就和他们想象的一样。"回来!"喇叭里还在怪叫。

孩子们根本听不见这些。他们已经触到了最远的星光。

一个女人推着婴儿车走过了桥。车里的小孩子睡着躺着微笑着,车旁的孩子又跑又叫大声哭泣。

"你饿了吗?"女人问。

"没有。"孩子哭着回答。

"那你渴了?"女人问。

"没有。"孩子哭着回答。

"你哪里疼?"女人问。

这回孩子哭得更响了，没有给出任何回答。

"帮我扶着!"女人生气地说。

歪斜陡峭的台阶一直延伸到河边。

"拉牢了，"女人气喘吁吁地说，"你拿什么东西都拿不住。"

风吹了过来，并试图拨乱她一缕一缕的鬈发。车里的孩子也哭了起来。车旁的孩子却开始大笑。他们一起朝着河边走去。

"你笑什么?"女人问。

孩子笑得更大声了。

"我们得找个坐的地方。"女人说，"找个好位置!"

"要找有风的地方，"孩子笑着说，"有很多蚂蚁的地方!"

"要找个避风的地方，"女人纠正他，"也没有蚂蚁。"

"要找没人躺过的地方，"孩子笑着说，"草很高的地方!"

"要找草已经被踏平的地方，"女人说，"很多人躺过的地方才好。躺着才舒服。"

孩子不出声了。扩音喇叭的声音从很远的地方飘来。

"这儿。"女人喊起来，"这里是个好位置! 这里恰好刚有人坐过。"

"刚才谁在这儿呢?"孩子问。

女人从婴儿车里拿出一条毯子，把它平铺在草地上。"都是些小脚印。"她说，"是和你一样大的孩子吧。"

"真的和我一样?"孩子微笑起来。

"好了，别出声了!"女人不耐烦地回答他。

孩子跑到河边,弯腰捡起一块石头,拿在手里翻来倒去。

"石头会游泳吗,妈妈?"

"不会。"

"可我想要它游泳!"

"做你想做的事去吧。我累了。"

"我想做的事。"孩子重复了一遍。太阳已经落下去了。

"妈妈,一条船,一条旧船!那边还有火车。它开得好快啊,它的窗子好亮啊!我能乘什么呢,妈妈?什么东西能载我到那儿去?是那条船还是那列火车?你睡着了吗,妈妈?"

女人疲倦地把头靠在手臂上,均匀地呼吸着。一旁躺着的小婴儿把眼睛睁得圆圆的,瞪着千变万化的天空。那边的孩子又一次爬上斜坡跑了过来,俯下身子看车里的婴儿。暮色的雾气里,婴儿车僵硬地、黑漆漆地立在那儿。

"你真的还想坐这个车吗?"孩子问,"你不觉得它太慢了吗?"

小婴儿无声地微笑着。

"要不等会儿你就换乘火车吧。但是火车会停很多站!"

小婴儿害怕地张开了嘴。

"不,不,你也不要乘火车!你!那下面有一条小船。它不会停靠,只要你躺进去!你想乘多久就乘多久。你不用换车,也没有人缠着你。你要乘吗?来吧!"

女人呼吸得很深,慢慢地把身子转向了另一边。小船轻轻地摇晃着。只有一条不结实的麻绳,把它系在岸上。

孩子抱起了婴儿,冲下了斜坡。

"不就像在摇篮里一样吗?"

婴儿尖叫起来,像一个被困在船尾的水手。

"等等,我马上就来了!"

那孩子松开了系住小船的麻绳,两只脚站在水里。

"你叫什么呀?等等,等一下!你怎么等不及呢?"婴儿仍然在尖叫。大滴大滴浑浊的水珠溅在了他的小脸上。小船漂到了河中央。它旋转着,左右摇晃,看起来犹豫不决。好于一艘远洋蒸汽船,更优越于……

眯着眼睛昏昏欲睡的埃伦抬起头,越过码头的围墙向河面看去。就在这一刻,小船卷入了急流。它翻了。

"回来!"远处地面上的扩音喇叭随着一声杂音终于哑了。

"你们玩够了没?"游艺棚的男人笑着问他们。

"够了。"孩子们高兴地回答,还陶醉在刚才的美妙时刻里。

他为他们解开了安全带。

"我感觉不坏,"赫伯特说,"真的不错。"

"谢谢!"

孩子们和他一一握手。他看起来容光焕发。

"明天还玩?"

"再也不玩了。"格奥尔格严肃地回答,"离这儿两公里,就有秘密警察。

"小心,"男人说,"如果……我是说,要是有好朋友问起。不管怎么样,你们从来就没坐过空中飞椅!"

"我们从来就没坐过空中飞椅。"莱昂学了一遍。

在出口处站着一个大男孩。

"他们为什么没付钱?"

"我们付过了!"孩子们大叫着跑开了。快走,快走!他们三步两步跑开了。

"那儿!"

孩子们的手臂顿时垂了下来。血色从他们的脸上褪去。他们站在斜坡的边缘,直勾勾地看向远处,僵硬而漆黑的剪影从这个夏天的傍晚中凸显出来。

他们眼前的场景,超出了他们对人世间不公的种种理解,超过了他们可以承受的范围:水珠从四面八方冲刷着流淌下来,襁褓中的婴儿被紧紧搂在怀里,埃伦从河面上升了起来。

那个孩子,他们等了七个星期的孩子——拯救了他,就能为自己申辩,就能坐在任何一张长凳上,那个属于他们的小婴儿!

母亲站在堤岸上,手里拉着大孩子,不断尖叫着,恐惧和欣喜交织在一起。人们从各个方向涌了过来,仿佛从河水中升腾而起的幽灵。他们终于找到了这样一个时机,可以证实自己那充满了同情与怜悯的心。埃伦手足无措地站在他们中间。这个时候她看到了站在斜坡边缘的她的朋友们。

那个女人想要拥抱埃伦,但埃伦把她推开了。"我没有其他办法!"她声嘶力竭地向她的朋友们喊道,"我没有别的办法!我想要叫你们,但是你们离得太远了,我原本想……"她拨开人群冲了出去。

"不用说了!"库尔特冷冷地说。

"我的望远镜呢?"赫伯特叫道。汉娜和露特徒劳地帮他寻找着,泪水布满她们的脸庞。

"我们用另一种方式付了钱。"莱昂轻声说。

面色苍白的埃伦绝望地站在他们面前。

"来吧。"格奥尔格平静地说道,并把自己的夹克披在了她的身上,"再往上走一段有张长椅。总之我们都坐到长椅上去吧。"

皮靴碾碎沙砾的声音有节奏地传来,毫无意义却自信满满,仿佛是迷失的人的脚步。孩子们惶恐地一下子跳起来。长凳翻倒在地。

"请您出示证件!!"一个声音命令道,"请问您有资格坐在这里吗?"

这个声音。埃伦把脸转向暗处。

汉娜在她的衣兜里摸索,试图寻找证件。但是她不可能找到。没有被路灯的光照到的莱昂,准备跳进灌木丛里。赫伯特紧跟其后。可他僵硬的脚摩擦出一连串的沙沙声。他们俩立刻被抓了回来。

沉闷的缄默中,站着几个士兵。其中一个看起来像是他们的长官。他的肩章闪耀着银白色的光泽。比比开始大哭,不一会儿又没有了声音。

"一切都完了。"库尔特悄悄说。

在那么几秒钟里,在场的每一个人都没有发出任何声响。

站在中间的长官开始显得不耐烦；他心烦意乱地摸着自己的左轮手枪。

"我已经问了一遍，您是否有资格坐在这里！"

赫伯特出声地吞了两次口水。

"您是雅利安人吗？"

动作僵硬地站在阴影里的埃伦，想要走上前去，却又收回了脚步。当那个长官咄咄逼人地再次更加清楚地重复他的问题时，她终于走到灯光下，用她独有的动作把垂到脸庞的短发拂开，说道：

"你不用问就知道，爸爸！"

头盔的作用之一，就是遮盖面部表情。当然，在前线它始终能证明自己存在的意义。

在这个小而整洁的公园里，充斥着一种窒息，一种令人难以忍受的嘈杂的寂静。站在左右两边的士兵，显然并不知道发生了什么，但他们感到一阵恶心和晕眩，仿佛他们已经败下阵来。孩子们明白了一切，以一种胜利者的姿态站在阴影里。

站在面前的男人，曾经恳求埃伦把自己忘却。但是一个说出口的词语会忘记那张嘴吗？他及时阻止了自己再去深入思考这些问题。这些念头此刻让他感到名誉受损，感到彻底的挫败。

谁都不再考虑怎么逃跑了。孩子们一下子进入了一种进攻的姿态，来路不明的权力从他们的无力中汩汩流出。巴比伦塔①在他们一次次呼吸的轻颤中崩塌。蕴含着大量水汽的沉甸甸的风,从西边的海面上吹来。这是世界上解救一切的呼吸。

埃伦尝试着挤出一个微笑。"爸爸!"她向他伸出了双臂。这个男人朝后退了一小步,站在他的士兵们身后,这样他的举止就不会被他们看到了。他的眼里流露出痛苦,视线带着恳求的神色落在他女儿身上。他把右手搭在腰带上,想要掩饰它的颤抖。尽管沉默着,但他用尽一切手段,想要控制住埃伦的动作。

但是她不再受控制了。信任感簇拥着她,让她在一个已经完全暴露的国度中降落到了一块未开垦的空地上,这块空地就在她那因失望而产生的痛苦和愤恨的中央。她纵身一跃,攀住了他的脖子,开始亲吻他。但他已经预料到这一幕,只是粗暴地把她的手从自己的肩头甩开,迫使她与自己保持一定的距离。

"你怎么到这儿来了?"他带着几分严肃问她,"而且,这是和谁在一起?"

"噢,"埃伦回答,"都是相当不错的人。"

她转过身子,做了一个潇洒的手势。

"你们现在可以回家去了!"

灌木丛又传出了沙沙的响声,由轻变响,树叶相互摩擦

---

① 即巴别塔。之前地上的人们都说同一种语言,他们要建造一座城市和一座高塔来传播自己的名声,以免他们分散到世界各地。但上帝打乱了他们的语言,使他们无法再相互沟通,还把他们分散到了世界各地。城市停止了修建,被称为巴别。可参考《圣经·创世记》11:1-9。

着，衣服被荆棘"嘶嘶"地扯破。有那么几秒钟，大家只是在静静听着莱昂的窃窃私语以及赫伯特的脚在地上拖动的声音，又轻又快，擦着地面前行。然后就什么动静都消失了。

两个士兵错愕地转过身去，却没有得到任何命令。因为埃伦正恼火地故意紧紧抱住她的爸爸不放，她咬他，让他说不出一个字。她挂在爸爸的肩章上，就像一只缠人的小动物。

她想："赫伯特有一只不好使的脚，赫伯特需要更长的时间。"她满脑子只有这一个念头。她忍不住哭了，泪水打湿了爸爸的制服，让它变得斑斑点点。她的身体因抽泣而颤动，但她突然又大笑起来。在爸爸摆脱她之前，她咬了他的脸颊。他拿出自己的手帕，抹了抹嘴，又擦干了制服上一点一点的水渍。

"你病了，"他说，"你可以走了。"

埃伦点头。

"你一个人能回家吗？"

"可以，"她平静地说，"我觉得可以。"但她指的并不是那个肮脏的临时住处，那个住着她、她的外婆以及索尼娅小姨的地方，而是远方，那拥围着她庇护着她的远方。"我在执勤。"他向她解释了一句，这会儿已经慢慢平静下来。就算有人问起来，这一切也只不过是发热造成的臆想。

"我不再缠着你了。"埃伦礼貌地说。

他想做一个表示结束的手势，最终只是有些愤怒地把手搭在了帽檐上。埃伦还想说些什么，还想再看看他的脸，但她并没有动。光柱离开了她。她被留在了阴影里。

她转身回到长凳前。"格奥尔格!"她轻轻唤了一声。

但格奥尔格并不在这里。没有人在。所有人都逃走了。

在这一刻,风把云都推到了一边。埃伦跑下台阶,站在河水边。月亮把它拉长了的影子投向对岸,就像架在河上的一座桥。

## 神圣之地

不能提供证明的人不知所终，不能提供证明的人，将会被移送。我们该到哪里去？谁来赋予我们这张特别证明？谁来帮助我们，证明我们是我们自己？

我们的祖父母辈不起作用了：我们的祖父母辈不能为我们做任何担保。我们的祖父母辈成了我们的罪孽。我们存在，就是罪孽，我们一天天长大，就是罪孽。宽恕我们的这种罪孽吧。宽恕我们红润的脸颊和洁白的额头，宽恕我们本身。我们难道就不是来自上帝之手的馈赠？难道就不是从火花迸发中诞生的火焰？难道就不是一次亵渎中孕育的罪责？我们的罪孽应由我们的长辈承担，他们的罪孽来自他们的长辈，祖祖辈辈溯流而上。这不就像一条一直延伸到天边的路？它的尽头在哪里？这条罪孽之路，它要在哪里终结？你们知道答案吗？

故去的人在哪里醒来？他们在哪里把头颅从坟墓中抬起，为我们做证？他们在哪里掸去身上的尘土并且发誓：我们是我们本身？在哪里能不再听到讥讽的笑声？

一百年前？两百年前？三百年前？你们把这个叫做特别证明？继续往前数吧！一千年前，两千年前，三千年前。直到该隐为亚伯、亚伯为该隐担保①，直到你们头晕目眩，直到你们开始杀戮，因为连你们也不知道如何是好。因为连你们也找不到人为自己做证。因为连你们也只是横流的鲜血的见证人。在哪里我们会重逢？那些被证实的会在哪里被见证？给我们每个人的特别证明会在哪里被铭刻在天空？那是在被熔化的大钟同时敲响开端和终止的地方，那是在每一分每一秒向我们揭开面纱的地方，那只可能是在一切终于化为一片蓝色的地方。在那里，最后的告别结束了，新的重逢开始了。在那里，最后的墓地走向尽头，田地开始延伸。你们禁止我们在公园里玩耍，我们就在墓地上玩耍。你们禁止我们在长凳上休息，我们就在墓碑上休息。你们禁止我们对未来有所期待：我们还是要继续期待。

一，二，三，快藏好，我们来玩捉迷藏。谁找到了自己，就能被宣告无罪。在那儿，白色的石碑那儿！在那儿能找到容身之地。在那儿，自由的鸟儿不再得不到律法的保护。一，二，三，抓到了，死去的人加入了游戏。你们听见了吗？你们是否已经听到？悼念我们，站起来，举起你们的手起誓，你们活着并且为我们担保！起誓，我们和其他人一样是活的。起誓，我们饿了！

"不，莱昂，这怎么行。你耍赖，你从手指缝里偷看！你

---

① 该隐是亚当和夏娃的长子，因上帝偏爱弟弟亚伯的礼物而将弟弟杀死，这是基督教世界观中世界上的第一桩谋杀。可参考《圣经·创世记》4:1-16。

看到我们往哪里走了!"

"我看到,你们往哪里去,"莱昂轻声重复,"我透过指缝看到了。我看到你们消失在墓碑之间,是的,我看到了。然后我就什么都看不到了。别走开了!"他恳求道,"我们待在一起!天马上就要黑了。"

"继续玩呀!公墓还有一个小时就要关门了。我们要抓紧时间!"

"当心,你们别跑丢了!"莱昂突然喊道,情绪失去控制,"当心,你们别被人错埋了,你们!"

"你这么大声喊叫,守墓人会把我们都扔出去的,那我们连这最后的游戏场也要失去了!"

"当心,别让人把你们和死人搞混了!"

"你疯了,莱昂!"

"如果你们现在躲起来,我可能就再也找不到你们了。我在坟墓间穿行,呼唤你们的名字,我拼命叫喊,我用脚跺地面,你们却没有任何回应。突然这不再是一个游戏。树叶窃窃私语,可我并不知道它们在说什么;野生的灌木向我弯下腰来,抚摸我的头发,但是它们并不能给我安慰。守墓人从安放遗体的大厅向这儿走来,他抓住我的衣领。你找谁?我找其他人!其他什么人?和我一起玩的人。你们在玩什么?捉迷藏。那就是了!守墓人紧紧盯着我的脸,突然开始大笑。您在笑什么?我的伙伴们在哪里?其他人在哪儿?没有其他人。他们躲进了坟墓里,他们已经被埋葬。他们提供不了特别证明,自古以来都是如此。

"你们为什么要捉迷藏?你们活着,为什么要玩捉迷藏?你们为什么要到墓地里来互相寻找?走吧!从这里离开,大门要锁上了!没有其他人了。守墓人的话里充满了威胁,他露出了凶恶的面容。走开!我不走。那你也将不再存在。守墓人突然消失了。白色的小路上一片漆黑。左右两边立满了墓碑。没有名字的墓碑。孩子们的墓碑。我们不再存在。我们已经死了,没有人证明我们的存在!"

"莱昂说得没错!"

"那我们还玩不玩捉迷藏了?"

"让我们考虑一下,格奥尔格!"

"不,我不让你们考虑,我要玩,我知道躲在什么地方最好!我应该告诉你们吗?就在那边——在最古老的坟墓那边!那里的石碑已经歪斜,土堆已经下陷,仿佛它们从来也没有存在过!那里已经没有人再哭泣,所有人只是等待。那里的风很轻,好像一个窃听者。那里的天空如同一张脸孔——在那儿,你们没有一个人能找到我!"

"百年以后只剩下你的白骨!"

"莱昂的病传染给你们了。"

"你想被找到吗?"

"你们为什么这样问?"

"那你为什么要把自己藏起来?"

"留在这里!"

"我们待在一起!"

"谁知道,我们究竟是否存在于此。"莱昂说。

"我们找不到死去的人来证明我们的存在。我们的祖父母辈是被唾弃的,我们的曾祖父母辈也不能为我们担保。"

"他们拒绝了。"

"他们远道而来,又远走他乡。"

"他们像我们一样被驱赶。"

"他们得不到安宁。"

"他们躲藏起来,让人无处可寻。"

"他们没有安静地沉睡在石头下面!"

"人们辱骂他们!"

"人们憎恨他们!"

"人们迫害他们!"

"就当我们故去的亲人并没有死去。"莱昂说道。孩子们紧紧握住彼此的手,围绕着陌生的坟墓雀跃起来。

"我们现在做到了,我们做到了,故去的人并没有死去。"他们的叫喊声像四下飞溅的火星一样在灰暗的天空下闪烁。他们头上的天空,像一张脸那样俯视着他们,仿佛流露出一种陌生人的怜悯;天光仿佛一边坠落一边掩藏起自己。这片天空,越来越沉地压向他们,就像大到他们无法承受的羽翼。

"我们故去的亲人没有死。"

"他们只是藏起来了。"

"他们在和我们玩捉迷藏!"

"我们要去找他们。"莱昂说。

大家垂下了手臂,突然静静地站定。

"我们应该到哪里去?"

他们紧挨在一起，把自己的手臂搁在同伴的肩上，垂着头坐在无言的墓碑上。他们微弱的黑色轮廓静静地凸显在白色的石头上。遗体安放厅的拱顶远远地飘浮在半空，仿佛暮色中一个悲惨的梦。白色的石子路上，最后几片金黄色的叶子在陌生人的脚前舞动。

"让我成为你脚边的一片落叶，"露特怯怯地说，"这也是那些歌里唱的。"

这些叶子要飘到哪里去？树上掉下的栗子要落到哪里去？迁徙的候鸟要飞到哪里去？

"我们要到哪里去？"

坟墓向西面延伸开去，一眼望不到边际。远离一切目的，遁入目光所不及之处。

一道又一道低矮的红砖墙，分割着连绵不绝的坟墓。它们只是按照宗教信仰排列，向着远离城市的方向与最偏远的墓区融为一体。往南边望去，同样也有一排排的坟墓，好像一队沉默的士兵，打算配合着从两面夹击。

北边是公路。从那里传来有轨电车咔嗒咔嗒的声音。电车并不在这片最偏远的墓地停靠，只是飞快地驰过，好像它出于害怕而急于别过脸去，就和人们的表现一样。要是登上小山，摸着石头往上爬一段，就能看到电车站快速闪动的红色灯光，跳过去跳回来，跳过去跳回来，就像不安的眼睛。要说这一幕有些好笑，倒也不为过。

这最后一片墓地浸满了绝望的秘密，充斥着各种诅咒，里面的坟墓都已经荒弃，只剩下刻着陌生名字的石头小房子，以及供哀悼之人休息的长凳。但一到夏天，这里同样会有蝴蝶飞来，会有茉莉开放，会有许多沉默的人徘徊，会有新生长的灌木立在每一座坟墓旁。在这里玩耍，难免感到悲哀，每一声短促而忘乎所以的喊叫都会立刻转化成深沉的渴望。沙砾小路那岔开的白色手臂，圆形小广场那张开的手掌，都是孩子们流连忘返的怀抱。"我们该到哪里去呢？"

一道黑色的矮树篱，像障碍跑赛道上的最后一个跨栏，在最南端把公墓与广阔的田地分割开来。田地一望无垠，具象地证实了地球的弧度，也因它而证明了自己的存在。大地是圆的，就是为了追求无穷无尽吗？大地是圆的，这才可以被人握在手中吗？

其中哪一条道路才对呢？我们要怎样才能追上故去的人？我们要怎样让他们开口？他们在哪里为我们做证？

不就是在那里吗，远在天边，近在咫尺？不就是在那里吗，在一切都会变成蓝色的地方？就在这条路上，一直往下走，沿着无尽的田地，一边是恐惧，一边是丰饶？

"我们该到哪里去？"

孩子们绝望地思考着。他们的眼睛吮吸着无声的黑暗，就像品尝临终的圣餐。

一架飞机轰鸣着划过他们头顶。他们从坟墓上抬起头，目光寻找着它的踪迹。一群乌鸦飞上了天空，若无其事地在黑暗中失散。飞机和鸦群。我们却不是这样。我们不能这样因为得不到证明而消失了踪影。

矮树篱的另一边有人点起了一个小小的火堆。三只山羊在火堆边吃草。

"到你们该回家的时候了。"老人说道。他语气非常温柔，只不过他是在对山羊说话。

"我们也是。"莱昂喃喃自语。

比比一下跳了起来，朝树篱跑去，其他人都跟了过去。

浓雾笼罩着田野。老人和他的羊不见了踪影。孩子们勇气尽失，返归陌生人的坟墓。他们都垂着手臂，脚步沉重。气温渐渐下降。远处传来了电车轰隆轰隆的声音。

"坐车离开！"

"偷偷越过边境！"

"快行动吧，趁还来得及！"

但是乘着火车头的鸣笛声踏上旅程，只能带少得可怕的行李。恨不得比只带本人还要少。以这种方式旅行，会比想象的更艰难。而且问题是，去哪里呢？

就为了买一张站台票，他们不是已经把最后的钱都付出去了吗？——只要还有一次儿童撤离行动能把他们送去陌生的国度。为了祝愿那些幸运的小伙伴一路顺利，他们不是已经把最后的微笑也付出去了吗？挥动着大手绢，留在火车站那渐渐变暗的蓝色灯光里，他们不是也早已演练了很多遍了吗？但这一切已经过去很久了。

现在他们已经知道，只要还有人在这个世界上追逐权力，就有人维护着不公。他们已经学会了变卖家产，平静地面对践踏在自己身上的脚。他们透过天窗看到焚烧的寺庙，可一夜之间天空就恢复了湛蓝。

不，他们不再信任光洁又明朗的天空，不再相信缓缓飘落的雪片，不再相信饱满的花蕾。但是他们日渐成熟的感官，和那由隐忍的眼泪汇聚而成的、能撕裂一切的危险洪流，正在探寻一条出路。它冲刷出了新的河床。

"走吧！"

"去一个陌生的国家！"

但不是已经太晚了吗？已经很久没有儿童撤离行动了。边境都已经封锁。战争来了。

"我们该去哪儿呢？"

"哪些国家会接纳我们？"

不是南边，不是北边，不是东边，不是西边，不是过去，也不是未来。

这样的话，就只剩一个国家了：就是死人的国度。这样的话，就只剩一个国家了：在那儿，连鸟儿们和被撕裂的浮云都能证明自己。这样的话，就只剩一个国家了……

"在那儿连山羊都得到证明，"赫伯特说，"那白色的山羊、树叶、栗子，我们去了也能得到。"

"别说了，小家伙！别对我们提那些童话！"

"他说得对，"莱昂语气严肃，仿佛经过了深思熟虑，"在风和野生的鸟儿们都能得到证明的地方，我们也可以。但是那是什么地方呢？"

"为风和鲨鱼做担保的人，"埃伦叫起来，"也能为我们做担保，这是领事说的。"

"可这样的人在哪儿？"

莱昂跳了起来。

"我们应该去耶路撒冷!"他突然说。

"你是说那个圣城吗?"埃伦叫道。

其他人都笑了起来。

"我听说过,"莱昂继续说道,身体靠在白色的石碑上,"那儿盛产橙子。都是手工摘的!"

"你要怎么到那儿去?"库尔特略带嘲讽地问他。

"只要我们越过第一道边境,"莱昂回答他,"之后或许就不那么难了。"

"可我们怎么才能到达边境呢?"

"有谁能来帮助我们?"

"或许是大雾,"莱昂说,"谁都有可能,或许那个放羊的人就能帮助我们。"

"那个带着山羊的人!"比比开始大笑。

她笑得前仰后合。

"要是我们在边境被抓住了呢?"

"如果我们被遣送回来呢?"

"我觉得不会。"莱昂平静地回答。

"够了!"库尔特喊道,"你把我们都当傻瓜了!来吧,我们走。"

"去哪儿?"

"留在这儿!我们都待在一起。"

"在一起!"库尔特继续带着讽刺的语气说,"在一起?你们连方向都不知道。穿过这一片坟墓吗?怎么才能去神圣之地?"

"我是认真的。"莱昂说。

有轨电车行驶的声音再次越过黑色的矮树篱从远处传了过来。白色的烟雾从矮墙后腾起，那是刚才生火的地方。金星畏畏缩缩地躲在浓雾后面，像一件早就决定了却迟迟未被公之于众的事。浓重的暮色遮掩起一切的轮廓，使它们看起来仿佛只是一片幻影。

"那儿有个人！"莱昂说。

"哪儿？"

"那儿，通向大门的地方。"

"你们看到他了吗？"

"是有人，有人在偷听！"

"你们现在看到他了吗？"

"是的，我看到了。"

"就在那块倾斜的石头旁边！"

"那是一株灌木。"汉娜说。

"一株年纪不大的灌木，还相当年轻。"库尔特调侃道。

"十分钟后就会从大地里跳出来，一个被施了魔法的王子！"

"把他解救出来！"

"这会儿他动了。"

"他听到了我们说的一切！"

"我们什么都没说。"

"我们所有的计划！"

"你们为什么要说那么大声？"

"埃伦一想到什么就大喊大叫。"

"你们也都叫了!"

"现在他站在那儿不动了。"

"他是来扫墓的吧,一个死者家属!"

风摇动着灌木。最后一片叶子挣扎着停留在树杈上。

"如果他不是呢?"

"如果他要告发我们呢?"

"他什么都没听到!"

"他全部都听到了!"

"你们的计划落空了。"库尔特嘲讽道。

孩子们突然陷入了沉默。

一条小路从他们脚边的坟墓延伸出去,在不远处拐了个弯,通向墓地里的楼房。这条路有一段被灌木和长凳遮住了,到了墙的附近又清晰地显露出来。它穿过了一扇宽阔的大黑门,就像一条河流,人们并不知道,那儿是它的尽头,还是它的源头。就在这条路上,一列送葬队伍从遗体安放大厅出发,朝孩子们这边来了。尽管最近几年,有比以往多得多的人被埋进这个最偏远的墓地,但眼前的这次入葬仍旧堪称罕见的晚。公墓的关门时间就在眼前了。一开始,棺木只有一个昏暗的大致轮廓,在小道上慢慢地蠕动着前行,仿佛就要破茧而出;然后,它消失在了灌木丛后面;在拐角处,它再次出现,已经比刚才清晰了不少。等到事情真相大白的时候,一定要快活一点,这是游艺棚里的男人说的。

这确实是一个入葬仪式。杠夫尽他们所能地快步前进。但他们的速度实在有限。棺架的木板不情不愿地慢慢向前挪动着。

先生，留在我们中间吧，因为快要入夜了！

杠夫们急着回家。那似箭的归心，就和棺木中的死者一样。

孩子们从坟墓旁跳了起来，扬起一阵尘土，落叶也在他们脚边盘旋而起。一瞬间，仿佛腾起一片云雾，会把孩子们送去未知的地方，或者把他们变成别的什么东西。但这片尘云显然也受到了诅咒，转眼就沉降了下来。

孩子们让到路的一边。杠夫抬着棺架从他们面前经过，没有停留，也没有看他们一眼。棺木是未经加工的木料做的，很长，颜色鲜亮。随着杠夫的一起一伏，似乎有什么悬浮着的东西在它内部孕育着，眼看就能令它自由活动起来。它试图证明，在这最终的身不由己之中，沉默地飘荡着某种形式的最后的独立，就像果肉中的果核。

棺木后面没有任何人跟随。那些跟着棺木哭哭啼啼却只是让自己显得愈发可笑的葬礼来宾，他们想要跟从，却无法跟从，他们被黑色的面纱挡住了视线，被自己的步伐绊得跟跟跄跄。棺木后面真的没有人跟从吗？

第一个跟上去的孩子是谁？是赫伯特，是埃伦，还是莱昂？是什么促使他们迈出这样的一步？是恐惧吗？歪斜的石块旁的那棵灌木，那棵根本不是灌木的灌木，让他们害怕？还是热切地渴望？那神圣之地让他们心生向往？

他们跟了上去，跟上了陌生的棺木；跟着这个不知名的死者，这是他们在这里能找到的唯一一个可以为他们做证的人，这是现在唯一一个能帮助他们、能给他们理由和证明的人：赫伯特，像往常一样拖着他那只僵硬的脚，走在埃伦和格奥尔格之间。露特和汉娜,她们浅色的卷曲头发,在秋风中飘扬,沐浴在那未经加工的棺木反射出的光亮中。一般只有穷人才用这样的木料雕凿棺材。

跟随得越久,孩子们的步伐就越与杠夫的步伐一致。迟疑不决与烦躁不安以同样的强度逼迫着他们,让他们在这两者之间摇摆不定。他们也是客人,只不过不是葬礼来宾。他们看起来好像也肩扛着棺木。这条路是通向神圣之地的吗?墓地里一盏亮着的灯也没有。杠夫怒气冲冲地喘息着履行自己的职责。这份职责足够沉重。这份职责在深秋的这个时刻不能为他们带来任何乐趣。

"嘿,你们,你们跟在我们后面要做什么?"

"我们是你们一伙儿的。"

"是死者家属?"

"不是。"

"葬礼来宾?"

这是一个漆黑的傍晚。身负重物在黑暗中前行,很难一下子掉过头去。更难的是,找到一个合适的词来称呼这些并不参加葬礼的来客。杠夫放慢了脚步,一会儿却又加速前进,把几句咒骂甩过自己的肩膀,掷向后面的跟随者。最后,他们把木架上的棺木颠得直跳,似乎要以此来吓唬孩子们。但这个办法也不管用。孩子们毫不动摇地跟在后面,双眼满怀信心地注视着棺木。那飘飘荡荡的光亮,包裹着他们面前的棺木,像一段挥之不去的旋律。这仿佛是一条真正通向神圣之地的道路:不是东方,不是南方,不是北方,不是西方,不是过去也不是未来。这条路,只有这条路。一直向前。一直向前,便能无所不至。

孩子们边走边轻声地嘲笑那些杠夫的咒骂。目的地隐晦地在他们的脸上映现出来。他们不再对道路如此之长感到惊讶。任何事都不会再让他们感到惊讶,哪怕持续在浓雾中穿梭,经过一座座坟墓,还要继续走上几个小时;哪怕这些杠夫连同棺木突然跳过矮树篱,去追逐那三只归家路上的山羊。

但是杠夫停住了脚步。他们站在原地,放下了棺架,好像特意为了拦住孩子们的去路。人们仿佛也是为了这个目的,才在这里挖掘了这个墓穴。

坟墓早就挖好了,还能怎么样呢?纤细的黑色枝条伸向黑洞洞的入口,用指尖触碰着它的边缘。这是最后一片墓地里最最边缘的坟墓。

杠夫弯下腰,把棺木从架子上放下来,缠绕上绳子,把它慢慢地降了下去。棺木摇摇晃晃,很快便消失在了黑暗中。

孩子们沉默地站在高耸的土堆旁。他们突然觉得,这条已经到了尽头的小路,就是他们最后的出路,能带他们穿越边境的最后出路,能让他们获得任何一个证明的最后出路。他们看着杠夫把墓穴填平,然后有些迟疑地转身走开。

跑在前头的几个孩子已经站在了遗体安放大厅的墙前面,他们发现了一个陌生人。他正迈着不紧不慢的步子,摇摇晃晃地踩着白色的沙砾小道迎面而来。孩子们顿时像四散的小兽般没入了灌木丛。

埃伦和格奥尔格落后其他人几步,也没有听到任何警告的声音。当他们突然找不见其他人,便茫然地跑了起来,却和这个陌生人撞了个满怀。

"跑这么快去哪儿?"

那个人歪斜着脑袋,叉开着腿,站在路中间,挡住了他们的去路。

"去哪儿?"

"您是谁?"

"不是灌木也不是奸细。"

这个仿佛刚刚从墓穴里爬起身来的人,就是灵车的车夫。他听到了孩子们谈论的一切。

"你们想要去神圣之地?"

"这只是个玩笑。"格奥尔格否认。他们僵硬地站在那里,努力管住自己想要逃跑的腿。陌生人把手放在他们的肩膀上,带着他们向大门走去。他的手冰凉,松松地搭在他们肩上。

"你们为什么一定要去神圣之地?"

"我们只是在玩游戏。"埃伦回答他。

"这个游戏可有点瞎胡闹。"车夫带着几分怒意大声说。

"神圣之地非常遥远,你们知道吗?"他弯下腰,正对他俩的视线,"在这附近有一道边境线,很容易就能过去!过去之后你们就不用继续走了。那儿有成堆的玩具,你们能把所有喜欢的带回家……"

"在那儿,烤熟的鸽子也会飞,"埃伦温柔地笑了笑,"这是童话里说的!"

车夫生气地瞪了她一眼。

"就在这里附近,有一道边境线。"他信誓旦旦地重复了一遍。

"还有许多边防哨。"格奥尔格说。

"不是到处都有。"车夫回答他。

"而且,我可不光是个驾驶灵车的车夫。"

"您要什么回报呢?"

他报了一个数额。

"原来是钱。"埃伦说。

"不然你以为呢?"

"您什么时候出发?"

"后天。后天我应该有时间。"

"后天前我们得凑到钱?"格奥尔格问。

"要做就快,不然就算了。"男人回答他。

"要是我们能凑出钱来呢?"孩子们突然陷入了兴奋的情绪。

"想做就去试试吧,"车夫说,"等你们都到了,我就会来的。"

他们一起走到了大门口。看门人提着一串丁零当啷的钥匙:"你们就是那些刚才在那儿跑来跑去的人?"

"不是。"车夫说。

"是啊。"孩子们却这样叫道,但他们很快地走了过去。大门在他们身后关上了。

"后天,傍晚左右,从最后一片墓地出发。我在墙边等着。"

"后天。"车夫最后一遍重复。后天。这会是个错误吗?为了后天而活,为了后天而死。这是一个不正当的幽会吗?这会不会就和每一个与陌生车夫的约定一样不算数？为什么在墓地的墙边碰头？期待着后天，同时恐惧着后天？后天，在这一天，连这个地方也向我们发出了驱逐令。"就好像被狗群到处追逐。"外婆这么说道。

然后就到了明天，也就是后天的前一天。

在这最后的一天，孩子们恍惚的精神已经悠悠地越过了所有的边境。外婆把书柜老也卖不出去的责任归到了埃伦身上。这个古老的书柜，它的价值在于那些生者和亡者的梦，而它的价格则源自一次敲诈。能向谁解释清楚这一切呢？

"我们需要钱来移民。"外婆在出门前，是这么对埃伦解释的，"一定要把书柜卖出去。"

"是为了移民。"埃伦重复了一遍，"说的是哪次移民？"她不安地独自穿过所有的房间，像一个被背叛了的背叛者。

车就等在最偏远的墓地。书柜必须卖掉。要卖掉一件心爱的东西，应该出什么价呢？

"我要拿你换钱。"埃伦对着书柜解释，"用钱来穿越边境。你得理解我，我得靠你穿越边境！"她说着，张开双臂拥抱了它。

第一位买主走了，因为他不认为梦想和生意之间存在什么有意义的关系，第二位买主也走了，因为他在老书柜的角落里发现了一只蜘蛛，直到第三位，埃伦才和他真正进入了议价阶段。这还真是一次不坏的谈判，因为它是由沉默开始的。两个人都保持了足够长时间的沉默，似乎这样能够先让彼此更加熟识。接着，埃伦就把她那些闪耀着童话光彩的论据劈头盖脑地抛向那位目瞪口呆的买主。她为老书柜说了很多好话。

"它会发出嘎吱嘎吱的声音！"她把一根手指竖在嘴唇前，轻柔地来回扇动书柜的门，"当火车经过的时候，它的玻璃窗就会咯咯直叫。您想要等到火车经过吗？"

买主在一张靠背椅上落了座，那椅子却一下子塌了。他重新站起来，没有说一句话。"它闻起来有股苹果的味道，"埃伦咄咄逼人却徒劳无益地向他耳语，"最下面少了一层搁板，这样人就可以躲在里面了！"

她徒劳地使尽浑身解数，用生硬的词语去描述那些难以捉摸的东西。她完全忘了提醒买主注意外婆嘱咐过她的那些内容，比如柜门的玻璃是雕花的，比如柜子两边布满镶嵌工艺。

"到了秋天它会发出爆裂的声音，仿佛里面有一颗心脏在跳动！"她带着志在必得的语气继续说道。

"人有心脏，人也会在秋天发出爆裂声？"买主问了一句。然后他们继续沉默地等待着火车经过。

"起风了！"埃伦说，仿佛这也能证明书柜的价值，"您觉得您应该付多少钱呢？""我再等等吧，"买主不为所动地说，"我等火车来。"

火车来了。玻璃窗咯咯作响。

"它在害怕。"埃伦说着，脸色变得苍白，"书柜害怕您。"

"我买了。"买主说，"您开个价吧。"

"谢谢，"埃伦说，"可我不知道，它害怕您。"

"它会平静下来的。"买主说。

"您愿意为它付钱吗？"埃伦有些胆怯地问。

"不,"买主的语气里有一丝悲伤,"不行,我付不了那么多钱。它会咯咯叫,闻起来又有苹果的味道。我的账先记在您这里。"他说着在桌子上留了五百马克。

"不对呀!"埃伦困惑地把钱推了回去,"我外婆是说:不要低于一百五十马克!"

"那请您告诉您的外婆:没有东西能比一个深沉的梦更珍贵。"买主走了,甚至连书柜都没有带走。他买走的是,苹果的香气,和埃伦苍白的面色。

后天成了明天,明天成了今天。日子就像被扯断了线的珍珠项链,一天天不断滚落。你弯下腰去寻找,却再也找不到了。今天又成了昨天,昨天已经成了前天,别放它走啊!抓住今天!你们给我停住!时间像一对忽闪的翅膀,从你们耳旁擦过,像一幕狂野的逐猎,在你们窗前上演。就在此刻,就在我们渐渐死去的每一个小时里。"现在"不就被包含在我们走向死亡的每一个时刻里,正如同赴死的每一刻就包含在"现在"之中?它们就是凶手,这一天天的日子,强盗!一伙儿走私犯,企图跨越我们的边界。别让这发生,抓住他们!抓住今天!但是你们打算怎么做呢?

你们不是在所有边境线上都设立了边防哨吗?全副武装,戒备森严?在你们时间的边境线上也立着边防哨,守卫着你们的长辈和祖先,守卫着死去的人!让它们守卫住今天吧,让今天始终是今天。在你们所有的边境线上都设立边防哨,这样你们就得到了保护。

你们说什么？没有用吗？

轻点。到处都有秘密警察。

你们说什么？你们的边防哨没有听从命令坚守在那里？它们要投奔别的国家去？去一个每个日子都在叛逃的国度？你们的曾祖父母辈投敌了，你们的边境线也要打开吗？没有人可以证明，今天还是今天？

不要允许这样的事发生。往回跑，跑过一百年，两百年，三百年。然后呢？

血统的护照不再有用了。时间不是一个圆环吗？就如同你们的空间？你们要怎么停留？你们所有的边境线都开放着，为你们的叛逃行为提供证据。你们是逃亡者，游荡然后躲藏，躲藏然后游荡，周而复始。时间在你们的感官面前就像辘辘驶过的马车，那是一架黑色的马车。

"上车！"

车夫摘下了帽子。埃伦把钱塞进了他手里。他打开车门，钻了进去，身上的表链叮当作响。孩子们有些犹豫。他们紧紧握住彼此的手。

这是一辆漆黑而沉重的车，车身布满凹痕，皮面因为日晒和干燥都龟裂了。这是一辆灵车。马儿忧郁地眯着眼睛，瘦骨嶙峋的深色马身上有结痂的鞭痕。沿着公墓往远处延伸的道路，此刻空无一人。它的空洞，在这一刻尤为触目惊心，它的本质赤裸裸地暴露在外面。

明天已经变成今天，今天成了昨天。

"快点儿！"孩子们跳上了马车。车门合上了。这"啪"的一声,像鸟儿的一声警鸣,一直传到了墓地的花园里,有人在那里为死者编织花环。

马车跑起来了。

格奥尔格把毛毯盖在埃伦的膝盖上。他们坐着车出发了。先是慢慢地,然后加快了速度,越来越快,好像是沿着铁路向边境线驶去。公墓的红墙,石匠的白色院子,园丁的绿色帽子,所有东西都被甩在身后。留在他们身后的,还有最后的那些花、烟囱里喷出的浓雾、饥饿鸟儿的鸣叫声。但也有可能只是这架黑色的马车留在了远处,而其他的一切都飞走了。谁又能精确地分辨清楚呢?

天空像蓝色的玻璃,路边红色的山毛榉好像撞得头破血流。不仅是红色山毛榉,连头上那片玻璃也裂成了碎片,随着他们的远去融入了灰色鸟儿的灰暗之中,消散在了黑色马车的漆黑面前。

"边境线,边境线在哪里?"

"你们没看到吗?那儿,在一条线分割天空和大地的地方,那就是边境线。"

"您在开玩笑!"

"我怎么可能开玩笑?"

"您在带着我们绕圈子!"

"你们为什么那么不信任我?"

"我们累了。"

"我们总在同一个地方。"

"您说的那条线,永远在很远的地方!"

"停下,车夫,停!我们还是下车吧!"

"我已经带你们越过去了!"

"我们要回家。我们要去找其他人!"

"我要回去!"

"我要去找我外婆!"

但是车夫不再回答他们。渐渐地,他们的叫声也平息了下去。他们拥坐在一起,头靠在彼此的肩膀上。他们已经把自己交付给了陌生的车夫、黑色马车,还有那条边境线,永远在远处的边境线。

"埃伦,埃伦,你的头在我身上越来越重!埃伦,我们这是去哪儿?埃伦,天暗了,我不再能保护你了,一切都在转……"

"……一切都在转!"一个背着风笛的男人叫道,跳上了行驶中的马车,"要是一切都不转,那才更可怕呢!人们就再也找不到极点了。"他好容易打开了车门,从头上扯下帽子,大笑起来,又仰起鼻子嗅了起来,"尸体,有尸体的味道!"

马车仍旧沿着河道奔驰。

"有什么好笑的吗?"埃伦严肃地问他。

"没有人注意到!"陌生人哧哧地笑,"瘟疫已经爆发,但是没有人注意到。他们活过,却没有注意到,现在他们要死了,仍旧没有注意到。他们的军靴就是尸床,抬着他们走过城市。他们的步枪就是杠夫,把他们扔进坟墓。肿瘤,肿瘤,一切不过是肿瘤!"陌生人大张着嘴,来回晃动,突然滚到了座位之下。

"您是谁?"

"我掉进了瘟疫窟。"

"您是谁?"

"我唱了一首歌。"

"您是谁?"

"噢,我是你亲爱的奥古斯汀①,这很难解释!"

马车一直追逐着河流前行。电报线在道路的黑色煤层上闪着光,海鸥像失事的飞机一般俯冲向冰冻的河水,对岸的起重机把臂膀伸向冷冰冰的天空,好像在祈求把重负降临到自己身上。傍晚渐渐靠近,这个秋日,无声地、毫无抵御地、神秘莫测地接近自己的尾声。

在被荒弃的船坞附近,一个拿着地球仪的男人也跳上了车。他在一艘一直没被拖走的废船残骸上等了很久。

"哥伦布②!"他礼貌地笑了一下,摘下了帽子,"一切还在等待发掘!每一个池塘,每一种疼痛,岸上的每一块石头。"

"不过最后美洲也并没有以您的名字命名!"

"不!"哥伦布情绪激烈地叫起来,"那些还没有命名的东西都以我的名字命名。所有,有待发掘的一切。"他舒舒服服地陷进脏兮兮的靠垫里,伸长双腿。

"发现是一件很累人的事吧?"

"太累了!夜里得好好休息。"

---

① 此处的奥古斯汀是1679年维也纳大瘟疫期间一位受人欢迎的说唱艺人。他用自己的诙谐幽默为绝望中的人带来欢乐。《噢你亲爱的奥古斯汀》是一首流行于19世纪初的民谣,歌词描述了失去了一切的人的豁达,充满了讽刺和黑色幽默。"亲爱的奥古斯汀"这个称呼由此而广为流传。

② 15世纪意大利航海家、探险家,一般被认为是美洲大陆的发现者。

"存在所谓醒着的梦吗?"

"噢,梦本来就比现实行动和历史事件更清醒,梦守卫着整个世界,拯救它免于毁灭,梦,只有梦!"

"瘟疫爆发了,但是没有人注意到,"亲爱的奥古斯汀躲在座位下面哧哧地笑,"他们都没意识到,他们是被创造出来的,他们也不会意识到,他们已经被诅咒了。"

他们驶过了防波堤。堤坝贴着大河延展开来,河水沿着堤坝奔流不息,谁都没想过要离开谁。安静又友爱,两者一起流向无穷无尽。马车穿过一个村庄。灰蒙蒙的天空低低地盖在花园的矮墙上。泛红的树木在黑暗中摇曳,黄色的小房子前有一群孩子在玩耍。他们眉头紧锁,用脚在河床上划出一道道线。他们无声无息地成长着,时而在暮色中夸张地怪叫几声,时而用石子砸跑麻雀。他们挤进锁上的花园大门,用牙齿啃咬铁链,嬉笑着扯下一只又老又丑的狗的耳朵。一个男孩从这群孩子里跳了出来,翻过了围墙。他穿着一件浅色的短制服,右手握着一个弹弓,脸因为愤怒而烧得通红。他用一块石头结束了那只痛苦呜咽着的狗的生命,然后在道路中央生起一个火堆,把狗扔了进去。他唱道:

"我们要向神献上一份焚烧你们罪孽的祭品。来吧,就把你们的罪孽献给他,因为除此以外你们一无所有。"

接着他弹奏起了九弦琴为自己的歌谣伴奏。他的歌声使人痛苦,那么陌生,又咄咄逼人。他燃起的火使焚烧的气味弥散在整条空无一人的道路上。他跳上墙头,开始布道,还在每句话的间隙,用投石器弹射石块,打坏各户人家的玻璃窗,迫使他们向外张望。人们愤怒而又困倦地把沉重的头颅伸出锯齿状的玻璃破洞，呼唤他们的孩子回家。但他们的孩子并不听从召唤，只是站在那里，倾听着那个陌生矮小的布道者。他们红色的嘴贪婪地大张着，仿佛要把他吞食。

"石头，石头，你们窗子里的石头就是你们需要的面包，你们碗里的面包就是重压你们的石块。所有给你们带来效用的东西，都被你们捧上王座。痛苦总能带来效用，痛苦就是最后的效用！"他拔高声音，激动得不能自已。他似乎再也找不到什么具体的词，索性开始欢呼。村里的孩子们跟着他欢呼起来，直到他们中的一个突然叫起来："你的头发是黑色的，卷曲的，你是外来者！"

"我是外来者，因为我的头发又黑又卷曲？还是说，你们才是外来者，因为你们的手冰冷而僵硬？谁是异类，你们还是我？谁憎恨别人，他就比那些被憎恨者更是异类，而最最异类的，就是那些感觉最自如、最像在家里的！"

可是村里的孩子们不再听他说话。他们跳上墙头，把他扯了下来。他们疯狂地吼叫，已经停止了生长。而那些早已停止了生长的成年人，从各自家里冲了出来，扑向那个陌生的男孩。他们把他推进了已经渐渐熄灭的火堆。他们以为火焰已经把男孩吞噬，其实却只是把他头上的王冠锻造得更加坚固。当他们觉得已经杀死男孩的时候，男孩却从他们手中逃脱了，但他们并不知情。他跳上黑色的马车，把头靠在大个子哥伦布的怀中，哭了一小会儿，而亲爱的奥古斯汀则抚摸着他被灼烧过的双脚。过了一会儿，他们开始了二重奏，一个弹起了九弦琴，一个吹起了风笛。直到马车又行驶了几里地，男孩才想起来向别人介绍自己。

"大卫，国王大卫[①]，"他略显尴尬地含混地说道，"正在去往神圣之地的路上。"

马车经过河谷草地，潮湿的树枝抽打着车顶。

"去神圣之地的路上有我们所有人！"

"去神圣之地的路上还有我们！"

"你们是谁，你们在神圣之地期望着什么？"

"这是埃伦，我是格奥尔格，我们需要特别证明。你们为什么不能为我们做担保？你们为什么把我们撇下？你们难道不是为所有人做担保？可他们追捕我们，他们堵住了我们所有的去路，他们嘲笑我们：你们是没有证明的！去神圣之地吧，去那里找你们的祖先，告诉他们：你们有罪，你们要对我们的存在承担责任，帮我们摆脱困境，弥补这一切！我们被驱逐了，快来弥补这一切；我们受到了迫害，快来弥补这一切！因为你们有罪，你们有罪，是你们的错误，我们才在这里！"

"你们为什么跳上了黑色的马车？"

"我们要越过边界，我们要寻找故去的人。"

浓雾和河流起起伏伏汇成了一体。天空与大地之间的界限被抹去了。

---

[①] 犹太教的重要人物，古代以色列最重要的君王。大卫少年时击杀巨人歌利亚成为国家英雄（请见第一章第18页注释）。以色列王扫罗阵亡后，他被拥立为国王，后迁都耶路撒冷，建立统一的以色列王国。大卫王同时也是一位善于弹琴的诗人，传说《圣经·诗篇》中多篇诗歌为其所作。

哥伦布不安地摆弄着他的地球仪。当他开始说话，他的声音听起来比刚才更加低沉而渺远："不存在什么曾经存在过的人。只有那些还存在着的人，和那些已经不存在的人；只有已经成为人的人，和没有成为人的人，那是天堂与地狱的赌博，都在于你们！那些存在的，一直存在，那些不存在的，从来也没存在过。但那些存在的，无处不在，那些不存在的，无处可寻。留下吧，倾听吧，爱吧，发光吧！任由别人轻视你们，在眼泪中徜徉，泪水使双目更加明亮。穿过浓雾，发现世界！存在——这就是永恒的护照。"

"别认为一切都那么简单。"大卫叫起来，"相信自己存在的人，其实并不存在。只有怀疑自身的人，只有那些已经承受痛苦的人，才能够踏上陆地。因为上帝的海岸线就是凌驾于昏暗海洋之上的烈焰，谁登上了陆地，谁就会被熊熊大火吞没。上帝的海岸线会扩张，因为化为灰烬的人闪耀出光芒，同时上帝的海岸线也会后退，因为焦体的残骸会从那片昏暗的混沌中漂散！"

"瘟疫爆发了，但没有人注意到。"亲爱的奥古斯汀又味味笑起来，"唱一首瘟疫窟中的歌谣吧。唱一支歌，唱一支歌！我们不能为你们提供担保。只有歌，你们唱的歌，能证明你们。"

"杀死你们心中的巨人歌利亚！"

"发现新的世界，发现神圣之地！"

"任由别人轻视你们，在眼泪中徜徉，泪水使双目更加明亮！"

马车开始飞驰,不断越过地上的石块。孩子们惊呼起来。他们紧紧攀住大卫的羊毛腰带,把头埋在哥伦布宽大的衣袖里。"我们要留下,我们要留下!"

"留下吧,为了离开,上路吧,为了留下。"

"听任风暴肆虐,就像河岸边的灌木!"

"这样,你们就在黑色马车的颠簸中得到庇护。这样,躁动的就会变得平静,静止的就会活动起来。"

"这样你们就抓住了那流逝的东西,你们揭穿了它的真面目!"

"而你们的痛苦可以抵消你们与它之间的距离。"

洞察一切的灰色河流,在夜里的昏暗灯光中闪烁。河边的沙砾镇定自若地泛着白光。

"边境线,哪里是边境线?神圣之地在哪里?"

"就在那里,就在牧羊人庇护羊群的地方,一旦天使召唤,他们就抛下了一切。"

"羊群大声呼喊,当它们被人遗弃!"

"羊群大声呼喊,因为它们无法歌唱,羊群大声呼喊,为了赞美上帝。"

大卫王又在他的九弦琴上弹奏起来,亲爱的奥古斯汀吹响风笛加入了进来,而哥伦布用低沉的嗓音唱起一支水手的歌,关于白色的星光和对大地的向往。他们并不刻意顾及彼此,却以某种奇怪的方式达成了一致:大卫吟唱的《诗篇》[①],哥伦布

---

[①] 《圣经》中的一卷。《诗篇》的主要内容是对犹太人的神的祈祷和颂赞。传说其中多篇为大卫王所作。

的水手歌谣，亲爱的奥古斯汀的诙谐小曲。

这些看起来都是为了荣耀上帝，而所有荣耀上帝的东西都能达成一致。

马车越跑越快，越跑越快，但它的速度在不断消解，渐渐平息下来，变得与河流和道路一样不引人注意。一种缓慢的快速，在永恒的边缘，所有的东西都已经被触动。天空与大地之间的界限消失了。一切都不存在，除了黑暗中的一个白色巨浪，一个路边的边防站，以及飘荡在河面的歌声。

"我们到边界了！"

三个大人跳下车，站在了道路中间。马匹受惊抬起前蹄。黑色的马车停了下来。

"你们准备好唱起瘟疫窟中的歌谣了吗？"

"我们准备好了。"

"你们准备好杀死心中的巨人歌利亚了吗？"

"我们准备好了。"

"还有，你们准备好去发现新的神圣之地了吗？"

"我们准备好了。"

"那么就跨过边境线吧，去证明你们自己，进入神圣之地吧！"

"离开黑色的马车，离开这辆灵车，下去吧！"

"下去！"车夫愤怒地吼道，摇醒了睡梦中的孩子们，"下车，下车！到处都是边防哨，我们一直在绕圈子，你们自己继续走吧！"

孩子们睁开眼睛，抬起了头。

"到你们清醒的时候了!"马车叫道,"一切都是徒劳。一切都已经沦陷,我们再也不能跨越边境线了!"

"我们已经在边界的那边了!"孩子们大声回答。他们跳下车,没有左顾右盼,径直冲回了那片黑暗。

## 为一种异己势力效劳

云翻滚着,仿佛行军中的骑兵在战争中时刻听候调动,威猛地、舞蹈般地低低掠过世界上所有的屋顶,低低地掠过泄密与宣告之间的无人之地,低低地掠过深渊。这些云比歌里唱的蓝色龙骑兵[①]更为迅捷,它们不穿制服,时刻变换着阵型,却仍旧能够互相识别。这些云越过麦田和战场,越过倾覆的积木——那就是所谓的城市。这些云仿佛行军中的骑兵,在战争中时刻听候调动,而一种藏而不露的漫不经心却使它们显得可疑起来。

离开故土执行任务的骑兵们。全体立定,下降!

---

[①] 《蓝色龙骑兵》是纳粹时期十分流行的军歌,尤其在希特勒青年团中广为传唱。歌词把龙骑兵奔赴前线的情景进行了浪漫主义的美化。全歌译为中文为:"蓝色龙骑兵乘着战马/铃儿叮当穿过城门。/嘹亮军号伴随着他们/轻快地越过一座座山丘。/嘶鸣的战马步伐矫健,/成排的桦树轻柔摇摆。/三角旗系在长矛上/飘扬在早晨的微风中。/明天他们就要骑马冲锋,/而我的爱人也在其中。/明天他们的队伍浩浩荡荡,/明天只剩我孤独一人。"

小巷的中央，灰色的铺石路面上，躺着一本摊开的学生练习册，一个英语词汇本。哪个孩子把它弄丢了，任由它被风吹开。第一滴雨水落在了上面，它滴在了红色的笔画上。于是纸张中央的这条红色笔画便泛滥起来，直到漫过了河岸。词语的意义纷纷惊恐地逃向两边，呼喊着寻求一个摆渡人：把我译到对岸去呀，把我译到对岸去呀！①

而红色的笔画不断膨胀，不断膨胀。显而易见，它的颜色就和鲜血一样。那陷于危险的意义，此刻已徘徊于溺亡的边缘，词语就像被丢弃的小房子，歪歪斜斜，死气沉沉，毫无意义地列于红色河流的两边。雨水倾泻而下，而意义始终毫无头绪地在岸边奔走呼喊，洪流已经漫到了它的腰际。把我译到对岸去呀，把我译到对岸去呀！

可是这本练习册终究是被弄丢了。是赫伯特去上英语课的时候把它弄丢的，他的书包上有个破洞。而在这个没穿制服的小男孩身后，跟着一个身着制服的男孩。他发现了地上的练习册，并把它捡了起来，贪婪地据为己有。他停下了脚步，一页页翻看着，试着把一个个词读出声音。雨下得更大了。雨水浇灭了字里行间的最后一丝光亮。意义又开始呼号：把我译到对岸去呀，把我译到对岸去呀！可穿制服的男孩并不想听这些。这个笔画有鲜血一样的颜色。与其选择背叛我们的血统，还是任由这意义溺死吧！他合上了练习本，藏了起来，奔赴自己的职责。他跟在了那个没穿制服的小男孩身后。

---

① 德语动词 übersetzen 作为不可分动词时解释为"翻译"，作为可分动词时解释为"摆渡"，此处为双关。

两人走进了同一幢屋子。没穿制服的男孩爬上了五层台阶，来到了阁楼上。有位老先生在那儿为大家上课。而那个穿制服的男孩并没有跟上楼，他走进了显然更为舒适的房间，里面摆着光亮的长木凳，桃粉色的墙上挂着黑漆漆的画像。

"看我找到了什么！"他叫道。

"你找到了什么？"

"一个词汇本。"

歌唱蓝色龙骑兵的曲子中断了。静默悠悠地越过了隔火墙。那嗒嗒的马蹄声、叮叮当当的佩剑、猎猎作响的外套，都融进了这片静默中。同样无声无息的，还有战马的缰绳投在地上的影子，那阴影爬上了孩子们的脸，蒙住了他们皮带扣上的光辉，还在一瞬间里遮掩住了他们腰间的匕首。歌唱蓝色龙骑兵的曲子中断了。蓝色龙骑兵们停下了脚步。他们踏进了一个失落的城市。叮叮当当的演奏队伍顿时鸦雀无声。或者说他们这才意识到，他们的军鼓和军号已经发不出任何声音了？

"你找到了什么东西？"他们的头目又重复了一遍问题。

湿漉漉地，孤零零地，那个词汇本就躺在桌子的中央。彻头彻尾的孤独。在摊开的这一页上，有一行被泪水浸透的文字：

"我将站住——你将站住——他将站住——我将离开——你将离开——他将离开——我将躺着——你将躺着——他将躺着——"[①] 旁边是翻译。孩子们的脸颊泛着苍白的光。

---

[①] 这里列出的是德语动词按照不同人称的变位。

谁将会躺在那儿？

或许是我们，我们所有人？僵硬地、冰冷地、枯瘦地，带着污斑，和一个并非发自内心的微笑？

不，我们不是。不是我们中的任何一个。

是在战场上的吗？

在战场上是会被撕毁的，从前线回来休假的士兵们说。

"我们将躺着——你们将躺着——"躺着？不。躺着的是其他人，那些不穿制服的人。是那些长袜颜色更深、面孔更明亮的人。他们将躺在这里，僵硬地、冰冷地、枯瘦地，带着污斑，和一个并非发自内心的微笑。这些与他们更相称。

"这个本子是谁的？"

"应该是上面那些不穿制服的人的。和我们不一样的人！"

"一本英语的词汇本？"

"他们为什么学英语？"

"边境都已经封锁了！"

那些云仿佛行军中的骑兵，在战争中听候调动。而上面那些孩子呢，那些不穿制服的孩子？在战争中学习英语。

他们难道还不知道吗？

他们中没有一个人能够移居国外。他们会躺在这里，而我们并不需要躺在这里。他们还不知道吗？既然不得不死去，为什么还要学英语呢？怀疑又一次笼罩心头，像悬空的缆绳投下的阴影，落在他们明晃晃的皮带扣上。蓝色的龙骑兵，他们骑着马……

"他们为什么不继续唱了？"

连歌中的龙骑兵也思考起来。

"嘹亮军号伴随着他们轻快地越过一座座山丘",第一段里是这样唱的。

可沙丘会被风吹动。当我们深吸一口气刚做好准备的时候,沙丘却已经开始移动,快得就像一个千年,所向披靡。我们连偷一口气的工夫都没有,否则风就会把我们击溃。否则我们就不得不思考,否则我们就会散落四处,否则我们就会被驱逐,像阁楼里的那些孩子。我们连吸一口气都不行,否则我们就会迷失。歌曲的最后一段结束了:"明天,只剩我孤独一人!"

不,我们不愿这样。

所以我们才穿上了制服,这样我们就不是一个人了。这样我们就不会在我们自己面前显得可笑,在我们自己眼里显得无助。可笑,无助,孤独,这些属于其他人,那些在阁楼里的人,那些不穿制服的人。

不要以为我们懵懂无知!谁不穿制服,谁就陷于孤独;谁陷于孤独,谁就会思考;谁思考,谁就会死。远离这些,这就是我们学到的。要是每个人都把不同的东西认作真理,那会成一副什么样子?所有东西都必须押一样的韵,一行挨着一行,一个人接着一个人。这就是我们学到的东西,因为我们要生存。可是他们为什么要学英语呢?他们之中并没有一个人能越过边界。既然肯定会死,为什么还要学习英语呢?

"我们要去问问他们!"

"他们必须给出个答案。"

"我们都穿制服,而且我们人更多!"

"他们留在这里。留在这里,我知道了!"

"你知道什么了?"

"一种猜测,一种最令人愤怒的可能,一种最肯定的猜测!为什么要学英语?在战争中?"

"你是什么意思?"

"你们还没想到吗?"

那些云仿佛行军中的骑兵,在战争中时刻听候调动。不要让它们凯旋!

"最上面一层楼有间谍!"

"而我们就在下面。"

"绝不能让别人把我们和他们搞混了!"

不穿制服的孩子,本身就很可疑了,再加上那阴暗的阁楼,各种缺少公章的证件。现在这根链条闭合成一个圆了。

"一个单词本,这就够作为证据了?"

"我知道怎么能弄到更好的证据,我们去监听他们!"

"就在顶楼房间的隔壁,还有个阁楼间。"

"通往阁楼的钥匙呢?"

"在大楼管理员那里。"

"他的女儿正一个人在家。"

"那快点行动吧!"

"快用力点敲门!"

"你有什么好怕我们的?"

"我并没有害怕。你们每个人都带着刀,为的是保护我。"

"把阁楼的门钥匙拿来!"

"我没有钥匙!"

"你撒谎!"

"我怎么可能向你们撒谎?"

"只要你想的话,你就能!"

"如果我能的话,我确实想。"

"把钥匙拿来!"

"在这儿!拿去吧,很旧了,已经锈了。不要来破坏我的和平。"

"你是说哪种和平?"

"只是我自己的和平。"

"那你没问题,那你就不是危险分子!"

"快走吧!"

"嘿,我说你!你知道楼上那个老头吗?还有那些没穿制服的孩子。"

"他们也想得到他们的和平。"

"只是他们自己的?"

"或许还有另外一种。"

"是吧?我们也这样想!"

玻璃顶篷上有一个窗洞。那个洞的上方就是天空。天空吸引着你们拾级而上,不论你们是否愿意,一直登向无穷无尽的高处。你们的脚步声在天空里都变得轻柔起来。

"钥匙对吗?"

"你们都到齐了?"

"快速进去。点清人数。一个也不缺?"

"你知道那里面一共有几颗小星星?"

"安静!"

人们还能点清你们的人数,就像蓝色的龙骑兵们。但是沙丘在移动。歌曲的最后一段结束了:明天,我将孤独一人。

"这里太暗了。"

"当心,蜘蛛网!"

"下雷阵雨了。"

地板上的门吱呀一声。房间中央的立柱发出绝望的呻吟。一阵风冲了进来,瞬间扯开了天窗。天窗那黑洞洞的眼睛,充满了复仇的渴望,直视着空中的骑兵队。那些云则加快了行军的速度。

哦,它们害怕人类居所里这种折磨人的黑暗,这些仿佛被撕裂的巨龙食管一般的深渊,这些无穷无尽的令人恐惧的质问。低垂地、畏缩地,它们从那里逃离,远离这些渎神者,这些瘾君子,这些把手捅进每一个伤口、疑神疑鬼地趴在自己内心的围墙上窃听的人。

被风掀开的护窗板在穿堂而过的大风里暴怒地舞蹈。跟着云去吧,挣脱那狭窄的窗框!远离这些把下坠美化成重力法则的疯子,远离这些嫌疑分子的猜疑。

透过这扇大开的天窗,能看到一根旗杆哗啦啦地晃动着,似乎想要支撑起这片天空。而天空就悬在那上面,像被亵渎的圣迹上覆盖着的残破华盖。早已被玷污了的蓝色丝绸,泛着粼粼亮光一卷而过,转眼又掩藏起自己。尘埃和湿热在倾斜的屋顶下密密地交织着。

那些穿制服的孩子无声地集中到一起,脱下了脚上的鞋子,伏低身子向墙那边移动。他们就打算靠在那面墙上偷听房间里的动静。长长的绳子上晾着未干的长袜,警示般地拂过他们的额头、嘴唇和眼睛,就像母亲的手。他们有些恼怒地躲开了。地板发出吱呀吱呀的声音。这个时候,他们终于发觉自己的队伍过于庞大了。人太多了。和另一些人相比,他们占多数——这种原先的骄傲与强势,瞬间就像一只老旧的手套那样翻卷了过来,作为他们的弱点暴露在光天化日之下;但并没有人打算离开。走在前面的几个人已经开始在那面墙上摸索,他们发现了一扇小铁门,它连接着这个阁楼和一墙之隔的老人的房间。站在后面的几个人也挤了上来。门震动了一下。我站在这里,不就是为了被人打开吗?我不就是这样一个巨大的矛盾,横亘在所想的和已经发生的之间、横亘在万物中的那些人和制服里的那些人之间?撞开我吧,别再顾及我了,把我从铰链上解放下来吧!

穿制服的孩子们恼怒地尝试着在不发出声音的情况下打开那扇门。而那软弱的吱呀声却也有出卖他们的力量。他们只得把他们昏热混乱的脑袋重重地顶在这片生锈的昏暗上。

他们听到了赫伯特的嗓音。他说了句:"有人在边上。"他的语气明快而毫无恶意,仿佛是在说:那是我最好的朋友。

"你们听到了吗?"

"是一只猫。"露特说。

"是鸟。"

"是滴水的长筒袜。"

"是风。"

"下雷雨了。"

"这幢楼有避雷针吗?"

"你今天有些神经过敏!"

"我的词汇本掉了。"

"这也难怪,赫伯特,你的包上有个洞!"

"'这也难怪',这就是问题所在!战争来了,这也难怪。我们忍饥挨饿,这也难怪。一个练习本消失了,这也难怪。但总有什么地方是值得惊讶一下的吧!"

"轻点儿声,埃伦!"

"我们最好帮他找找他的练习本吧!"

"走吧,或许掉在了台阶上!"

"我们马上就回来!"

"这可说不准。千万不要一个人拐过街角,说不定一眨眼就消失不见了。"

"消失?"

"书包上有个洞,那个洞正在变大。我的外婆说……"

"别去找了,还是回来吧!"

"外面变得好暗啊!"

"可别被吓哭了,小家伙!"

"你们现在找到它了吗?"

"在台阶上找到了这个,并不是练习本!"

"一把刀!"

"一把匕首,他们把它挂在腰带上。"

"谁?"

"另一些人,那些住在下面的人,那些穿制服的人。"

"我们就是陷阱中的老鼠!"

"边境线已经封锁了。"

"老鼠,老鼠,快出来,他们是在和我们玩打地鼠游戏!"

"我们中没有人能够移居国外。"

"那为什么还要学英语,如果这一切只是徒劳?"

"放弃吧,我的爸爸被逮捕了,我们所有人都失散了。人们说……"

"我们不是想要忘记德语吗?"

"但那太慢了!"

"当人们辱骂我们的时候,我们不是打算只耸耸肩,努力不再去听懂吗?"

"今天已经是第十二堂英语课了。可我们却连一个德语词都没有忘记。"

有人撞倒了扶手椅,楼下响起了扩音喇叭的隆隆声。播报员刚刚结束了一条快讯,他的最后一句话是:"谁偷听外国电台,谁就是背叛者,谁偷听外国电台,谁就为自己挣得了死亡。"这句话传到了每个角落,连楼房顶层的人也能听得明明白白。话音刚落,音乐声就响了起来,轻快而欢乐,仿佛世界上没有比这更有趣的事了:谁偷听外国电台,谁就为自己挣得了死亡。把死亡——这个永远也关不掉的频道、这个所有外国电台中最最遥远陌生的一个——升格为报酬,真是一个绝妙的主意。音乐突然中断了。静默继而被一种新的声音取代,这个声音温柔而坚定,听起来仿佛是从高远的地方播撒下来的。

"谁该获得死亡呢?"那位老先生说道,"谁又配生存在世上呢?"

穿着制服的孩子们更用力地紧紧抵在铁门上。而这个声音解开了他们胸前的皮带,取走了他们身上的军衔,把一件明亮的长衣披在了他们的制服外面,让他们的心在躁动的意志面前平静下来,为他们的勇气驱走了恐惧。

"你们之中谁不是外国人呢?犹太人、德国人、美国人,我们这里所有人都是外乡人。我们可以说'早上好'或者'天要亮了',或者'您好吗?''下雷雨了',这就是所有我们能够说的,几乎是所有了。我们只是支离破碎地说着我们的语言。而你们想忘记德语吗?这点我不能帮助你们,但我可以帮助你们重新学会这门语言,像一个外国人学一门外语,小心地,谨慎地,像有人在黑暗的屋子里点亮了光,然后又默默离开。"

穿制服的孩子们生气了。可他们身处的境地,把他们困在了一种仿佛饱受嘲笑的静默的冥想中,迫使他们像一个古老的修士会成员那般保持着顺从。

"翻译吧,渡过一条又深又急的河流,哪怕对岸尚未清晰可见。虽然如此,还是要把你们自己,把其他人,把整个世界译到对岸去。在岸边的每一处,都有被驱逐的意义在奔走呼号:把我译到对岸去,把我译到对岸去!帮帮他吧,把他带到对岸去！为什么要学习英语？你们为什么不早一些提出这个问题？"

一墙之隔的孩子们向身上的匕首摸去。他们是向前推进的边境线上迷失的边防哨。

"为什么要学习阅读，为什么要学习计算，为什么要学习书写，既然人必有一死？去吧，跑下楼梯，去大街上问问他们，去问所有人！没有人会给你们答案。你们为什么现在才问？"

"你们看到那个老头了吗？"

"他点亮了灯。"

"让我进去！"

"还有我！"

"安静，他们听到我们了！"

"我忍不住想笑！"

"嘘，不要暴露自己！立刻回来，到楼下去！"

"安静！"

"你们没听懂吗？"

"走廊的门被锁上了。"

"你们谁有钥匙？"

大楼管理员的女儿，那梳着黑辫子的女孩儿，冲下楼梯，沿途一户户地按响门铃，一次次地藏到墙垛的后面去。她还推开了所有的窗户，把窗钩甩在一旁。风呼啸着穿过整栋房子。女孩最后像个影子一样消失在了地下室的房间里，手里握着一把生锈的大钥匙。

天空变得越来越暗。那些云披上了黑色的外套，朝着不明的障碍疾行而去。闪电像一道道异域发来的信号。把你们的头放回你们的脖子上去吧！雷声如此吼道。古老的传说里，死亡的骑士们把自己的头捧在手里。你们有意识地入睡，无意识地起身。你们在抵抗中投降吧。

把你们的头放回去吧！

穿着制服的孩子们害怕地仰起脸望向打开的天窗。是什么让他们离开了有着明亮长木椅的家？谁命令他们在第一段还没结束时就打断了蓝色龙骑兵的歌谣？谁向蓝色龙骑兵下了命令，让他们扔掉自己的军号，像天空中的云一样四散而走？

是什么吸引了他们，在一种怀疑的驱使下爬上了五层楼梯，就像听到了捕鼠人①的召唤？这样一种陌生的、恐怖的怀疑：既然人必须要死，为什么还要学习英语？

他们仿佛在玩传话不走样游戏，传到最后一个人的话成了这样：为什么人们会哭，为什么人们会笑，为什么人们会穿着衬衣？点起一堆火，只是为了让它再次熄灭？而让它熄灭只是为了再次点燃？他们就这样被锁在了阁楼里，突然间卷入了被威胁者的命运，陷入了他们自己的怀疑中。唯一一扇能让他们再次返回光天化日之下的门，则通向另一群人。是什么吸引了他们这么做，把自己送给了被遣送者？

他们不是有权力逼他们开口吗？有权力打他们耳光？他们带着刀不就是为了消除每一种怀疑吗？

浅色绳子上的长袜不安地晃动着。尘埃和霉味在黑暗中暖

---

① 又被称为哈默尔恩（Hameln）的吹笛手，德国民间传说中的人物。他为村民除去鼠患却没有得到报酬，便吹笛引诱走了村里所有的孩童。

暖地散开,又被猛烈的阵风追逐。屋顶下晾晒着的烟叶像盲眼的蝙蝠一样扑棱着,簌簌作响。

天空中的骑行似乎到达了高潮,屋顶天窗的威胁突然失去了气势,转而显出了无助。它的黑暗在天空的黑暗面前变成了苍白。猛烈的风把旗杆深深弯折下来。它几乎落到了窃听者们的头上。

穿制服的孩子们感觉自己被封在了世界这个舞台的后面,一切的后面,一切至今为止一直以正面示人的东西后面。他们意识到,在明亮的房间上面,是空洞而高悬的屋顶,它用看不见的钢丝控制着所有的演员。他们受制于恐惧。

暴怒晃动着他们的身子,把他们牢牢顶在铁门上。

"都怪你,是你说……"

"是你的责任!"

"是你们的责任!"

"你们的样子太可笑了。"

"轻点,他们要发现我们了!"

"别笑了,你们笑什么?"

"我们是来抓他们的。现在他们倒要来抓我们了。"

"别笑了!我告诉你们:你们别动了,他们已经听到我们了!停下!这是卑鄙的,这违反规定,别笑了,一个个都被你们传染上了,啊……我的肚子啊,你们笑什么?都怪你们,我命令你们:停止大笑!"他们都弯着腰,挤作一团,从捂着的嘴里发出哧哧的声音。他们拼命把嘴唇抵在自己的厚外套上,不住地呻吟着,或者把头埋在别人的胸前,但是这一切都止不住他们发出的狂笑。

"你自己也在笑!"

湿漉漉的长袜颤抖着,立柱发出咯咯的声音,护窗板在一种不可思议的兴高采烈中哗哗直响。

人们为什么笑,为什么哭,为什么学习英语?铁门猛然打开。

"让我们也一起笑吧!"老先生对他们说。

赫伯特害怕地抓紧了他的胳膊,其他人都保持不动。

那群穿制服的孩子径直跌到了他们脚前。他们从彼此身上爬起来,调整好站姿,严肃的表情立刻阴险地跳上了他们的脸。

"没什么好笑的!"那个头目高声叫道。

"对,也不对。"老先生说。

雷雨让灯光不安地跳动着。摇椅静止不动。猫跳到了地板上。

"搜查房间!"头目解释他们的来意。

"你们想在这里找到什么呢?"

"或许有什么外国电台。"

老先生张开手臂,做了一个"请吧!"的动作。

他们愣了一秒钟,打量了一下其他人,就开始了行动。

护窗板胡乱飞舞,箱子七歪八倒,被扯碎的单词本盖满了地板。有个盘子碎了。字典哗啦啦从桌面上掉落,翻开着摔在他们脚边。

"需要我帮你们吗?"老先生问他们。可他们只是对着他的胸口推了一把。这个动作产生的冲击力，使得他们的额发被甩到了前面，遮住了额头，让它被更浓重的黑暗所覆盖。同样的冲击力，也把另一些人脸上的头发拂去，使他们的面容完全显露在光亮之中。

"你们是从哪里弄来的刀？"

"捡到的。"

"每个人都可以这么说。你们知道这对你们来说意味着什么吗？"玻璃窗咯咯作响，浅色的墙纸被撕破，一缕缕地垂挂下来。

"那后面有什么吗？有还是没有？"

"你们把外国电台藏在哪里了？"

穿制服的孩子们精疲力竭地停止了动作。这个时候，他们的头目把手伸向了那把刀。这个动作同时映入了他同伴们的眼帘。没有等到下一个指令，他们便一拥而上。洗脸台翻倒了，头颅撞向肋骨，手臂纠缠住大腿，硬鞋底践踏着脸孔。猫也跳到了他们之中，发出威胁的嚎叫，继而又跳到了床上。大洪水奔涌而出，倾泻于这团混乱之上。在岸边的每一处，都有被放逐的意义奔走呼号。

"放开他，放开赫伯特，他的脚不听使唤！"

"你们的纪律呢？"

窗子碎了。云在黑暗中狂喜地舞蹈，异域的信号就藏在它们后面。

年迈的挪亚①，怀抱着受伤的猫，沉默不语地注视着这片狂乱。

"你们现在找到我们的外国电台了吗？"

头目使了个眼色，其他穿制服的人顿时抽出了自己的匕首。老人挺身拦在了他们中间。为了孩子们，挪亚离开了他的方舟。拳头拉扯着他的胡子，手臂和脚缠绕进了他绿色的长睡袍。突然间，老人瞥见头目手中的刀在自己头顶上闪过，这把被人遗落的、被错换了的、早已用坏的刀。红色的笔画又一次漫过了河岸。

他们看到了血，他们退缩了。他们一步一步向后退去，所有人都退后了，却被四面墙拦住了去路。是巨大的怀疑让他们兄弟般地集结在了一起。

而事实可能是：这里并没有什么外国电台。

那我们为什么还要来偷听呢？为什么还要学英语？为什么还要笑，为什么还要哭？如果并没有什么外国电台存在，我们所做的就只是一些恶意的玩笑。如果并没有什么外国电台存在，一切都是徒劳。

雷雨慢慢消散了。老人躺在他那被翻乱的床和被撞倒的桌子之间。红色的小溪不停地渗进地板的缝隙。他们卷起了他的袖子。

"你们有绷带吗？"

"楼下有。"那个头目结结巴巴地说。

---

① 此处把老先生比作了挪亚。上帝降洪水毁灭世界之前，吩咐挪亚建造方舟庇护其家人和世间各种活物。可参考《圣经·创世记》6:9-22。

他们都跑了下去。把伤口包扎好，他们抚平了床，把老先生抬了上去，又从不知什么地方找来了烈酒。

"把这儿整理好。"头目嘟囔了一句。

"那当然！"格奥尔格回敬他。

"那当然！"那个人也跟着重复了一遍。这是一个新的转变。

他们扶起桌子和椅子，擦干地板；把抽屉安回柜子里，把书本重新垒成一堆，并试着把破碎的单词本拼好。奇怪的景象出现了。

天空露出了天蓝色的微笑。但是他们不会再被蒙骗了。这种明净坦率的蓝色，这种只属于天空的蓝色，这种像龙胆草一样的蓝色，这种蓝色龙骑兵的蓝色，在日轮中反射着宇宙的黑暗，一种弥漫在所有界限之后、无边无际、无法想象的黑暗。如果并没有什么外国电台存在，我们就都迷失了。

"请您醒醒，请您醒醒！"

他们绝望地拉着他的胳膊，把他扶到摇椅上。他的头颅沉重地垂向一边，面容沉静。他们找来了枕头垫在他的脑后，用床单裹紧他的双脚。他们把烧酒喂进他的嘴里，轻柔地摇起了摇椅。阳光在他们惊恐的脸上变换着，就像事物随时间流逝的痕迹。

"如果你们无法解释这个，"那个头目又开始了，"如果你们不能解释，你们为什么在这里……"

"那么你们呢？你们为什么在这儿？因为你们什么都无法解释，所以你们加入了战争！因为你们觉得自己可笑，你们就钻进了制服里。这是你们针对自己内心的保护色。因为你们不想变老,不想变得病弱,不想在某个陌生人的葬礼上戴上礼帽!"

"你们的外国电台到底在哪里?"

"真希望我们有,"格奥尔格绝望地叫起来,"真希望它真的存在!"

"它存在,"老先生发话了,"你们冷静一下,它是存在的。"

他用胳膊肘支撑起身子,低头注意到了绷带,似乎这才回忆起了刚才发生的事。

"您还感觉疼吗?"

"不。你们所有人都在吗?"

"都在。"格奥尔格说。

"也包括那一些?"

"是的。"

"好了,靠近一些!"

大家都围到了老人的周围。楼里某个地方有一扇门关了起来。楼下有孩子在练钢琴,他不停歇地弹奏着,不断开始新的曲子。三和弦手拉着手飞跃过一个个闪着亮光的屋顶。

"你们的生活,是什么?"

"就是练习。"老人说,"像练琴一样,不断地练习!"

"但是几乎没有声音。"

他点了点头:"没错,但练习的本质会被改变吗?我们只是在一架无声的钢琴上练习。"

"这是暗号,肯定又是!"头目忍不住叫起来。

"没错。"老人回答,"这就是暗号。汉语和希伯来语,白杨树的交头接耳和鱼群的沉默不语,德语和英语,生存和死亡,一切都是秘密。"

"那么那个外国电台到底在哪儿?"

"你们中的所有人都有可能听到它的声音,只要他的内心足够平静。"老人说,"去捕捉那电波吧!"

天已经暗下来了。

楼下十字路口的扩音喇叭,向整个城市播送着晚间新闻。新闻里提到了北海的沉船。播报员优美的嗓音让人确信,他对把船上的水兵吞没的海水一无所知,他根本无法想象那海水的碧绿。孩子们沉默地倾听着。在遥远的深不可测的某处,甲板渐渐变得昏暗模糊,不知不觉地融入了未知。河谷草地铺展在河水转弯处,像一块深绿色的垫子。水面上悬着月牙,仿佛一柄牢牢握在陌生人手中的镰刀,迟迟不肯落下。夜靠近了。

那个头目的怀里还躺着老人,他却又开始逼问:"为什么你们还要学英语,既然已经不存在任何目的?现在是战争期间,所有的边境都已经封锁了,你们之中没有人能够逃往国外。"

"他没说错。"莱昂说。

"那我为什么每次还要布置好桌子,"老先生反问他,"既然我独自一人生活?"说着,他把手指放在嘴唇前,做了一个让大家安静的手势,然后用脚在地面上轻轻地抵了一下。坐在摇椅上的他摇晃了起来。

孩子们有些不安,大家靠得更近了,每个人的脸都向着那位老先生。

"这是真的。"老人平静地说,"或许你们再也无法逃脱了。这个目的不存在了。但是目的只是一个借口,只是为了掩饰这场赌博,它只是一个遮蔽事实的影子。我们学习只是为了学习本身,并不是为了生活。不是为了去杀戮,不是为了去逃避。不是为了近在我们眼前的任何东西。"

孩子们用手托着脑袋,轻轻叹了口气。楼下的马路上,有一辆汽车隆隆地经过。雨滴仍旧不知疲倦地敲打着河面。

"歌鸫为什么而鸣叫,云为什么而骑行,星星为什么而闪烁?既然是徒劳的,为什么还要学英语?一切都出于同一个原因。现在我问你们,你们知道答案了吗?你们现在知道了吗?你们到底在怀疑什么?"

"为一种异己势力效劳!"那个头目叫了起来。"你的怀疑没错。"老人说。

## 对恐惧的恐惧

镜子像一枚巨大的暗色纹章,中间就绣着那颗星。面带笑容的埃伦沉浸在幸福里。她踮着脚,双臂交叠着枕在脑后,看着这颗美妙的星星,不偏不倚,在正中闪耀。

这颗星有着又大又锋利的尖角,比太阳暗一些,比月亮苍白一些。天色渐渐变暗,它的轮廓已经有些难以辨认,仿佛一只陌生人的手掌。埃伦偷偷地把它从针线盒里拿出来,藏在自己的连衣裙里。

"别去想它了。"外婆之前对她说过,"你应该庆幸,你可以把它丢在一边,不必像其他人那样戴在身上!"不过埃伦知道得很清楚,他们不"允许"她佩戴,那个词是"允许"。她深深地叹了口气,试图让自己轻松一些。她在镜子前走来走去,那颗星就在镜子里随着她移动。她跳起来,那颗星也跟着她升高又坠落,她简直可以立刻对着流星许个愿望了。她又向后退了几步,那颗星也跟着她后退。她把双手贴在脸颊上,闭起了双眼，陶醉在这一刻的幸福里。那颗星便也停在了那里。这就是秘密警察密谋已久的最高机密。埃伦用手指捏起裙子的镶边，转起了圈圈。她跳起舞来。

潮湿的黑暗从地板的缝隙里袅袅上升。外婆出门去了。她像一艘摇摇欲坠的旧船，颤颤巍巍地拐过了街角；她的伞像一面黑色的帆，迎着湿漉漉的风，最终随着她的身影一同消失在视野里。不确定的消息悠悠地传遍了岛上的大街小巷。外婆就是出门打听更详细的消息去了。

更详细的？

埃伦若有所思地朝镜子里的星星微笑起来。外婆想要获得一种确定性。在两面镜子之间。所有的确定性都是多么不确定。唯一能确定的，正是这种不确定性，而且自从创世以来，这种不确定性一天比一天更加确凿无疑。

楼上是索尼娅小姨的钢琴课，她在偷偷地给人上课。左边的房间里有两个男孩在吵架。他们愤怒而尖厉的嗓音清清楚楚地传了过来。右边的房间住着一个又老又聋的老头，总是近乎喊叫地对他的斗牛犬说话："你知道发生了什么吗，佩吉？他们都不告诉我，没有人告诉我！"

埃伦从橱柜里找出两个铁皮锅盖，怒气冲冲地把它们敲得哐哐直响，惊动了天井里的女管理员。那敲击的声音仿佛在说：滚，滚，快滚开！

埃伦面对着镜子，瞪着自己和那颗星星背后空空如也的灰色墙壁，感觉它们仿佛要从镜子里凸显出来。此刻，她一个人在家，左右两边的房间里都是陌生人。这个房间就是她的家。

她从门后的挂钩上取下了大衣。得抓紧时间了,外婆可能马上就要回来了。镜子像一枚巨大的暗色纹章。

她从连衣裙上扯下星星,手不住地颤抖。周遭那么暗,需要发光的东西,缺少了星星的光芒,人们又该怎么照亮周围呢?她不希望有人禁止她做这件事,不管是外婆,还是秘密警察。于是,她坐上桌子,三下两下,用有些粗糙的针脚飞快地把星星往大衣的左前襟上缝。她弓着身子,头垂得很低很低,几乎要挨着手中的大衣。一放下针线,她就快速地披上大衣,关上门,跑下了楼梯。

她在大门口停下脚步,深吸了一口气。空气中悬浮着浓重的雾气。她便冲进了这深秋的浓雾之中。她不自觉地爱着这个季节,因为它用一种深沉而黑暗的东西蒙住了世间万物,它们从中浮现,仿佛奇迹一般;因为它重新赋予了世人对不可捉摸之物的感知力,让没有秘密的人重新得到了他们的秘密;因为它不像春天那样来者不拒,招摇过市——看,我来了——而是像一个洞察一切的人一样,始终保持着低调:来吧!

埃伦上路了。她穿过一条条雾气弥漫的旧巷,与各种冷漠或圆滑的人擦肩而过,始终被一双隐形的臂膀环抱。大衣上的星星仿佛赋予了她一双翅膀。她穿过了岛上的一条条街巷,鞋底在硬石路上敲击出一连串嘈杂的声响。

灯光昏暗的甜品店橱窗里陈列着蛋糕,这终于使她停下了脚步。雪白雪白的蛋糕,闪着亮光,粉红色的糖浆在上面浇出"衷心祝福"的字样。蛋糕是要送给格奥尔格的,它仿佛就代表了和平本身。微红的帘幕涌起层层褶皱,像一双涂满了油脂的手，把蛋糕捧在中央。他们有多少次在这里流连，眼巴巴地盯着橱窗。有一次是黄色的蛋糕，有一次是绿色的。不过今天这个是最漂亮的。

埃伦推开了玻璃门，以一个陌生征服者的姿态踏进了甜品店，迈着大步来到了柜台前。"晚上好！"售货员有些心不在焉地说道，把视线从自己的指甲上抬了起来，然后便沉默了。

"'衷心祝福'，"埃伦说，"我要那个蛋糕。"她的长头发有些潮湿地搭在旧大衣上。这件大衣有些短了，格子花呢裙子从下面露出了两掌宽。不过这些都不是问题，起决定性作用的，是那颗星。它沉默但醒目地在薄薄的深蓝色布料上闪耀着，仿佛相信自己是在天空中。

埃伦把钱放在面前的柜台上，这是她省了好几个星期存下的。她知道价格。

周围的顾客都放下了刀叉。售货员泛红的肥硕手臂支在银色的收银机上，她的目光牢牢盯在那颗星上。她的眼里只剩这颗星了。埃伦身后有人站了起来，扶手椅被推到了墙边。

"请给我那个蛋糕。"埃伦又说了一遍，用两根手指把钱推向收银机。她无法理解这种迟疑。"如果价格变高了的话，"她不确定地轻声说，"如果它变贵了，那我就去把剩下的钱拿来，我家里还有一些。很快的……"她抬起头，直视售货员的脸。她看到的，是仇恨。

"我回来的时候您应该还没有关门！"埃伦结结巴巴地说。

"滚开！"

"麻烦您了，"埃伦胆怯地说，"您搞错了。您肯定是搞错了。我不是来讨要蛋糕的，我是来买的！而且如果它涨价了的话，我就会，我就会……"

"我没问你，"售货员冷冰冰地说，"走开！现在就走，不然我叫人逮捕你！"

她把手臂从收银机上放下来，慢慢地绕过柜台，走到埃伦的面前。

埃伦一言不发地站在那里，看着她的脸。她不确定自己是梦是醒。她用手揉了揉眼睛。售货员就站在自己面前。

"走开！你没听到吗？知足吧，我能让你走就不错了！"她拔高了声调。顾客们都保持着原来的姿势。埃伦望向她四周的人，仿佛在寻求帮助。而这个时候，所有人都看到了她胸前的星标。有几个人幸灾乐祸地笑了起来，另一些人的嘴边挂着同情的微笑，但没有人为她挺身而出。

"如果它变得更贵了……"埃伦第三次尝试。她的嘴唇在发抖。

"它确实涨价了。"顾客中有人说。

埃伦低头看向自己的胸前。突然，她明白了这个蛋糕的价格。她竟然把它忘记了。她忘记了，佩戴着星标的人是不允许踏进商店的，更不用说甜品店。这个蛋糕的价格，就是这颗星。

"不，"埃伦说，"不，谢谢！"

售货员一把抓住了她的衣领。同时有人推开了玻璃门。在灯光昏暗的橱窗里立着那个蛋糕。它就是和平本身。

那颗星像火一样燃烧起来。它烧穿了蓝色的水手制服式大衣，使得埃伦的血液都涌上了太阳穴。人们不得不做出选择。人们不得不在那颗星和所有其他东西之间做出选择。

埃伦嫉妒那些戴着星的孩子，赫伯特，库尔特，还有莱昂，所有她的伙伴们。之前，她并不能体会他们的恐惧，而此刻售货员抓她的动作，就像一阵冷战掠过她的后颈。自从这条规定生效以来，她就努力想要拥有这颗星，但是现在，它就像一块燃烧的金属，烧穿了她的大衣和连衣裙，直接灼伤了她的皮肤。

她该怎么向格奥尔格交代呢？

格奥尔格今天过生日。桌板向两边拉开，上面盖了一块浅色的大桌布。桌布是苹果花的颜色，住在厨房边上的小房间里的女士把它借给了格奥尔格庆祝生日。

有人借东西给他过生日，这让格奥尔格感觉有些别扭。借，这个念头在他脑中挥之不去。他僵硬地、孤独地坐在寿星的位置上，等待着其他客人，他感到寒冷。

他和他爸爸的床被移到了墙边，这样就能空出更多地方。不过，尽管如此他们还是没办法像比比所希望的那样举办舞会。格奥尔格皱起了眉头，把双手放在桌面上。不能向所有的客人提供他们想要的东西，真是一件悲伤的事情。那个黑色的大蛋糕无助地立在一群瓷杯中间，似乎不情不愿地被它们拥护成国王。而且你们想错了，它并不是巧克力做的，它只不过看起来是黑色的而已。格奥尔格无声地坐在那里。这一天的到来让他兴奋至极，就同十五年前他的父母一样：十五年前的今天,他们把他从明亮的救济院接了出来,抱在怀里沿着小巷而下,走进渐渐变暗的天色里。格奥尔格一直觉得,出生到这个世界上是件愉悦的事情,但他从来没有像今年这样,为自己生日的到来感到如此高兴。

几个星期以来,他们一直在讨论这场生日聚会;几个星期以来,他们计划和商量了庆祝的方方面面。

为了显得隆重,格奥尔格向他爸爸借了一套深灰色的西装。窄窄的皮带系住裤子;双排扣的上衣又宽又大,爸爸的肩膀就这样松松地搭在格奥尔格的肩膀上,两端向下垂着。这么帅气的上衣,要是上面没有缝着那颗又大又黄的星就好了。

它彻底破坏了格奥尔格的所有快乐。

这颗星有着太阳一般的颜色。这个伪装的太阳,这颗闪耀在童年里的星辰,终于暴露出它的本来面目!眯起眼睛看它,它就被一圈黑色的轮廓包围,黑圈迅捷地收缩,不断向外突出,在中间写着一个词:"犹太人"。

格奥尔格绝望地把手遮在上面,然后又放了下来。天空中那团宁静的光晕里洒出的光,穿过浑浊的窗玻璃,像薄纱一样盖在上面,想要遮掩住这颗星。可秘密警察禁止人们遮盖星标。暮色会因为自己的这种行径受到惩罚,月亮也同样罪责难逃,它总是把尖酸刻薄的光投在这个已经变暗了的城市上。

格奥尔格叹了一口气。这时,他的客人们按响了门铃。他跳了起来,绕过桌子去开门。

"所有人都到了吗?"

"就差埃伦。"

"她或许不会来了吧!"

"她或许不想来。"

"或许和我们交往对她不好。"

"我不这样认为。"格奥尔格若有所思地说。薄纱仍旧透过玻璃窗徐徐落下。而那个黑色的蛋糕仍旧深感不幸地站在桌子的中央。

"再等一会儿吧,"格奥尔格对它说,"你的新娘一会儿就来了。你的新娘是一个奶油大蛋糕,粉白相间。我要祝贺你!你马上就不会那么孤单了,我亲爱的!"

蛋糕没有回答他。

"埃伦会把她带来的。"格奥尔格不容置疑地继续说,"埃伦肯定会把她带来的。埃伦不需要佩戴星标,你懂吗!她会直接推开甜品店的玻璃门,把钱往柜台上一放,说:'请给我那个蛋糕!'然后她就会得到那个蛋糕。会有的。我告诉你,会有的。只要没有佩戴星标,想要什么都可以得到!"

比比笑了起来,但听起来那并不像笑声。其他人围坐一圈,徒劳地努力尝试着,像成年人那样心不在焉地轻声聊天,仿佛大家并没有听到隔壁房间传来的哭声,仿佛大家丝毫都不觉得害怕。隔壁的房间一直有人在哭,应该就是那个年轻男人,那个前不久被送到这里的年轻人。

格奥尔格站了起来,紧了紧腰带,有些不安地把手放在桌布上。他清了清嗓子,吞了一下口水,试图说几句能够活跃气氛的话。他想要说:非常感谢你们到来,这真让我高兴。我感谢比比和汉娜,还有露特,感谢她们带来的三块丝绸桌布,我确实很需要它们。我感谢库尔特和莱昂带来的烟草袋,我正缺这样一个烟草袋。等到战争结束的时候,我要立刻把它拿出来,我们一起来抽上一回和平的烟斗①。我还要感谢赫伯特送给我的红色的橡皮水球,我们大家可以一起玩。到了明年夏天,我们就可以一起玩躲避球游戏。

这些都是格奥尔格想说的。所以他站了起来,把两只手撑在桌子上。所以他用手指无声地敲了敲桌子的边缘,请大家洗耳恭听。

孩子们其实早就停止了交谈,可是隔壁的年轻男人并没有安静下来。他的哭声溶解了格奥尔格嘴边的词,就像一阵穿堂风吹灭了一根火柴。

格奥尔格想好好说上几句,他想把所有想说的都说出来。但终究他只是说了句"有人在哭"就又坐了下来。"有人正在哭。"库尔特怏怏不乐地重复了一遍。一个勺子掉到了地上。比比钻下桌子把它拾了起来。"不可笑吗?"赫伯特说,"像他这样哭?什么原因都没有,总是无缘无故。"

"什么都没有,总是无缘无故!"莱昂绝望地说,"就是因为这个。就是这个,我告诉你们!"

"吃蛋糕!"格奥尔格大声地打断了他。他想使语气听起来振奋人心,但事实上只是让人害怕。大家开始吃蛋糕了。格奥尔格有些担心地观察着每一个人。他们吃得很快,吃得非常专心。可蛋糕太干了。大家都吞得有些艰难。"埃伦很快就会带着蛋

---

① 这个概念起源于北美印第安人仪式上使用的烟管,在美国和欧洲流传开来之后,它象征着矛盾的和解,以及对和平友好的向往。

糕来了，"格奥尔格说，"把最好的留在最后，不是挺好吗……"

"埃伦不会来了。"库尔特打断了他，"她不想再和我们有什么关系！"

"不想和那颗星有什么关系。"

"她把我们忘记了。"

露特站了起来，给自己添了杯茶，动作很快、很轻，没有洒出一滴水。孩子们的眼睛亮亮的，眼神怔怔地越过那些白色的瓷杯，不知落在何处。赫伯特好像被呛到了，大声咳嗽起来。

格奥尔格慢慢地从每一个人的身后走过，拍拍他们的肩头，招呼一声"老伙计！"之类的，再辅以一串笑声。大家也都跟着一起笑起来。但只要他们一停下，就又能清楚地听到隔壁传来的哭声。库尔特想讲些好玩的事情，手臂却碰倒了一个杯子。"没事，"格奥尔格大声说，"没关系！"比比立刻站起来，把她的餐巾垫在了水渍下面。

穿过玻璃窗从天而降的薄纱从灰色变成了黑色。橱柜上的空玻璃瓶微微发着光，好像悬浮在半空中。

比比向库尔特说了句悄悄话。

"在我的生日这天可不能有什么秘密！"格奥尔格有些不高兴地说。

"你应该庆幸你不知道这件事！"桌子对面的比比用她清亮得甚至有些刺耳的嗓音叫起来。"高兴点吧，格奥尔格，这件事可不适合在你的生日说！"比比对自己拥有一个秘密感到幸福，她不会去多想。这是一个秘密，对她来说就够了。

隔壁房间的哭声一直没有减弱。汉娜突然再也无法忍受了。"我现在就去问问他，"她似乎被激怒了，"我立刻就去！"

格奥尔格挡住了门。他张开双臂，把后脑勺抵在木门上，俨然一个活生生的隔绝哭声的屏障，隔绝所有哭声——因为仔细听的话，你会发觉周围的所有房间里都有哭声。汉娜紧紧抓住他的肩膀，想要把他拉到一旁："我要去问个究竟，你听到了吗？"

"这和我们没有关系！我们门贴门地住在一群陌生人之间，这已经够糟了。他们为什么哭，他们为什么笑，这和我们一点关系都没有！"

"有关系！"汉娜失去控制地大声喊叫，"它打扰了我们那么长时间，我们已经忍了很久了。可现在实在太烦人了！"她说着转身向其他人求助："帮帮我，帮帮我！我们必须知道确切的事情！""人不能要求得到确定性。"格奥尔格轻声说，"大人们就是这样，他们所有人几乎都是这样，所以他们才会死去。就是因为想要确定性。不管你们怎么打听，也不会得到确定的答案，永远不会，你们听到了吗？只要你们还活着，就不会。"他的手指僵硬地抓住门框。但他的手臂渐渐变得松弛无力，摇摇欲坠。

"你病了，"汉娜说，"你病了，格奥尔格。"

其他人无声地站成一圈。

赫伯特挤到了前面：

"你们想知道刚才比比说什么了吗？我知道！我听见了。我应该说吗？要我说吗？"

"快说!"

"别说!"

"噢，赫伯特!"

"比比说的，她说……"

"我不想知道!"格奥尔格大叫着打断他，"今天是我的生日，我不想知道!"他的手臂最终垂了下来。"今天是我的生日，"他精疲力竭地重复，"而你们都已经给了我美好的祝愿。你们每个人。"

"他说得没错，"莱昂说，"今天是他的生日，别的与此无关。我们应该玩些什么!"

"对，"格奥尔格说，"来吧!"他的眼睛又闪出光彩。"我已经准备好了奖券。"

"游戏的奖励是什么呢?"

"荣誉。"

"荣誉?"库尔特用混杂着愤怒的嘲讽语气问，"哪种荣誉?还是把那颗星作为奖励吧!"

"你又来了。"格奥尔格面无表情地说。

"好了，现在，"赫伯特结结巴巴地说，"现在我将要告诉你们，比比对我说的话! 她说……"一只手伸向他的嘴，却没来得及堵住它。"比比说：'那颗星意味着死亡!'"

"这不是真的!"露特说。

"我害怕，"汉娜说，"因为我还想要七个孩子和瑞典海边的大房子。但有时候，前些时候，我爸爸会经常过来抚摸我的头发，等我转过脸去看他，他却吹起了口哨……"

"大人们，"赫伯特激动地大声说，"住在我们家的大人们用各种外语聊天！"

"他们一直这么做。"莱昂说，"他们这么做已经很久了。"他的声音变得有些陌生，"事情会越来越清楚的。"

"更糊涂了。"露特不知所措地说。

"都对上了。"莱昂解释道。不过他的表情看起来仿佛在不情不愿地透露一个不该泄露的秘密。把自己交给不确定，你就会变得确定。

其他人转过身去："格奥尔格，我们能把窗打开吗？房间里都快透不过气了。"他们猛然打开窗户，把身体伸出窗外。外面一片漆黑，深不见底，就像一片汪洋。太阳已经完全看不到了。

"如果我们现在跳下去，"库尔特的声音嘶哑，"一个接着一个跳下去！一眨眼我们就不再害怕了。没有恐惧。你们想象一下！"

孩子们闭上了眼睛，他们清晰地看见，一个人接着一个人跳了下去，笔直地快速地坠入黑暗，就好像跳进了水里。

"不好吗？"库尔特说，"当他们找到我们的时候，我们早已毫无生气。会有人说：这些死人在笑。我们就这样嘲笑他们。"

"不好，"赫伯特喊叫，"不，不能这样！"

"因为妈妈不允许！"库尔特嘲笑他。

"你们得清楚一件事，"露特平静的声音在黑暗的房间里清晰可闻，"在生日那天收到的礼物，是不可以扔掉的。"

"今天就是我的生日,"格奥尔格再次重复这句话,"你们这样是不礼貌的。"不管怎样,他只想先把大家从窗边叫回来。"谁知道,我们明年是不是还可以聚在一起。可能这是我们最后的庆祝!"

"明年!"库尔特嘲讽地叫了一声。孩子们再次被恐惧征服。

"吃蛋糕吧!"格奥尔格几乎用尽全部的力气叫道。要是埃伦在这里就好了。埃伦或许可以帮助他。埃伦能够说服他们从窗口那儿下来。可是她不在这里。

"做了就好了,"库尔特步步紧逼,"行动就好了!我们没有什么可以失去的。"

"除了那颗星,我们没什么好失去的!"

埃伦吓了一跳。

浓雾散开了。天空像一面高高拱起的镜子。它再也照不见任何形象、任何轮廓,以及任何边界、任何问题、任何恐惧。它照见的只有那颗星。它燃烧着,无声无息,不可动摇。

那颗星带着埃伦穿过潮湿昏暗的小巷,远离格奥尔格,远离她所有的朋友,远离他们所有的愿望;她朝着某个方向走去,它统一了所有方向,却与它们都背道而驰。那颗星指引着她,与自己渐行渐远。她跌跌撞撞,张开着双臂,脚步蹒跚地跟着那颗星。她跳起来,伸手去抓,却握不住任何东西。那颗星并不是悬挂在一张铁丝网上。

外婆的每一句警告都成了现实?

"你要是也得佩戴星标,该是多么悲惨啊,开心点吧,这一切和你并没有关系！没有人知道那颗星意味着什么。没有人知道，它将人们引向何处。"

是啊，人们无法知道这些，这是不被允许的，只要跟随它就好，所有人都必须遵守这个命令。

那么人们还要害怕些什么呢？既然真的存在这颗星，所有那些先知还要做些什么呢？难道不是唯独它才有把时间瓦解成别的东西的力量，唯独它能穿透恐惧？

埃伦突然停住了脚步。看来她到达目的地了。她的目光摆脱了那颗星，缓缓地从天空往下移，直到落在街边楼房的屋顶上。从屋顶再往下移一点就能看到门牌号和姓名了。其实它们现在也没有区别作用了，所有人都被那颗星遮住了。

埃伦站在尤莉娅家的房门前。大家从来都不提起这个名字，他们的小圈子不再接纳她。她也不想和那些面带惧色的人有什么瓜葛。他们会遭到不幸的。上次在码头，尤莉娅就不愿意再和大家一块儿玩耍了。她其实也必须佩戴星标，但她并不照着做。自从必须佩戴星标的命令生效以来，她就再也没有踏上过大街一步。

尤莉娅已经不再是那些佩戴星标的孩子中的一员了。"只有一种情况能让我走出家门，那就是去美国！"

"你不会拿到签证的，我也没有拿到！"

"你没拿到，埃伦。可我会拿到的。我会坐最后一班火车离开，最后的最后一班！"

在此之后，埃伦就再也没有见到过尤莉娅。尤莉娅这个名字简直代表了屡试不爽的成功，令人难以捉摸的成功，而相比之下，埃伦这个名字就是失败的代名词了。而且在那群孩子之中，去看望尤莉娅就意味着一种背叛。外婆则在不久前对她说："尤莉娅要去美国了。你应该去和她告别一下。"

"告别？你是要我去和她告别吗？友好地祝愿她旅途一切顺利？"

埃伦呻吟了一声，紧了紧大衣的领子。

几秒钟后她就被紧紧搂在怀里，许多个温柔的吻轻快地印上了她的脸。尤莉娅刚在几个小时前得到了美国签证。这个十六岁的小姑娘，穿着丝绸长裤，正全神贯注地按照颜色整理她的丝巾。

埃伦脸色苍白、身体僵硬地坐在一个浅绿色的凳子上，强忍着泪水。她弯曲并拢着双腿，以免四散的裙摆被地板弄脏。窗子边放着一个航海箱。"之前我也经常假装打包行李。"埃伦的声音听起来非常疲惫。

"假装！"尤莉娅叫了一声。

"不过现在早就不装了。"埃伦说。

"你为什么要哭呢？"比她年长的尤莉娅吃惊地问。埃伦没有回答，只是羡慕地从地上拾起一副太阳眼镜："绿色配白色镶边！""你会带上一本祈祷书吗？"她又问道。

"祈祷书？真是奇怪的想法，埃伦！我觉得你这是临时凭空想出来的。"

"大多数想法都是凭空想出来的。"埃伦小声嘀咕了一句。

"我带祈祷书用来做什么呢？"

"或许……"埃伦说,"我是想,如果船沉没的话。有一本就好啦……"尤莉娅丢下了手中的丝巾,用惊骇的眼神瞪着埃伦:"为什么船要沉没?"

"你不害怕吗?"

"不,"尤莉娅愤怒地喊叫,"不,我一丁点儿都不害怕!我为什么要害怕?"

"还是有可能的,"埃伦仍旧坚持,语气平静,"船沉没,是有这个可能性的。"

"难道说你希望我遇到这样的事?"

两个人都重重地喘着粗气。还没等其中一人回过神来,她们就撕扯到了一起,纠缠着双双倒在地板上。

"把你的话收回去!"

她们的半截身子滚到了钢琴下面。"你嫉妒我。我要去经历更大的冒险了!"

"去经历更大冒险的是我!"

痛苦赋予了埃伦力量。当尤莉娅紧紧抓住她手臂的时候,她用脑袋去顶尤莉娅的下巴。但年长一些的尤莉娅显然更高也更灵活,她轻松地躲开了。就在这当口,她还残酷地在埃伦耳边轻声说道:"大海看起来一片湛蓝。有人在栈桥上接我。西边就是一棵棵棕榈树。"

"够了!"埃伦喘着粗气,伸手要去堵她的嘴,但是尤莉娅仍旧把"大学""高尔夫"之类的词从埃伦的指间吐出来,并在埃伦松懈的瞬间,清清楚楚地对她说:"有三个人为我担保。"

"是啊,"埃伦痛苦地叫起来,"没有一个人为我担保!"

"没有人可以为你担保!"

"上帝保佑,没有。"埃伦说。

两个人精疲力竭地住手了。

"你嫉妒我,"尤莉娅说,"你一直都嫉妒我。"

"对,"埃伦回答,"没错,我一直都嫉妒你。从你学会走路,我还没学会开始,从你有了自行车,而我还没有开始。现在呢?现在你要越过大洋了,而我不行。现在你要看到自由女神像了,而我看不到……"

"现在我就要去大冒险了!"尤莉娅带着胜利的语气重复。

"不,"埃伦轻声说,松开了自己的手,"或许留在这里,才是更大的冒险。"

尤莉娅再一次抓住比她年幼的埃伦,把她推到墙边,压着她的肩,用恐惧不安的眼睛注视着她:"你是不是希望我的船沉掉,是不是?"

"不,"埃伦不耐烦地高声回答,"不,不,不!因为这样更大的冒险就属于你了,而且……"

"而且?"

"这样就不能代我向我妈妈问好了。"

她们沉默了,仿佛双双被恐惧制服。这场争斗的最后一部分,在静默中延续。

安娜打开了门,站在这片昏暗面前。她戴着一块浅色的丝巾,脸带微笑。"简直是两个喝醉的水手!"她语气轻松地说。她和尤莉娅住在同一幢楼里,有时候会上楼来坐坐。她比尤莉娅大一些。

埃伦跳了起来，却把额头磕到了桌子边缘，她忍不住叫道："我现在感觉你的星星在发光。"

"我昨天把它洗了洗。"安娜回答，"既然已经戴了，那就得让它亮亮的。"她把头靠在门框上，"所有人都戴着他们的星！"

"我不用，"埃伦痛苦地说，"我就不可以戴它！只有两个错误的祖父母辈，不够资格。他们说我并不属于他们！"

"啊，"安娜又笑了起来，"其实可能并没有区别，是把它戴在大衣上，还是戴在脸上。"

尤莉娅吃惊地慢慢抬起头："不管怎么说，你就是双重地佩戴了它，不管是大衣上，还是脸上。而你还显得这么轻松愉快。你总能找到什么令人高兴的理由吗？"

"是的，"安娜回答，"你难道不是吗？"

"不，我不行，"尤莉娅怒火中烧，"哪怕我下个星期就要去美国了。而且埃伦嫉妒我。"

"嫉妒你什么？"安娜问。

"她其实并不清楚。"埃伦嘀咕了一句。

"很清楚。"安娜说，"美国。我只想知道得更精确一点。"

"大海，"埃伦结结巴巴地说，看起来自己也有些困惑，"还有，自由！"

"这听起来可就更模糊了。"安娜平静地回应她。

"您是怎么打算的呢？"埃伦问，"我是说，您有什么特别的理由吗？"

"什么理由？你在说什么？"

"尤莉娅刚才说的。脸上的光彩!"

"我没有什么特别的理由。"安娜慢悠悠地说。

"肯定有!"尤莉娅坚持道,"你今天为什么来呢?"

"我是来向你道别的。"

"可我今天才拿到签证,你怎么可能已经知道了……"

"不,"安娜十分疲惫地说,"我并不知道这件事。不过我确实是来向你告别的。"

"我不明白!"

"我也要走了。"

"去哪儿?"

安娜没有回答。

埃伦重新站了起来:"您要去哪儿?"

尤莉娅因为兴奋而涨红了脸:"我们一起走!"

"您要去哪儿?"埃伦又重复了一遍。安娜转过头来,迎着她的视线,平静地看着她那张被痛苦折磨的苍白的脸。

"你嫉妒我吗,埃伦?"

埃伦向一边别过脸去,但仿佛有什么东西强迫她面对安娜。

"'是'还是'不是'?"

"是,"埃伦轻轻地说,她感觉她吐出的每一个字都因为绝望而无声地滞留在这个房间里,"是,我嫉妒您。"

"小心了!"尤莉娅在一旁冷笑道,"她马上就要扑到你身上来了!"

"由她去吧!"安娜说。

"她说得没错,"埃伦精疲力竭地低声说,"那里有我的妈妈。还有自由。"

"自由,埃伦,自由在那颗星所在之处。"她把埃伦拉向自己,"是真的吗,你嫉妒我?"

埃伦咬着嘴唇,却无法从她手里挣脱。她想转开身去,但仍有什么东西迫使她直视眼前的这张脸。一瞬间里她看到安娜脸上的光彩瓦解了。她在那张脸上看到了恐惧,死亡的恐惧,以及扭曲的嘴角。

"不,"埃伦害怕地说,"不,我并不嫉妒您。您究竟要去哪里?"

"你们到底在说些什么?"尤莉娅不耐烦地插了一句。

安娜站了起来,把埃伦推开:"我来就是为了告别。"

"我们不一块儿走吗?"

"不,"安娜说,"我们方向不同。"她轻轻地靠在墙上,努力地搜寻着合适的词语:

"我,我接到了去波兰的命令。"

这就是了,没有人敢说出口的东西——外婆、索尼娅小姨、所有人、所有。这就是令他们恐惧到颤抖的东西。此刻,埃伦第一次亲耳听到有人掷地有声地把它说出来了。这句话就是世界上所有的恐惧。"你打算怎么做呢?"尤莉娅满脸惊愕地发问。

"坐车去。"安娜回答。

"不不,我不是说这个。我是说……我是说,你觉得你将面对什么?"

"一切。"安娜说着,一种更大的希望在她脸上闪耀,光芒盖过了她脸上的恐惧。

"一切?"埃伦轻声问,"一切……你是说一切?"

"一切。"安娜平静地重复,"长久以来我都准备着迎接一切,为什么我要在这个时候放弃?"

"就是这个……"埃伦磕磕绊绊地说,"这个就是我的意思。那颗星就代表了这个:一切!"

尤莉娅困惑地把视线在她们两个人身上移来移去。

"等等!"埃伦叫道,"我去把其他人都叫来,一会儿就来。"

在有人拉住她之前,她已经把门在身后重重地关上了。

他们害怕了,从窗边退了回来。

"跟我走吧!"

"到哪儿去?"

"如果你们想搞清楚,那颗星意味着什么……"

恐惧使他们虚弱得连继续发问的力气也没有。不过他们还是暗暗地庆幸,有人把自己从这个吞噬一切的深渊边上拉了回来。他们默默地跟在埃伦身后,不再去看那一架接着一架的马拉小板车——载满东西,走在黑暗中的道路边缘,也不再去看那些哭泣的脸,还有若无其事的旁观者脸上的笑容。他们和埃伦一样了,眼睛里只有那颗星。

在一扇大门前,他们突然意识到了什么,一下子停住了脚步。

"我们不去找尤莉娅!"

"不是她。"埃伦说着推开了大门。

尤莉娅已经把散了一地的丝巾收拾起来了。她和孩子们

——打了招呼，关于签证却只字未提，也没有去看他们的脸。

"本来我们再也不会到你这儿来。"比比用她清亮的嗓子说，"都是埃伦！"

"再也不会来的！"其他人都跟着重复道。

"我们完全不用多费这个事。"库尔特说。

他们沉重的鞋子，在浅色的地板上留下了各种各样的印迹。

"安娜在这里。"埃伦说了一句。

安娜，A—N—N—A，这个名字听起来像一次呼吸。交付与接受本就是一体。

安娜坐在航海箱上，朝着他们笑："你们不准备坐下吗？"孩子们立刻放下了拘束。

于是大家在地板上坐成一圈，就像在统舱里一样，仿佛已经身处旅途之中。

"那么你们想知道些什么呢？"

"我们想知道，那颗星意味着什么？"

安娜平静地把视线从一个人身上移到另一个人身上："你们为什么想知道呢？"

"因为我们害怕。"他们的脸明暗不定。

"你们害怕什么呢？"安娜问。

"害怕秘密警察！"他们七嘴八舌地回答。

安娜抬起头，望着他们所有人。"但是为什么呢？为什么你们偏偏害怕秘密警察？"孩子们沉默着，脸上却显出吃惊的表情。

"他们禁止我们呼吸，"库尔特的脸因愤怒而涨得通红，"他们向我们啐唾沫，他们跟踪我们!"

"你们不觉得奇怪吗?"安娜问，"他们为什么要这么做?"

"他们恨我们。"

"你们对他们做过什么吗?"

"什么也没有。"赫伯特回答。

"你们是属于那一小部分人里的。相比他们来说，你们弱小，没有武器。但是这仍旧让他们感到不安。"

"我们想要知道，那颗星代表了什么!"库尔特叫起来，"我们身上会发生什么?"

"如果四周变得很暗，"安娜继续发问，"暗到几乎什么都看不见，那么会发生什么呢?"

"人们会害怕。"

"人们会做什么呢?"

"保护自己。"

"人们就会四处乱撞，不是吗?"安娜说，"当大家意识到这一切都是徒劳，而周围变得更暗了，现在会做什么?"

"他们会去寻找一个光源。"埃伦高声回答。

"一颗星。"安娜说，"也就是说，秘密警察发觉自己深陷黑暗之中。"

"您觉得……您真的这样想吗?"一种不安的情绪在孩子们中间弥散开来。他们的脸上闪过苍白而狂乱的光。

"我知道了!"格奥尔格突然跳了起来，"我现在知道了，我知道了!"

"你知道了什么?"

"秘密警察在害怕。"

"对,"安娜说,"秘密警察本身就是一种恐惧,有血有肉、活生生的恐惧——仅此而已。"她脸上的光仿佛从很深的地方照耀出来。

"秘密警察在害怕!"

"而我们害怕他们!"

"对恐惧的恐惧,两相抵消了!"

"对恐惧的恐惧,对恐惧的恐惧!"比比大声重复着,笑出了声。孩子们手拉着手,围着航海箱又蹦又跳。

"秘密警察找不到他们的星。"

"秘密警察追随了一颗别人的星。"

"但是他们丢失的那颗,和我们必须佩戴的那颗,根本就是同一颗!"

"也有可能是我们高兴得太早,"比比突然想到,顿时停下了脚步,"如果我听到的那些话是真的呢?"

"你听到了什么?"

"那颗星代表着死亡。"

"你从哪里听来的,比比?"

"那时我父母以为我已经睡着了。"

"或许是你理解错了,"埃伦喃喃自语一般地对她说,"或许他们的意思是,死亡就像是一颗星?"

"你们不要被误导了,"安娜平静地说,"事情就像我告诉你们的那样:跟从那颗星!不要去问大人,他们在骗你们,就像希律王试图欺骗那三位国王[①]。向你们自身寻求答案去吧,询问你们自己的天使。"

"那颗星,"埃伦高声说道,脸颊被光彩覆盖,"那是智者的星,我知道了!"

"怜悯秘密警察吧,"安娜说,"他们又开始害怕犹太人的王了。"

尤莉娅站了起来,用颤抖的手拉起了窗帘。"天色变得那么暗啊!"

"这样更好!"安娜说。

---

[①] 希律王知道耶稣基督在伯利恒诞生后,便假意派三位国王前往打探。三位国王跟随着东方的星,面见基督后改道返回家乡。希律王随后下令将伯利恒及其周围境内两岁以下的所有男婴杀死。可参考《圣经·马太福音》2:1-12。

## 一场大戏

玛利亚放下了她怀中的襁褓，约瑟把天使轻轻地推向一边。天使转过脸来，无助地朝神圣三王微笑了一下。那三位国王，打扮成了流浪汉的样子，正并排坐在一只大箱子上。突然，三位国王屈起了双腿，惊恐地望向房门，脸色苍白而晦暗。① 有人按响了门铃。

天使已经失去了他所有的优雅。刚才正是这位嗓音还十分稚嫩的天使，用一声颤悠悠的轻快欢呼，向国王们示意："脱下你们的外衣吧！"他知道他们是来寻找某个人的，知道远道而来的他们带着贺礼，知道在他们的褴褛衣衫之下缠绕着装饰圣诞树的银链，他还知道……

可是，现在没有时间了。门铃响了。

---

① 表演圣剧是西方庆祝圣诞节的习俗之一。孩子们会化上妆，穿上戏服，表演一出关于耶稣基督诞生的剧目，剧情一般是神圣三王在星的指引下，携带着礼物前往伯利恒，朝拜刚刚降生的圣婴耶稣，探望约瑟与玛利亚。

他们的双手交缠地盖在膝盖上，愁眉紧锁，死气沉沉。他们不得不在已经半暗的天色里继续忍受着那种存在已久的不确定：我们什么都不是？还是说我们是国王？他们不能脱下他们的外衣，因为他们仍旧处于恐惧之中。每一个小小的动作都可能出卖他们。在这个世界上出生，就是他们的罪。他们害怕被剥夺生命，他们希望被爱：他们希望成为国王。或许正是这样的希望，使人遭受迫害。

约瑟害怕面对自己的恐惧，他转开了视线。玛利亚弯下腰，默默地重新抱起那个襁褓。没有什么可以阻止一个母亲。她紧紧依偎着不敢正视那扇门的约瑟，就如同她怀中的王日后将紧紧依靠在那作为刑具折磨着他的十字架上。沉浸在恐惧之中的孩子们隐约感知到了他的教诲：若被钉在上面，就必定依靠它。这种预感，比门外那急迫而刺耳的门铃声更让他们恐惧。

或许此刻敲响他们的大门的，正是这种预感本身。

他们在昏暗中保持着沉默和静止。天使用生锈的安全别针把一条床单牢牢地别在自己的肩膀上。"不会有事的。"他结结巴巴地说，"这听起来只不过是……"他没有说下去。

"别出声。"流浪汉中个子最高的那个带着点嘲笑的意味说，"别出戏了！"

门铃声又响了起来。四下短，三下长。但是他们约定好的暗号并不是这样。

"是谁搞错了吧。"个子最矮的流浪汉说道。他有一条不怎么听使唤的腿。"或许有人搞不清楚自己是属于我们这边，还是属于秘密警察那边，他不清楚自己是朋友还是凶手。"

又有谁能清楚地知道呢？

桌子底下的小黑狗开始吠叫。

"让它住嘴，"约瑟生气地说，"我们不要它了。"

"我一开始就说，不应该留下它。"玛利亚说，"我们根本没东西可以喂它，它还有可能暴露我们。再说原本在这个位置上的，也应该是头驴之类的，是用来驮东西的。"她叹了口气，"不会叫，又能驮东西的。"

"犹太人不允许养宠物，"天使轻声说道，"而一列封闭的货运火车也能运送东西。问题是，去哪里。"

"埃及边境上正打得不可开交!"

"那去波兰正好。"

"犹太人的王呢?"

"一块儿去。"

门铃声又响了起来，听起来颇为恳切。

"我们开始演吧，不要去开门!"

"那就快点，快！注意——准备——"

"开始!"

三个流浪汉一跃而起。他们对着旧衣柜的玻璃柜门举起了手里的提灯。

"你们看到和平了吗?"个子最小的流浪汉问。

"你手里的提灯举歪了!"天使打断了他，"赫伯特，我猜你握紧的拳头都在颤抖。你害怕吗？这个情绪可不属于你的角色。'你们看到和平了吗?'要像一个男人那样发问，小家伙，把手伸过他们的肩膀上，这样他们就会去寻找，从他们的弹药袋里找，到他们的枕头下面去找……"

"你们看到和平了吗？"

门外的声响停止了，仿佛也在等待答案。孩子们瑟瑟发抖，不自觉地往后退缩，直到紧紧靠在一起。他们面前深不可测的虚空撕裂着大嘴，向他们发号施令：填满我！于是，他们让第二个流浪汉去回答：

"这里没有人。"

"没有人，你听到了吗，格奥尔格？'没有人'，一个可怕的词。所有人都在，然而并没有人，上百万人，然而并没有人。没有人，所有心怀憎恨的人，所有视而不见的人，你们听到了吗？没有人恨我们，没有人迫害我们——没有人！你们为什么要感到害怕？没有人，把这个词再重复一遍，格奥尔格！你的悲伤，应该放声高歌，在人们集会的时候让其他人都听到它的声音：没有人，没有人，没有人在这里！"

三个流浪汉手里的提灯在黑暗的房间中莽撞地闪烁着。

"我们花了太长时间寻找！"

"该死的，我们的灯都不再照耀。"

"现在我们再也不可能把他找到。"

"我们的力量也耗尽了。"

"是的，要是知道……"

"和平是什么！"

"但是人们并不知道。"

勇气尽失，他们瘫倒在肮脏的地毯上。

"在尘世上是找不到答案了。"
"我们到处都找过了……"
"呼喊过了！"
"威胁过了！"
"祈求过了！"
"诅咒过了！"

门铃声又响起了。孩子们的嗓音也此起彼伏地响了起来。有那么一瞬间，他们的声音竟盖过了门铃声。

"我们把灯光照进每一个房间。"
"我们在每一个地方都遭到了驱赶。"
"你们的灯太暗了！"

天使在其他人喘息的间歇说道。

"你们在那儿说什么？"
"我什么都没说！"
"声音是从这儿来的！"
"声音是从那儿来的！"

三个流浪汉坚持不懈的争吵声扯碎了天使的声音，把它溶解在一片不安之中：

"是你们说的！"

"不，你们！"

"你们也是！"

"噢，你们撒谎……"

"声音是从这里来的！"

"你们撞我干什么，先生们？"

"不是有意的。"

"不是有意的？

诶，那好。

那我得小心提防着！"

"你们这些胆小鬼，

让我来！"

"你们寻找的是和平！"天使叫着，在大衣柜上晃动着自己的身体。"和平！"他叹了口气，但门铃声就像一副铁质的框架，禁锢着这幅昏暗的图画。

"我们到处都找过了。"

"沿着大路找过来找过去。"

"我们所有的办法都试过了。"

"去抢，去杀人，去放火。"

"我们一直向下连地狱也没有放过！"

"仍旧什么也没有找到……"

那三个流浪汉咒骂着纠缠着躺倒在地上。天使的话语落在这三个缠斗在一起的人之上,变得越来越快,越来越焦躁。流浪汉的斗篷被掀乱,走廊里的门铃发出尖锐刺耳的声音,盖过了天使的嗓音。这个声音,像冰冷的雨水一样,打湿了孩子们被蒙住的别过去的脸。开门,开门!

昏暗的屋子此刻就是一顶晃动的斗篷,四处漏风。

门铃声持续着。四下短,三下长。错误的口令坚持不懈地折磨着孩子们。

三个流浪汉的膝盖和拳头陷进了旧地毯里。年纪最小的那个,伸出了食指。

"我们看到
有灯光透过门缝。"
"这里没有人……"
"只有不知所措的我们。"

最小的那个孩子声音颤抖。其他人把他推到了一边。这三个流浪汉争先恐后地说:

"谁告诉我们,和平在哪里?"
"谁会发现他?"
"谁会打量他?"

"是啊,如果人们知道的话……"
"知道和平是什么……"

他们筋疲力尽地垂下了头。

"我们的衣服被撕碎。"
"我们的鞋子被扯破!"
"我们得不到安宁,
永远。"

最小的孩子又举起了食指。

"我想起来了,
请你们保持安静。"
"现在正是圣诞节。"

天使站在被遮挡的窗子边,叹了口气。

"圣诞节?"

三个流浪汉迅速地站起身来。圣诞节总是和礼物、蛋糕、槲寄生,以及大人们那令人费解的激动面容联系在一起。可它和连续不断的刺耳门铃声有什么关系?
"快点!"战争发出了警告。他戴着一只偷来的大防空头盔,靠在通往前厅的门上,一半的脸被遮住了。"他们撞开我们的门,在我们还没准备好的时候,就把我们都装上车。"

"这样更好。"约瑟怏怏不快地说,"一月这么阴沉灰暗。所有的银链都已经断裂①,胃隐隐作痛。"

"那等到五月,我们就都成樱桃树了。"战争讥讽道。

"别吵了,"玛利亚大叫着把襁褓紧紧贴在自己身上,"别说那些了,我可不要成为什么樱桃树!我根本不想变成一棵树!"

"继续演吧!"天使喊道。

> "现在是什么情况,
> 我们该做什么?"
> "来吧,我们一起唱圣诞歌曲!"

那三个流浪汉动了动嘴唇,但是唱不出歌来。在这永恒的最后一刻钟里,他们遗忘了这种技能。他们已经失去了追求乐趣的兴趣,一种陌生的东西已经锁上了他们的嘴唇。

> "我太累了,
> 太累太累了!"
> "你的笛声听起来这么空洞,
> 你连一个清楚的音都吹不出!"

---

① 此处"银链断裂"的用词让人联想到《圣经·传道书》12:6-8:"银链折断,金罐破裂,瓶子在泉旁损坏,水轮在井口破烂;尘土仍归于地,灵仍归于赐灵的神。传道者说:'虚空的虚空,凡事都是虚空。'"

"好了,别……"

"和平逃走了!"

"我去抓住他!"

"不,我去……"

"噢,不!"

"灯在哪里?"

"我什么都看不到……"

孩子们都站了起来。门外的铃声突然中断了。如此突然,并且让所有人都觉得,它永远不会再响起。

"开门吧,"天使轻声说,"最好还是打开吧!"

床单还挂在他身上,阻止着他从衣柜上跳下来。战争把通向前厅的门推开了。三个流浪汉冲了出去。

开门吧,向每个要求你们这样做的人打开大门吧!谁要是不开,只会耽误了自己。

孩子们终于下定决心一把推开了走廊的门,却又失望地退了回来。

"是你?此外没有人了?"

哭肿了眼的埃伦精疲力竭地靠在冰冷的灰黑色楼梯扶手上。

"你们为什么不开门?"

"你把暗号忘记了!"

"因为你并不属于我们。"

"让我一起演吧!"

"你不属于我们!"

"为什么?"

"你不会被送走。"

"我向你保证,"埃伦说,"我会被送走的。"

"你怎么能够保证这种事情?"格奥尔格愤怒地说。

"有的人知情,"埃伦轻声说,"有的人不知情。但所有人都会被送走。"

她推开其他人,独自一人闯进黑暗里。她紧紧抓住天使身上的床单,几乎要把他从衣柜上拖下来。她恳求他:"让我一起演吧,请让我一起演吧!"

"你外婆禁止你和我们一起玩。"衣柜上的天使莱昂说道。

"因为我外婆始终坚信,留下来是一种幸运。"

"那你呢?"

"早就不那样想了。"埃伦说着关上了身后的门。封闭空间里的孩子们又仿佛被困在了一顶黑色斗篷里。

"我们没有角色可以给你了。"

"让我演世界吧!"

"这是一出危险的戏。"莱昂说。

"我知道。"埃伦不耐烦地叫道。

"世界是汉娜演的。"库尔特嘀咕了一句。

"不,"埃伦轻轻地说,"不!她今晚已经被送走了。"

孩子们向后退去,围成一个圈,留埃伦一个人站在中间。

"继续!"莱昂歇斯底里地说道,"我们必须继续演!"

"莱昂,是谁给了我们这么糟糕的角色?"

"确实是很难演的角色,可是,难道不是最难演的才是最好的吗?"

"可是我们的观众是怎样一群可怕的人啊,一张黑洞洞的兽嘴,企图吞噬我们,没有脸的人们!"

"你不是更有经验吗,露特?你应该知道,在每个舞台前,都有一片大张着嘴喘息着的黑暗,它必须得到安抚。"

"我们要去安抚它?谁来安慰我们?"

"谁来扶我们爬上那些货车车厢,如果它们太高的话?"

"不要害怕!"莱昂大声喊道,他的头颅散发着柔光,仿佛白布里一簇狭长而暗淡的火苗。"因为,你们听着,我要向你们宣布一个天大的喜讯!"

"你们都会完蛋,这就是喜讯!"库尔特打断了他。

天使沉默了。猜疑笼罩着夜色中的原野,即将被遣送的人脸色苍白。面对着这些,他不知道该如何继续。

"远不止这些,"黑暗中的某个孩子帮他补充了一句,"因为你们今天就要⋯⋯"

楼下,一辆载重汽车穿过狭窄的小巷。窗户颤抖起来,窗前的天空也开始颤抖。孩子们聚拢到一起,他们僵持着,随时准备冲破窗口。可载重汽车隆隆地驶过了,声音越变越轻,越来越远。那车轮的一声声响动,竟不知不觉在静默中渐渐哑了。它们都不足以填满这片静默,于是全都成了徒劳。

"继续,继续演!"

演下去。这就是留给他们的唯一可能性,这是面对秘密、面对无可把握的东西时的一种优雅姿态。这就是最隐秘的命令:

你应该在我的面前表演!

在痛苦的湍流中,他们猜到了答案。爱就隐藏在这出戏里,就像珍珠孕育在贝壳中。

"你们过来,别吵了!"
"看,我们的灯熄灭了,
风暴想要阻拦它
而我们的力量也已耗尽。"
"我们要去睡了。"

静默蔓延开来,这是给天使的提示词。莱昂便从衣柜上一跃而下,跳进了提灯昏暗的光晕里。他站在光晕上,保持着高高在上的状态。他把他们的问题抛还了回去:

"你们看到和平了吗?"
"我们没看到他。"

流浪汉们瘫坐在地,把风帽越拉越低,直到彻底遮住了他们困惑的脸。

"真希望你们也能像我一样看到眼前的这一幕!"天使结结巴巴地说着,又脱离了自己的角色,"你们如此安静地躺在那里,凭着非同寻常的勇气待在这个昏暗的房间里。"

他垂着手臂,想要像一个观众那样投入地观看这幅场景,内心却响起另一种声音,要他把控住眼前的这一幕,这两种冲动几乎要把他击溃。我眼前的景象,你们也能看到该多好啊。

但是灯光越来越暗。

"太可惜了，莱昂，你再也不可能成为导演！"

"不，我会成为导演的。在货运列车上，在车厢里，那会是个好剧本，你们尽可以相信我！没有幸福的大结局，没有掌声，观众会安静地踏上回家的路，带着苍白的、在黑暗中微微发亮的面孔……"

"别说了，莱昂！你没有看到他们的脸色多么红润吗？他们的眼睛多么闪亮？你没有听到他们现在已经在笑了吗？当有人把我们送过桥那边去，他们也会发笑的。"

"莱昂，人们要拿什么货币支付给你呢？你又是和哪一个公司签合同呢？"

"和人类社会，用火和泪来支付。"

"继续演你的天使吧，莱昂！"

莱昂迟疑了一下，朝着那三个流浪汉展开双臂。"深深睡去吧。"他吸了口气，沉默了一小会儿，又继续说：

> "或许在睡梦中
> 上帝会送给你们，
> 你们在歧路上
> 追寻着的东西。
> 熄灭你们的灯，
> 它们都不能引你们回家，
> 唯一闪烁着爱的光亮
> 在那条隐微的小径上方！"

天使俯下身子,吹灭了提灯。他独自站在黑暗中,就像漆黑的窗口前的最后一支孤独的蜡烛。

"把你们的骄傲扔出去吧,
它不能使你们抵御任何东西,
爱则身披另一件外衣。
我问你们:到哪里
你们去寻找和平?
争执在这里没有任何意义,
和平就在内心的深处,
对此你们视而不见而已。"

天使尽可能地伸长双臂,向那三个沉睡着的流浪汉俯下身体,仿佛要把所有睡梦中的人,以及那些认为自己保持着最清醒的状态实则睡得最为深沉的秘密警察,都拥进怀里。

"深深睡去,
或许在睡梦中
上帝会送给你们,
你们通过杀戮和纵火
追寻着的东西。
熄灭你们的灯,
它们都不能引你们回家,

只有那盏爱的灯光

照耀在每块土地之上。"

天使退了回去。流浪汉们不安地在睡梦中扭动着身体。黑暗中传出了约瑟的声音，他有些紧张地提醒玛利亚："来吧，现在轮到我们了！"但是玛利亚并没有动。

"来吧！"天使喊道。

玛利亚更紧地抱住怀里的襁褓。"我没有面纱，"她说，"没有面纱我不演。"

"你是什么意思呢？"莱昂问她，"那现在该怎么办？"

三个流浪汉跳了起来，吵嚷着冲到她面前："演啊，你听到了没有，快演！"连战争也加入进来，他把头盔拿在手里，请求她道："继续演吧，继续演下去！"他们的喊叫声已经闯进了走廊里。

"你到底要不要演玛利亚，要还是不要？"

"要的，"比比回答，"但是不能没有面纱。你们答应了要给我一条面纱，没有面纱我就不和你们一块儿演了！"她害怕地紧紧搂住她怀里的襁褓。

"好吧，如果只是因为这个。"埃伦慢慢地说道，边说边打开了她的包。一条白色的头巾在黑暗中闪着光。比比放下了怀里的襁褓。其他人也飞快地爬上了箱子和椅子，想要离头巾近一些，好用自己冰凉的手指去触碰它。比比接过头巾，小心地把它叠好，然后披在了自己身上。

"你太美了！"孩子们齐声叫道。他们拍起手来，一会儿伸手揉皱它，一会儿又把它抚平，他们仿佛被它的光芒照耀得睁不开眼，就像饥渴的灵魂面对着涤罪所的炼火，天堂和地狱在那里伸出最边缘的半岛连接在一起。他们幸福地笑了起来。如果你们能看见我眼前的这一幕就好了，莱昂这样想着。就在他以为自己要失去这幅图景的时候，它留存在了躺在襁褓里的上帝那清醒的眼神里。

"如果只是因为这个。"埃伦重复了一遍，语气中带着几分怒意。她的脸不知不觉地在比比身后浮现出来，还没等比比把自己从那满脸惊愕的镜中人像前移开，她就把那面纱从她头上扯了下来。埃伦高举起面纱挥动了几下，又把它围在了自己身上。在流动的光泽中，她的眼睛暗淡地闪动着。

"你，"比比叫道，"你看上去就像个赶骆驼的人！"

"这样对我来说正好。"

"把面纱还给我！"比比含混不清地喊道。她们俩沉默地面对面站着，随时准备争斗起来。奇迹降临到了世界上，但是世界只想自己成为奇迹。玛利亚提出过条件，但是天使忘记提醒那三个流浪汉了，上帝落入了希律王的手里。"把面纱拿过来！"比比重复了一遍这句话。她因愤怒而颤抖，那猛然向前伸出的手就像一种柔嫩的陌生的武器，直接插进了面纱里。埃伦不禁向后退去。她们俩纠缠到了一起，互相拉扯，紧紧抓住对方不放。没有人发出声响，只剩下丝绸摩擦的沙沙声。它害怕被撕碎，这是所有面纱共同的恐惧。但是这一幕并没有发生，面纱平展开了，很亮，并且越来越亮，它悬浮在空中，仿佛能抹平所有伤痛所有争端，就像天使的宣告那般宁静庄严，然后它又突然沉了下来，从容地掉在地板上，再也无法被握在手里。火光投在上面，大家这才看清楚，她们俩争夺的究竟是什么。

"是那条窗帘。"莱昂抬起手臂挡开两人，结结巴巴地说道。

"汉娜的窗帘，她最后几天还在缝的。"

"为了她那海边的小房子缝的。"

"那白色的房子，带着高高的窗户，她的七个孩子会睡在里面。"

她的七个孩子，睡得如此之熟，没有人能够唤醒他们，她的七个孩子，做着如此香甜的梦，神也不会去打扰他们。她的七个孩子，从没有受到过诅咒，也就不会出生，不会被打上烙印，不会被杀死。

"你什么时候看到她的，埃伦？"

"昨天，挺晚的时候。"

"她已经知道了什么吗？"

"是的。"

"她最后做了什么？"

"把大衣上的扣子缝得牢固些。"

"七颗扣子。"莱昂说。漆黑的池塘上的浮冰再次碎裂，越往前走越危险。

"她还想给你们写一封信。"埃伦说，"但是她没有写完，只是把窗帘交给了我。她说，如果我们演戏的时候能用上它，就是对她最大的好了。"

"你不应该把它收下的，埃伦，它可以为她遮挡苍蝇和过于强烈的日光。"

"太多日光!"

"因为汉娜并不喜欢太阳。最后她一直在说,它是一个骗子,它欺骗了人们,让他们变得暴力。"

"所以窗帘应该在海风中飘动。轻轻地飘出窗外!"

"它会飘起来的。"埃伦说。

"当有小孩子死去的时候,"格奥尔格轻声说,"这就是一块盖尸布。"

"你说的是谁?"赫伯特有点生气地笑问道。

"不是你,小家伙!"

"就是,你说的就是我!"

"或许我说的是我们所有人。"格奥尔格含混地说。

"汉娜应该保留好这条面纱的,或许它能保护她。"

"一个人只能保留住他献出去的东西。"

孩子们惊恐地抬起了头。永远也没有人知道,是谁说的这句话。天使清亮的嗓音划破黑暗的梦魇。一个人只能留住,他献出去的东西。

他们要拿走什么,就给他们吧,因为他们只会越来越穷困。把你们的玩具、你们的大衣、你们的帽子、你们的生活都献出去吧。把所有东西都送出去,只是为了能够保留住它们。谁拿了,谁就输了。当他们把你们的衣服从你们身上剥下来、把你们的帽子从你们头上扯下来的时候,就放声大笑吧,因为人只能保留住他献出去的东西。去嘲笑那些饱食的人,去嘲笑那些得到安抚的人,他们失去了饥饿和不安,失去了这些被赋予人类的最宝贵的馈赠。把你们的最后一块面包送出去，守住饥饿吧，放弃你们脚下的最后一块土地，留在不安中吧。把你们脸上的光彩扔进黑暗里，让它的光芒更加耀眼吧。

"继续演！"莱昂喊道。

约瑟用手杖支撑着自己。玛利亚把自己的手臂轻轻地搭在他的手臂上，那只左眼上有白圈的小狗，在一旁跑来跑去，尽管剧本里根本没有提到它。它不会发问，就这样扮演着这无名无姓的东西，这不声不响的、背负重担的东西。

"我们踏过漫漫长路，
我们的姓名
到处也找不到归属。"
"但是我们紧紧拥抱
上帝的仁慈，
就像他永远把我们围绕。"
"我们背负着他的期望：
拥抱世上的众人，
寄托在这个孩子身上。"
"我们背负着所有的苦痛，
在上帝被放逐的心里，
穿行于黑暗和狂风。"

约瑟和玛利亚虚弱地站在那里，想要看清楚彼此的脸，但这个时候已经看不见什么了。其他人的脸也都变得模糊，像一块块明亮的色块渐渐溶解在影子的黑暗里。在这愈来愈浓重的混沌中，有一件事却变得明了：每一样东西，对于他物来说，都是多么遥不可及，就像每一个人，对于所有迫害者中的那最后一个来说。

玛利亚吃了一惊。

"我们不是孤独的，
看看这里的三个陪伴者！"

她拉紧约瑟的袖子，指了指躺倒在大衣柜前熟睡的三个流浪汉。其中一人翻了个身，嘴唇在睡梦中翕动着：

"脚上的鞋子已经磨损，
无法休息不得安稳！"
"他在说梦话。"
"你这个可怜的人，
我可以告诉你，
上帝的爱是多么的炽热！"
"是谁在叫我？
我太累了，我实在太累了。"
"他睡熟了。"

天使如此说道。玛利亚失望地站了起来。

"身上的衣衫已褴褛肮脏，

而道路仍旧崎岖漫长。"

第二个流浪汉轻声叹息。
玛利亚俯下身子靠近他。

"你这个可怜的人,
我可以告诉你……"
"他睡熟了。"

约瑟疲惫地打断了她。他看起来恨不得自己也能躺倒在他身边,他希望自己根本就不是约瑟,不是那个担惊受怕的、那个被召唤被选中的人。

"我好冷,
谁把我从睡梦中叫醒……"

玛利亚又一次受到了惊吓。有人突然点亮了前厅里的灯,灯光透过房门上的玻璃照了进来。玻璃门颤动着,但并没有映射出那些身影的轮廓,孩子们的身影在这冰冷的光亮前,仍旧保持着黑暗。

有人敲了几下门,但立刻就自己把门打开了。原来是隔壁的夫人。她右手提着一个用皮带捆好的小箱子,左手握着一把合拢的伞,头上戴着一顶插着羽毛的彩色帽子。

"我的老天啊……"战争开口说了一句,但并没有把这句话说完整。他摘下了头盔,这个道具并不属于这场戏。

"你们在黑暗里干什么呢?"她伸手去拨动开关。

约瑟用手臂挡住了玛利亚,仿佛要保护她,替她挡住这迷惑人的光亮。其他人都没有动。隔壁的夫人重复了一遍她的问题,但是仍旧没有任何人回答她。

"你们都病了吧。"她看着眼前的景象担心地说。旧地毯上躺着三个衣衫褴褛、一动不动的人,后面的一只大箱子上并排坐着窃窃私语的战争和天使。还有一只黑色的小狗,躲在约瑟和玛利亚之间。

"您要去哪儿?"莱昂问她。

"离开!"她回答。

"离开,"莱昂若有所思地重复了这个词,"很多人都离开了。但是他们选择的或许是错误的方向。"

"你们也应该离开,无论如何!这个地区现在很危险!"

"随着时间推移,所有的地区都会变得危险。"莱昂说。

"我们不想再走了。"

"你们会后悔的!"

"后悔是一种了不起的感觉。"战争说着,又把头盔戴上了。赫伯特忍不住笑了起来,又用几声咳嗽掩盖过去。

隔壁的夫人无可奈何地摇了摇头。她并不适应这种方式的反叛。"不管怎么说我走了,这栋公寓里现在就剩你们了!"

"再见了!"莱昂说。

约瑟和玛利亚把她送到门口,立刻在她身后锁上了门。小狗激动地跟着他们俩跑来跑去。他们熄灭了所有的灯,只是还把提灯握在手里,襁褓还抱在怀中。

"我把他交给你们保护,
把他抱在你们的怀里……"

但还没等到玛利亚把襁褓放在那几个熟睡的人之间,埃伦的影子便笼罩在了他们之上。

"我就是世界
正在流亡的路上,
啊,多希望能找到和平!"

世界赤着脚,用一条旧床单包裹着头和肩膀,散乱的发梢从床单下伸了出来。

"战争挨家挨户地追踪我,
他抓住我取笑我,
他把我从自己的身躯里驱逐,
驱赶进恐惧和处处燃烧的烈火。"
"你在找谁?"
"我在寻找安宁。"
"你的双手已满是鲜血。"

惊恐中的玛利亚紧紧靠在约瑟嶙峋的身体上。她听到了厚呢大衣下他的心跳声，这为她注入了勇气。

"我们怀抱着上帝，
颠沛流离。
世界挨家挨户地追踪我们，
不给我们一块容身之地，
我们在此寻求庇护，
我们要从你面前逃离。"
"摆脱你！"
"可你已经来到这里！"

那只黑色的小狗竖起了耳朵，不断地到处嗅闻。这个神圣家庭所感受到的惊奇也蔓延到了它的身上。这种惊奇刺透了这被遗忘的房间里的寒意，并且制服了它：你们一直在跟随我们吗？你们要把无法制服的东西都钉死在十字架上？那么你们最后也必定在自己的十字架下寻求庇护。你们可以鞭笞我们，杀死我们，践踏我们。但只有当你们愿意去爱和被爱，你们才有可能追赶上我们。只有当你们跟随着逃亡者的踪迹，你们才有可能从他们那里寻得庇护。把你们的武器扔开，你们就追上他们了。

"你们不把我藏起来吗？
藏在你们明亮的面纱下？"

战争用磨损了的鞋跟踩着箱子的边缘,为自己的登场做准备。世界充满恐惧地环顾四周。

"他在那儿,
你们听!"

战争从箱子上跳了下来。黑暗像丝绸般沙沙作响。

"噢,让我进去,
你们为什么不尝试一下!"
"我们自己也是外来者
我们正在逃亡中……"

玛利亚僵持着不动。正要伸手去抓她的战争,突然退后了一步。因为门铃又被人打响了,一声接着一声。这是第二次了。

这场戏里并没有提词员,没有人来缓和严肃的气氛,也没有人通过耳语来避免表演中的冒失,没有人能够置身事外地参与其中。台上台下终于融为一体。那些没有适时进入角色的人,就是自暴自弃,那些没有适时跳出角色的人,更是加倍地迷失自我。在恰当的时间点到来和离开,就像早晨和夜晚一样,是多么的困难。所有的关键都在于此。但是孩子们并不知道他们的出路在哪里,门铃像风暴一样怒号着。

"是耶稣圣婴。"赫伯特轻声说了一句,但是没有人笑。

"是送信的。"露特飞快地说道,连她自己也不相信自己的话。

"是隔壁的夫人,她可能忘了东西。"

"安静!"

"她是有钥匙的!"

"继续演!"

"你说的是哪出戏?"

"我们正在演的,还是发生在我们身上的?"

孩子们犹豫着。铃声停顿了几秒钟,旋即又响了起来,仿佛一只猛禽不断撞击着闭锁的大门,毫不顾念自己已经头破血流。

"继续演,你们听到了吗!"

但是发生在我们身上的事,只有经由苦痛才能转化成我们上演的剧本。而他们正在经历这种转变,撕扯和摩擦产生的尘雾溅到了他们的肌肤上,与此同时,他们也更清楚地看到了缠绕在他们腰间和颈项上的圣诞树银链那隐藏的光芒。这两出戏已经开始交汇,难解难分地编织成了一出新戏。布景向两侧移开,确定性的逼仄四壁开始瓦解,不确定性像瀑布一样,带着凯旋的气势从天而降。你应该当着我的面表演!

"继续演!"

玛利亚更加用力地裹紧怀里的襁褓。战争满脸嘲讽地从阴影中浮现出来。他从一个角落里跳出来,仿佛有无数个身影从所有的角落里涌出来,又好像随着门铃的嘶喊一起,从头顶和脚下数不清的木板中钻出来。战争的大衣太长太厚重了,似乎绊住了他的脚步,让他前进不得。约瑟尝试把他推到一边去。而门外的铃仍旧一刻不停地响着。

世界急躁地在房间里转来转去。火把和提灯无声地坠进虚空，继而熄灭。那个小小的襁褓仿佛自身在散发光芒。

战争从牙齿里挤出嘘声。他把世界扯向自己，又任由她摔倒在地，把她高高举起，又把她一把推开。

"不要在原地迟疑，
来吧，投进我的怀里，
加入我狂野的游戏。"

流浪汉们透过手指的缝隙看着这一幕。黑暗中的天使用左肘支撑着自己，仿佛穹顶边缘的一尊雕像。世界陷入了犹豫。

"留在这里！"
"随这个孩子自生自灭吧，
不要在原地迟疑
投进我的怀里，
属于我吧！"

走廊里的铃咆哮起来，仿佛也在期待她的决断。流浪汉们在睡梦中不安地扭动着。玛利亚笨拙地抱着襁褓，坐在寒冷的暮色中。

"快决定吧，
接受我！"

"接受我!"

世界动摇了,她抖开床单,颤抖着把自己裹了起来。战争弯下身子去看她的脸。她的双眼在黑暗中闪着光,它们在追寻更大的冒险。天使又一次提高了嗓音,想要给予她告诫。走廊里的铃还在啜泣,就像有人哭得上气不接下气。它在恳求些什么。哪种选择意味着更大的冒险?

世界终于从面纱下伸出了手臂,伸向面前的那个孩子。

"我已经决定了,
选择你。"

战争顿时从头上扯下头盔。

"我是多么的欣喜啊,
我其实就是和平!"

他欢呼着把军装外套扔回黑暗里。火焰伏在奄奄一息的木柴堆上。门外的铃仍在尖叫。

"快开门吧,这样没有意义!"
"轻点!"
"继续演戏!"

转变的阵痛降临到孩子们的头上。他们站在黑暗的深处,面对着彼此。约瑟从玛利亚身边挣脱了出来,他的手杖掉在地板上,发出一连串刺耳的声音。天使低下头看自己的双手,仿佛它们被束缚住了。

格奥尔格沿着墙大步跑去,摸索着房门。

"你去哪儿?"

"我要开门。"

三个流浪汉惊恐地从地上一跃而起,想要拦住他。门轴很久没有上过油了,大门唱起一支陌生的歌谣,终于打开了。

"你给谁开的门,格奥尔格?"

是对面的先生。孩子们松了一口气。那位不知名的先生是想过来帮助他们。莱昂以前和他粗浅地打过交道。他经常去看望莱昂,看起来并不介意门上的星章;他也认识他的朋友们。他曾多次向孩子们保证,自己能从某种途径得到些消息,一旦他知道了什么就会立刻通知他们。

孩子们旋开了灯,为他搬来一把扶手椅。这个闯进来的人向孩子们要了一杯水,他注意到了钢琴下面的头盔,就向他们打听是从哪里弄来的。

"借来的。"库尔特咕哝了一句。

"发生什么事了?"莱昂急切地问道。

那个男人没有马上回答。孩子们沉默地围绕在他身边。露特端来了一杯水。他慢条斯理地喝了水,孩子们则有些敬畏地在一旁观察着他。没有人敢再多问一句。他舒展双腿,孩子们便向后退了一步。而当他把腿再次收回来的时候,孩子们却没有再围拢上去。他说了一句:"你们别害怕!"

"我害怕。"埃伦说。那个男人带着些怒意地看了她一眼。

他擦去嘴角的水滴,咳嗽了两声。格奥尔格拍了拍他的肩膀,有些惊慌地对他说:"对不起!"

男人微笑了一下,点了点头,若有所思地朝地上那一只只僵硬的小脚看去。如果不注意看的话,仿佛面前就站着一排等待擦拭的小鞋子。露特叹了口气。男人抬起头仔细地打量了她一会儿,突然说道:"所有计划都告吹了。去往波兰的移送停止了。"

孩子一动不动地站着。远处传来消防车的警报声,后一个音符总是比前面的高半度。

"我们得救了?"莱昂问。"得救。"赫伯特把这个词重复了一遍。但是听起来他们仿佛在说"我们被抛弃了"。

"我不相信!"埃伦喊起来,"您确定吗?"

"而且您是从哪里听来的?"

陌生人开始放声大笑,如同痉挛一般,他笑个不停,直到孩子们都向他扑过去:"是真的吗?这是真的吗?"连那条小黑狗也呼噜呼噜地想要跳上他的脖子。

"就和我活着一样真实!"

"但是您到底有多真实地活着呢?"埃伦嘀咕了一声。

男人从椅子上跳了起来,愤怒地抓着她摇晃:"你们这些不知好歹的。你们到底想要什么?"

"演戏。"格奥尔格回答,"我们刚才已经演了一半了!"

他的脸在褴褛的风帽下显得异常阴沉:不要打扰我们,不要欺骗我们,放了我们吧!得救,这是一个多么陌生的词。一个没有内容的空洞的词,一扇不通向任何房屋的大门。世界上存在任何一个被拯救了的人吗?

陌生人怒气冲冲地自言自语着,边说边寻找自己的帽子。

"请您别走,"孩子们恳求他,"您知道些什么确切的消息吗?"

"可以确定的就是,你们已经疯了!"他倒回扶手椅里,又开始大笑。"我希望得到一个解释。"等到他再次平静下来,他这样说道。

"就是对于我们来说,这已经不再重要了。"格奥尔格回答他。

"有一天,"莱昂说,"等所有事情都过去了,我们会在大街上再次从彼此身边经过,却都已经认不出对方了。"

"还撑着大大的伞!"埃伦高声说道。

"确实如此,"莱昂审慎地说,似乎经过了一番深思熟虑,"我们不要再回去了。"

"我要,"比比打断了他,"我要,我要留在这里,我要去参加舞会。我希望有人亲吻我的手!"

这个陌生的男人静静地站在那里。突然他弯下腰,亲吻了比比的手。"谢谢。"比比有些尴尬地说。她呼出的气息明亮而湿润地停留在空气里。大风穿过街区,天气变冷了。

"已经能看到呼出的气了!"赫伯特说。

格奥尔格抬头看了一眼壁钟。小小的指针一跳一跳向前移动着,就像是有人不断在后面撞它。在这个时候它终于意识到,它最终会反复回到那同一个地方,于是它停了下来。原来它一直蒙在鼓里。自从孩子们中断了他们的戏,那每一秒钟之间就落进了更长久的停顿,而这些间歇还在不断生长。

"你们刚才在演什么呢?"男人问。

"寻找和平。"赫伯特回答。

"那就继续演下去吧!"

"您先告诉我们,我们身上会发生什么!"

"我并不知道确切的消息。根据上头的命令,移送已经终止了。真是出乎意料。"

"没错。"格奥尔格叫道,"出乎意料。可为什么没有人意料到它呢?为什么好事从来都是出乎意料地发生呢?"

"现在继续演吧,"那个男人说,"就在我面前演!"听起来俨然是一个命令。

"我们确实乐意演。"莱昂回答,"但是我们不打算演给任何人看。"

"请您也一起演!"

"是的,您和我们一块儿演吧!"

"不不!"男人激动地喊起来,拼命摇头。他脸色略显苍白,伸手把面前的孩子们都推开:"真是一群可笑的孩子!"

"您为什么要这么生气呢?"赫伯特惊讶地问道。

"我没有生气。我只是没有兴趣。"

"那您还是生气的好!"格奥尔格友好地说。

"我们再演一次,是为了您演的。但是您得一起演!"

"这算是彩排还是正式演出?"

"我们自己也不知道。"

"那么你们有哪个角色适合我?"

"您可以扮演一个流浪汉。"

"就没有更好的了吗?"

"到了最后您会脱下褴褛的衣衫，变成一个高贵的国王！"
"我也会吗？不是一共只有三位圣王吗？"

这个男人也加入了进来。他以所有不神圣的国王的名义，扮演了一个没有台词的角色。他跟在孩子们身后，偷窥着他们微弱的渴望。他听到了他们绝望的声音——"这里没有人！"然后开始感到恐惧。

他越过他们的头顶向房门看去。

"为什么你们在黑暗中演戏？"

"这样我们可以看得更清楚！"

他不再去追问。赫伯特把自己温热的手指轻放在他又大又湿润的手掌上，小心周到地为他指路。而他迈着沉重而笨拙的步伐紧紧跟在三个流浪汉身后。

"这里有人在！"
"会是谁呢？"
"这一切或许都是我们想象出来的。"
"我们孤孤单单
并且疲惫不堪！"
"那就把门锁上吧，
灯火渐渐熄灭，
天马上就冷下来了，暗下来了
所有的希望都溜走了。"

这个陌生人犹豫地跟着三个流浪汉在地板上躺下，装成睡着的样子。他默不作声地躺在他们中间。屋子的另一头传来连续不断的脚步声。有人在不安地来回踱步。

他把头埋进自己的臂膀里。

"你这个可怜的人，
我可以告诉你，
上帝的爱是多么的炽热。"
"是谁在叫我？
我太累了，我实在太累了！"
"他睡熟了！"

约瑟想要把玛利亚从那几个流浪汉身边引开，那三个乔装打扮的流浪汉，他们一直没有弄清楚，自己究竟是善还是恶，还有那始终沉默着的第四个流浪汉，但是玛利亚一直在犹豫。
"他笑了！"玛利亚突然叫起来，"看呀！他在嘲笑我们！"
"他笑得快窒息了！"
"有什么好笑的事吗？"
"您为什么发笑？"
格奥尔格有些愤怒地摇晃他的肩膀。他们拉扯他脖子上的围巾，想要抬起他的头，但是没有成功。
陌生的男人用尽了全身的力气，掩藏着自己的脸。他躺在地板中央，就像一座震颤的山。他任由棱角坚硬的小拳头不断击打在自己的外套上，似乎感到十分惬意。孩子们只看到他的太阳穴烧得通红。赫伯特上前揪住了他的衣领。

"有什么好笑的?您到底在笑什么?"

"松开。"莱昂生气地喊道,"立刻松开!"但是赫伯特并没有听从他的话。他相信那个陌生人的话,他刚才紧握着他的手。他发狂般地撕扯他的外套。

"你把我的衣领都撕下来了。"这个男人终于开口了,同时也抬起了头。

"他在哭。"埃伦说。

"快把他的帽子还给他!"

"不,"男人说,"不,和这没关系。"

有那么一瞬间,他因为某种使命而忘记了上级派给他的任务。他忘记了,他是一个密探,他忘记了秘密警察和得到的命令:尽可能久地拖住这些孩子,直到有人来把他们接走。没有一个人可以离开这间屋子。

楼里的电梯升起来了。它轻柔而不可阻挡地穿过一层层楼板。那个男人想要跳起来警告孩子们:"走,快走,你们的集会被发现了!"但他感到浑身麻木,仿佛以不可思议的方式被某种力量禁锢住了。好在电梯没有停在这一层。

"在五楼住着一位拄拐的先生。"露特说。

"真的吗?"男人说。

"继续演吧!"莱昂打断了他。

"我要问你们:你们要到哪里
去寻找和平……"

所有的梦都开始燃烧。

陌生的男人感觉到了地板的震颤，那是流亡中的世界的脚步。他听着窗户的吱呀声，只希望自己能继续在这里躺下去。他透过提灯的光晕，看到玛利亚把她的孩子交给了世界。

他听到了天使的警告，而当门铃第三次响起的时候，他是最后一个站起身来的。像在梦境里一般，他掸去外套上的灰尘，重新整理好衣领。他必须继续扮演这个不神圣的国王，把这个角色演到最后。因为神圣的国王只有三位。

"脱下你们的外套！"

身上的银链子闪烁起极乐的光芒。没有一个孩子再注意到他，他们全都冲向了门口。

像一团舞动的火光，这出大戏在孩子们头顶之上降下帷幕，把他们吞没了。

## 外婆的死

黑夜从天空纵身一跃,身手敏捷,对外界保持着好奇和警惕,就好像一支被暗中侦察已久的敌军终于开始了行动。黑色的降落伞无声地张开了。黑夜从天而降。

她遮天蔽日地向我们靠近。人们结结巴巴地说着话,叹息着脱下衣服,发出解脱般的呻吟声,但是他们的呻吟只是一种虚张声势。黑夜遮蔽我们,她笑得浑身颤抖,但是她的笑无声无息,因为她小心翼翼地用双手捂紧了自己的眼睛和嘴巴。有人给她下达了命令:"往下跳,去发现!"在她的外套下,掩藏着她主人赐予她的最有力的照明工具——黑暗。她用它照透了墙壁,穿过了水泥,惊到了缠绵在一起的人和被抛弃在孤独里的人、愚蠢的人和聪明的人、单纯的人和复杂的人。她像一张铁幕一样降下,终结了一出喜剧,隔绝开舞台和观众。她像一柄剑一样落下,划分开人群,把演员与观众分开,把演员与自己分开。她像尘埃雨一样落下,从喷火的山体中涌出,一场没有人预料到的火山爆发。她向所有人发出命令：保持原来的姿势，听从发落。所有屈服了的人保持着屈服，所有呐喊的人再也不紧闭双唇。

黑夜从天而降，她发现了这个世界残忍无情的一面，而正是这一点，让人们也有足够的理由对这个世界心怀同情。她发现了新生的人，那布满褶皱的小脸上写着绝望，写着恐惧，被赋予了实体使他们恐惧，失去了光辉使他们痛苦。她还发现了死去的人，即将到来的光辉同样使他们恐惧。

这个三月的夜晚，她突然有了一种想哭的冲动，但是眼泪显然还没有准备好接受她指派的任务。她只得试着给自己找点乐子，她给睡眠中的人们戴上睡帽。你们啊，卷着鬈发，穿着松松垮垮的长袜，看起来是什么样子啊，她想，你们到底需要多少发夹和吊袜带才能弄好。她拦住那些做梦的人，他们成群结队地从自己的意识中逃走，而她则像一个阴险的边防看守，让他们统统坠落到界河里。他们手脚并用地在河里绝望地游着，直到早上；精疲力竭，就像被水泡胀了的木头；他们重新登上了意识的河岸，并试着去解释他们的梦，那些他们并不曾做过的梦。

黑夜迫使大人物陷入了卑微的窘境，又使小角色在对伟大的渴求中难以自拔，她让他们用颤抖的手指和分了叉的蘸水笔在日记里写道：只有首先成为无，才能成为一切。她在陈旧的东西里面发现全新的东西，在新的东西里面发现旧的东西，她让倒下的人站立起来，让站着的人躺倒下去。但是这一切都还不够。没有什么是足够的。

黑夜挣扎着回忆那个被遗忘的词，她得到的特别任务。帮帮我吧，她向风恳求道。风爱慕她，为她吹开每一扇门，打开每一扇窗，把瓦片从房顶上抛下来，把稚嫩的树连根拔起，夺走他们正在生长的灵魂。在恐惧中，它们打坏了窗玻璃，掀翻了屋顶，但是它们什么也没有找到。上帝会惩罚我的，黑夜低声哀叹，我再也无法成为白天了。于是她离开了她的爱人——风，越过了一座座沉默的桥梁，只留下风独自悬在原地，逗留在冰冷的石头桥墩旁。

　　桥的那边有硝烟的味道。黑夜紧张得躁动不安，毫无头绪地怀揣着她的黑暗穿过了一扇扇窗户。我要成为白天，她喃喃自语。你会成为白天的，有人在她的耳边低语，但没有一个黑夜会相信自己能成为白天。黑夜不知所措地四处奔走。你是谁？她看不见任何人，没有任何人回答她的提问。她最后一次撒开她的黑暗，抓到了一个陌生人。她立在那儿，一动不动地倚靠在老教堂的墙上。

　　你是谁？

　　我是迫害。

　　黑夜感到惶恐。这是一个比她更伟大的发现者。她的黑暗更黑，更尖锐，更密不透光，她的沉默也来得更加彻头彻尾，因为她不需要任何风或者月亮的陪伴。她能更快地找到她所寻找的东西，因为她懂得迂回、能屈能伸，就像瓶子里的幽灵。她的职责是使人迷失，她把这个任务同样下达给了所有被她吸引的人，她把他们拖向自己，拖进无尽的深渊，比所有的黑夜更黑暗的深渊。

您在追逐什么？黑夜好奇地问她，您在寻找什么，有什么新鲜事吗？

您一下子问得太多了，迫害用一种拒绝的态度说道。看来这是一个非常稚嫩的黑夜，她想，很不成熟，就像那些总也提不完问题的年轻人一样："我们会活下来吗？我们为什么要死？我们会饿死吗？我们会在毒气中窒息吗？或者会被枪毙？什么时候？怎么死？为什么要死？"

他们不懂得，把所有偶像归并成一个上帝，把所有问题归纳成一个词，然后不要把它说出口。

黑夜克制住自己，因为她意识到了那个陌生人的不满。您听！迫害说。请您保持沉默，然后认真地在这片静默里侧耳倾听。从一扇半开的窗户里，她们听到了孩子的啜泣，这个孩子拒绝入睡。她们循声而去。

风偷偷地跟在她们身后，他和她们的裙摆纠缠在一起，为她们托起长长的裙拖，以免沾上尘埃。她们越是靠近那啜泣声，越是加快脚步，而风已经开始歌唱，轻轻地为那声音伴奏。在一条狭窄而荒凉的小巷里，她们突然停住了脚步。万籁俱寂。风蜷起身子，像一条小狗一样卧在她们的脚边。

安静，应该就在这里！

遮光① 遮得太马虎了，黑夜低声说道，用一种胜利者的姿态指了指上面的窗户。她朝后退去：迫害已经不见了踪影。黑夜请求风为她充当梯子，好让她沿着外墙往上爬。她匆匆地问

---

① 这里指防空袭需要对窗户采取遮光措施。

候了从窗子里流泻出来的昏暗灯光：早上好。她注意到，窗户半开着，糊在上面的黑纸鼓着，挣扎着想让风干脆把自己撕破。我来帮助你！于是她要求风，把窗户再扯大一些。

您看到了什么？风好奇地轻声问她。

但是黑夜没有回答他。她把双手支在窗台上，让自己的裙裾随风飘荡在屋顶上空，她的视线完全被这个破败的小空间吸引了。你走吧，你还会遇到其他的黑夜！她对风喊道。于是风出发了，背信弃义地去追逐太阳了。黑夜独自留在了那个孩子和一位老妇人的身边，旁边还有一只航海箱、一张地图、一串十字架念珠，那个十字架正悬在西南非洲上方来回摆动着。

埃伦把头埋在手臂里，装作昏昏欲睡的样子，紧张地偷偷观察着她的外婆，而她的外婆坐在床沿上，同样心神不宁地向埃伦这边张望。

"你睡了？"

"是的。"埃伦轻声回答。不过那位老妇人并没有听到这句话。她拉开床头柜的抽屉，在里面翻找起来。她翻到了一瓶眼药水、一卷旧诗、一些细绳，还有一支裂了的温度计，不过显然她并不是想找眼药水，也不想找温度计，或者是什么诗歌；而那些细绳也太短了。她抖开床上的被褥，拍打枕头，又伸手去床单和床垫之间摸索，可是仍旧什么都没有找到。她走到柜子边，打开门，用颤抖的手去掏所有外套的口袋，又把衣物拨来拨去地翻找。

找啊找，黑夜不禁感到一丝同情：人生在世，就是拼命寻找，到头来却只能找到那些不需要的东西吗？而埃伦在想："外婆这样看起来是多么不好看，脸色苍白，充满悲伤，我宁愿在四十岁的时候就死掉！"

不过她立刻为自己有这样的念头而感到羞愧。"总得做些什么，可是怎么做才能对付吐出来的果核、死掉的老鼠，以及眼睛下面的皱纹呢？亲爱的上帝啊，怎么做才能免于衰败腐朽？"她喃喃自语，在床上翻来覆去，把手臂和腿伸进床头的栅栏间隔里，这个床对她来说已经太小了。外婆又问了一声："你睡了吗，埃伦？"她走向埃伦，有些担心地推了推她的身体。但这孩子保持着沉默，就像一个悲伤的提线玩偶，又像一个沉重的麻袋，装满了日益腐烂的果实。"亲爱的上帝，做什么能够抵御腐坏？为什么狐狸吃猫，猫吃老鼠？"

这个时候，外婆又拿起废纸篓，在里面翻找起来，她甚至打开了烤箱的门，在烤箱里寻找，伸手在窗子间摸索，她的动作越来越快，越来越急躁。埃伦害怕地转过身去，继续无声地哭泣。

她在找什么，我的上帝啊，她在找什么，黑夜思忖着，我究竟带着什么使命到这儿来？扫帚哗啦啦地倒在地上，衣服唰唰地从衣橱里塌落。

黑夜好奇地向窗台里弯下身子。她早就注意到，埃伦并没有睡着，而是在暗暗观察着外婆的一举一动，并不时地把手伸到枕头下面摸索。人与人之间的了解是多么粗浅，黑夜想。而埃伦在想："我可不能睡着，不然她就会找到了，不能让她找到，我得保持清醒！"

埃伦在这一刻忘记了痛苦。她忘记了自己已经得到了自由，虽然这并非出自她的本意；她忘记了，她已经被从某个群体里驱逐出来，重新置身于那些中了邪一般的人群之中，享受着自由；她忘记了她的朋友们充满悲伤又略带嘲讽的微笑："我们刚跟你说过，你不属于我们！"她忘记了，她一度嫉妒自己的外婆："你也能和他们一起走，你不会被赶出来，你会再次和他们重逢，赫伯特，汉娜，还有露特！"她还忘记了秘密警察的推搡和错愕的笑声。"让我一块儿去，请您让我一块儿去！"

这个请求，倒使得那些人把她推了回来，一把推进了她自己内心的监牢，从最坏的境地到了次坏的境地；逃过了永久的沉默，又困于一个个折磨人的质问。但是这一切现在都被她遗忘了，因为她的外婆已经俯下身子看她，还摇了摇她的肩："你睡了吗，埃伦？"

黑夜最终越过白色的窗台进入了房间。灯光彻底熄灭了，外面下起了细雨。风已经飞走了，自顾自地追逐起云来，就好像逗弄一群年轻的小姑娘。雨越下越大，在所有够得着的地方都画上了一个个小水洼，每一个都倒映着被遗弃的无望。所有的开端被遗弃了，种子被遗弃了，从温暖的手里掉到了冰冷潮湿的土地上。

"你睡了吗？"

"没有。"埃伦回答。她坐了起来，双手拉住冷冰冰的床沿。扔得一地都是的衣物反射着瘆人的惨白光亮，悬在西南非洲上方的十字架开始闪烁。

"你在找什么，外婆？"

"你知道我在找什么。"

"可你自己知道你在找什么吗?"

"你到底想要问什么?"这位老妇人绝望地喊道。

"你用发卡把辫子固定好吧,外婆。"埃伦说,"再穿上睡衣!"透过黑暗,她看到了格奥尔格、赫伯特,还有露特,他们蹲在一张只剩三分之一的床垫上,手臂交叉在胸前,被虱子和恐惧折磨着,卑微,但平静;在雨水的低语中,她还听到了比比和小头目的对话:"最后的活动?""演戏!"最后,她感觉到了格奥尔格手的热度和力量。"再见!"除了这句,他没有再说别的,这样就好像他们第二天早晨会再相见,在图书馆门口,或者在某扇陌生的大门前。

"你到底想让我怎么样?"外婆在把头发别上去的时候,又问了一遍。

"镇静。"埃伦轻轻地说,"不,不止这样,我希望,你向我要求的也是镇静。"

"我问你要的是别的东西,"外婆说,"你肯定把它藏起来了。"

埃伦绝望地在脑中搜索着任何可以在此刻帮她的人,那些已经离开的人,苦思冥想着该用什么话语来召唤他们。这是一种向周围索取力量的尝试,她不仅想从那偏远到已经挨着野地的公墓里叫来她的外公,从一个陌生国家的一张陌生桌子前叫来她的妈妈,她还想叫来她的索尼娅小姨,她前不久才说要出去找人改一改她的帽子,然后就再也没有回来。"失踪了。"人们是这样说的,事实也确实如此。索尼娅小姨就像一枚硬币,消失在了下水道口的格栅中间。那顶帽子还是老样子。她的很多朋友试着寻找各种解释：她把自己藏起来了，或者她在某个朋友那里被逮捕了。但是埃伦知道得更清楚。她深知索尼娅小姨擅长乔装打扮，模仿起别人来也得心应手；她知道她最魂牵梦萦的方向就是东方，她热爱远方的地平线，她能够向各种打击敞开胸怀，像面对机遇一样面对它。她知道，索尼娅小姨同样能够享受死亡，就像享受一种异国情调。

埃伦仍旧找不到那个能够把她召唤出来的词。但是她能感觉到，索尼娅小姨此刻就在这里，就像她的外公和妈妈一样，他们从各个方向赶来，陪她一起坐在白色的床单上，向她伸出援手。她早已知道，死去的只有死者，不是那些活着的人。太可笑了，他们竟然相信，他们可以在把握住那些难以捉摸的东西之前就杀死它们。埃伦白天也经常看到索尼娅小姨出现在自己眼前。她向远处的地平线走去，偶尔会转过身来，说："我要到那儿去了，你会看到的！"

她像一个盲人一样，用双手摸索着前方，脖子上围着灰色的皮草。当她来到世界的边缘，在最后的沉沦之前，她又回过头来招了招手。

"外婆，"埃伦温柔地说，"我要你坐到我身边来，给我讲个故事。一个完完全全新的故事，我从来也没有听过的。一个童话也可以。"

"有可能我今天晚上就要被送走了。"外婆说。

"这已经不是新鲜事了。"埃伦对她说，"不过，或许他们能让我一块儿走，然后我就可以帮你提箱子了。随便去哪儿！"

"是吗？"外婆带着恳求的神色说道，抓住埃伦床边的栏杆，

"那么要几个箱子呢?"

"我觉得,两个吧,"埃伦说,"拿起来方便一点。"

"两个。"外婆心不在焉地重复了一遍,眼神掠过埃伦,聚焦在未知的某处。

"给我讲个故事吧,外婆!"

"也有可能他们今天晚上并不会来。"

"讲个故事,外婆!讲一个新的故事!"

"你清楚吗?卡车上的车篷是不是已经张起来了?最近有人告诉我,他已经看见了……"

"可这不是故事。"

"我不知道什么故事。"

"这不是真的,外婆!"

这位老妇人一下站了起来,恼怒地瞪着埃伦,好像在下一秒就要把她看穿。她愤怒地扯动着嘴唇,却没有吐出任何回答。

"从前有一次,外婆,从前有一次!总有什么时候发生过什么事,是除了你以外还没有任何人知道的,外婆。你不是一直都知道,土耳其咖啡杯在天黑之后会说些什么吗?还有院子里的胖狗会对鸽子说些什么。"

"这都是我编的。"

"为什么?"

"因为那时你还小。"

"不,因为那时你还很高大,外婆!"

"那个时候我们还很安全,没有人会把我们送走!"

"你一直说,天黑了,就会有强盗来。"

"很遗憾,这句话我说对了。"

"你的其他话也要实现,外婆!"埃伦说。

老妇人没有回答,只是不安地用手在薄薄的床单上抚来抚去。"你一定会说中的,你说的都会变成真的!"

"可你什么都没说。"埃伦愤怒地轻叹一声,重新倒了下去,把头重重地压在枕头上。她看到一双瘦骨嶙峋的手在床单和栏杆中间移动,俨然一个濒死者的手。她在找什么呀,我的上帝,黑夜默默地想,她在找什么?她在房间的中央蹲下身子,她的裙裾便散开在粗糙而肮脏的地板上。不过她同样暂时得不到任何答案,在一声叹息中,所有问题都没有得到解答。唰唰的雨像在领读祈祷文,却没有人能够懂它。

"给我讲个童话吧。"埃伦再次结结巴巴地恳求,但她已经有些绝望了,因为外婆已经向枕头俯下身去,企图把它拉下来。埃伦蜷起双腿,用整个身子压住枕头,但是恐惧让她感到头晕目眩,她的力量在渐渐离她而去。她捏起拳头,竭尽全力阻止她的外婆,但是她坚持不住了。枕头被推到了一边,埃伦摔在了床角,一个小玻璃管瓶从床沿掉了下来,滚到了地板中央,叮当一声,盖子脱开了,瓶子则继续向前滚动。黑夜静止不动,几片白色的小药片掉了出来,散落在她黑色的裙裾上。埃伦从床上跳了起来,她奋力推开外婆,赤裸的脚踩碎了空玻璃瓶。鲜血流了出来。她不管不顾地去捡拾散落一地的药片。外婆再次扑到她身上,但被她推开了。她蓝色的长睡袍堆起层层的褶皱,就像破败昏暗的祭坛上天使木雕的裙袍。她们的头撞在了一起，但这场争斗只持续了一小会儿。埃伦成功地捡回了几片毒药，而外婆把剩下的一些紧紧地攥在拳头里。只有两只拳头里的量加在一块儿才可以召唤死神，召唤出这个狂妄的黑市商人，在他被诅咒的地方，他一钱不值，在他被渴望的地方，却贵到让人无力支付。

"你还没资格来干涉我！"外婆说。

"有。"埃伦回答，"我可以。"可她说得并不坚定，几乎在说的同时就已经退缩。外婆抓了个空，摔进了黑暗里。

埃伦站在原地，震惊而麻木，此刻的胜利像厉害的醇酒一般让她感到一阵灼烧。她捋下袖子，往前走了一步，心里响起一声欢呼，但又突然感到困倦，这是所有的胜利都会有的危险后果。外婆的悲叹仿佛从一个陌生的星球传过来，几乎到达不了埃伦的耳边。埃伦不知所措地垂着手臂，最终还是跪在外婆身边，不太费力地从外婆那仿佛陌生人的潮湿手掌里夺走了药片。她把手臂伸进外婆瘦骨嶙峋的身体下面，想要把她托起来。但是因为疲劳和抵抗，这具身躯沉重得无法抬起。

"外婆，站起来！你听到了吗，外婆？"埃伦抓住她的肩膀，把她拖向床边。外婆的悲叹令人无法忍受。"别出声了，外婆！"她最终挨着外婆坐在了坚硬的地板上。外婆不再发出任何声音了。"说点什么呀，"埃伦恳求道，"你说些什么呀！"她尝试把外婆拉到怀里。"你还活着，外婆，我知道你还活着，你不要把自己弄得像树林里的甲虫那样一动不动！我扶不住你了，你快站起来！"

"我不站起来，如果你不把我的东西还给我。"外婆平静地说道，直视埃伦，"你把我的东西偷走了。我把我的皮草当掉，才换来了这张处方。"她的语气变了，话里的权威已经被挥霍一空，只留下一片苦涩。

"我不会给你的。"埃伦回答她。

"那是说，你自己需要它？"

埃伦没有动。接着她放开外婆站了起来，慢慢地把药片放到了桌子上。"我会给你的，外婆。但是你先得给我讲一个故事。"

"你向我保证吗，等会儿就会给我？"

"我向你保证。"埃伦说。

有年头的床不满地发出吱呀声。埃伦掸掸枕头，把它放好，像照看孩子一样帮外婆盖好被子，然后用自己的被子把自己裹好，坐在床沿上。她心里的欢呼声已经平息下去了，她只是感到冷。沉默，在这个房间的每一道皱褶里展开，一种专心致志、陷入沉思的沉默，一种对最终童话的真相的期待、对提词员的轻声低语的期待。灰色的壁炉、陈旧的航海箱、白色的空空如也的床——所有东西都在这片不断吮吸着的寂静中收缩成扁平的布景，等待着再次被吹入气息鼓胀开来。那个十字架绝望地在西南非洲的上方一明一暗地摇动着，抵御着绝望的人那充满热望的呼吸，直到最后一刻。

外婆偏过头去，开始思索。一个故事，一个全新的故事——要编这样一个故事，应该并不是很难。埃伦蜷缩在被子里，手臂支撑在床沿上。她默默地等待着，不屈不挠，如同沉默等待着可以填满自己的词语，等待着在中间跳动着的心。她像一个可怜的孤魂一样蹲坐在床沿:"讲吧,外婆,快讲吧!你自己不是说过,所有的故事就悬在空气里,只要你伸手去抓?"

"我什么也想不起来,这个时候不行!"被恐惧制服的外婆转过头去。

"就是现在。"埃伦嘀咕了一句。

"以后还有很多童话等着你呢,你还小!"

"可我该做什么?"埃伦问。

"这回就算了吧!"

"不行。"

"你不仅小,"外婆又重复了一遍,"还很冷酷。"

埃伦弯下身子,把自己的额头贴在外婆的额头上。她不知道如何回答。这个老妇人不安地辗转反侧。这些故事都在哪儿呢?她曾上百次地从自己的大衣口袋里、从帽子下面掏出故事,万不得已还能从丝绸内衬里拆出故事来,就像一只仓鼠,从各种隐蔽的地方找出它的食物。但是秘密警察的巨大阴影已经降临到了她头上,黑暗把一切都吞噬了。黑暗永远大张着通向深渊的血盆大口,从来不会伸出手,遮挡在嘴的前面。

外婆又呻吟起来。她不住地往回翻阅着脑中七零八落的旧相册。她看到三岁的埃伦坐在一张洁白发亮的小板凳上,好奇地张着嘴问:

"外婆,什么是麻雀?"

"一种敏捷的小生灵。"

"那么鸽子呢?"

"一种胖胖的小动物。"

"那么什么是卖烤栗子的呢?"

"卖烤栗子的是一个人。"

然后埃伦就不作声了,她沉默了几秒钟,又从头开始问起。

那张白色的小凳子早就被烧掉了,那张画也褪色了。但是那些问题还一直在回响。

"一个故事,外婆!"

可是天底下有新故事吗?所有的故事不都是"故"事?不都是很久很久以前的事?只是拥抱在一起的人们,用自己的欢呼声一次次地重新创作了它们?用世界的呼吸声?当埃伦在索取故事的时候,她正是在向她的外婆要求活下去的决心,在这样一个漆黑、危险的午夜。

要么外婆找到了故事,这样她就不会想着赴死;要么她找不到故事,那她就输了打赌,毒药就是我的了。但是我要拿它干什么呢?我要把它扔进黑暗里。因为黑暗并不会因此而丧命。

"外婆!"

但是外婆仍旧找不到任何开头。她徒劳地绞尽脑汁搜索着词语。地图皱皱巴巴地挂在十字架下面,它只是一张纸,别的什么也不是。炉灶渴求着火焰,床榻渴求着温暖,黑夜的使命也在催促着她。不耐烦的情绪攫住了她,因为早晨就要来临,赐福那些希望得到满足的人,驱逐那些希望落空的人。可是到现在什么都没有发生,仍旧什么都没有。事物是在平静中成熟的,谁不会静静等待,他就不会成熟。黑夜和埃伦就如此等待着,而外婆则睡意渐浓。给我来一下让我失去意识吧,外婆在心中默默祈祷，我的上帝啊，一次轻度中风就够了，在他们到来之前！但是上帝并不按照人们的意愿赐予打击。埃伦紧张地嚼着一块面包，仍旧没有放弃希望。"很久以前，"外婆吞吞吐吐地开始说道，"有一次……"

"对！"埃伦激动地叫了起来，扔开面包，深深地俯下身子，为了把仿佛从远处传来的声音听得更清楚。"继续，外婆，继续！"可是外婆结结巴巴的讲述最终又消失于虚无。讲故事不是那么容易的事。故事要求摊开的双手，好让它们从指间的缝隙流淌进来。同时它们还要求睁开的双眼。

老妇人一遍又一遍地重复那三个字，但再也说不出别的东西。故事可能就在四周的空气里，但是它们沉睡着，一醒过来就会逃开，它们停在嘴唇边，眨眼又消失不见。"毒药。"她隔了一会儿又清晰地吐出两个字。埃伦摇了摇头。外婆痛苦地举起了手，最后一次轻声说出："从前有一次……"最终，她被各种折磨人的力量所抛弃，深深沉入了睡眠。

"不要啊。"埃伦无助地哀求。她旋开了床头灯，被眼前的景象吓了一跳。躺在那里的物体，显得如此陌生，离得如此遥远。它如此痛苦地绞在一起，仿佛它从来就不是她的外婆。它如此沉重地呼吸着，喘息着，仿佛它从来没有体会过平静生活中的公民习以为常的安逸和舒适。

"哎！"埃伦犹犹豫豫地叫了一声，把自己温热的脸贴在了沉在枕头里的冰冷的脸上。喘息渐渐平息，呼吸变轻了。但四周的一切都退到了很远很远的地方。

"那么，"埃伦终于下定决心，"那么我自己来讲故事吧！"

她自己也不知道，为什么从小红帽开始讲起；她同样不清楚，这个故事究竟说的是谁，是这个夜晚，这个三月，还是这阵从窗户的缝隙里渗透进来的湿寒。外婆已经睡熟，她的嘴唇在微弱的光晕里不时地抽搐着。

"从前有一位母亲，"埃伦皱起了眉头，一边思索一边开始了讲述，"在美国。她在那里的一个小酒馆里当招待。这位母亲怀有一种热切的渴望。这种渴望是红色的。"埃伦停了下来，有些挑衅地望向四周，但是周围并没有一个人，没有人鼓励她，也没有人反驳她。她只得又轻轻地讲起故事："每天晚上下班以后，她都感觉非常累，也没有人在家等她。她就开始织毛线。她用她的渴望，给风织了一顶带有大绒球的红色帽子。她每天晚上都在织那顶帽子，但是她的渴望丝毫也没有减少。帽子于是织得越来越大，就像圣像头上的光环，只不过是红色的，而顶上那个绒球大得就像一只橡皮球，这是送给风暴的玩具。"黑夜靠在窗边，侧耳倾听。窗子吱呀作响。"不管是外面悄无声息，"埃伦说着，越过床，向黑暗的窗玻璃看了一眼，"还是海上刮来的风把窗子敲得咯咯直响，她都一刻不停地织啊织。等到帽子织完的那天，她就从自己的心头扯断了毛线。她把帽子装进盒子里，寄到了大洋对面。对对，我没忘记。她还往盒子里放了一些蛋糕和红酒，还有一个给外婆的大篮子。"埃伦再次环顾四周，仿佛周围有人在质疑这个故事的可信度，但窗边的黑夜只是静静地笑着，连眼泪都只是无声地流淌下来。"只有上帝知道，这些东西是怎么通过边防检查的，"埃伦继续说，"不管怎么说，它总之是寄到了。"她加快了语速,"只是包装纸上有烧焦的痕迹,蛋糕发出了烤煳的味道,因为那顶滚烫的帽子已经烧得通红。那个孩子拿起了帽子,飞快地把它戴到了自己头上。但是当她晚上想把帽子脱下来的时候,却怎么也脱不下来,帽子就像圣光一样在头上燃烧。估计也没有人会羡慕这样的一轮圣光。"

窗外还在滴滴答答地下雨,老妇人的呼吸变得平稳了,地板发出吱吱呀呀的声音,仿佛被埃伦刚才的讲述所唤醒。但是埃伦并不受打扰,只是觉得这样的陪伴让人有些尴尬,她沉默了一小会儿,继续说道:"瓶子上裂了条缝,但是小红帽还是把它放进了篮子里,还有那个烤煳的蛋糕。她挎起篮子,朝外婆家走去。外婆和她住在同一个房间里,但她必须穿过一片昏暗的森林才能到达。那真是一段漫长的旅程。有一次篮子撞到了树上,瓶子掉了出来。还有一次,蛋糕掉到了地上,被战争抓住了。他披着一身蓬乱又肮脏的长毛,看起来就像一头狼。——你要去哪儿?——我去找我的外婆。——你给她带的是什么?他有些幸灾乐祸地问道。你的篮子是空的!——我把渴望带给她。于是狼生气了,因为这个东西是他没法吞掉的,只会烫伤他的舌头。他愤怒地撒腿就跑,始终领先小红帽一段距离。小红帽则有些害怕地紧追不舍。但是狼显然跑得比较快,他率先到达了目的地。外婆就躺在床上,但是她看起来和以往完全不一样。"

埃伦顿住了。她抓住外婆的肩头,盯着她的脸,又拿起了床边的灯,把整张旧床照亮。她坐直身子,搜索起新的词语。

"小红帽吓得跳了起来:哎呀外婆,你为什么耳朵那么大？——因为这样我才能把你听得更清楚！——哎呀外婆，你的牙齿为什么这么长？——因为这样我才能把你嚼得更碎！——哎呀外婆，你的嘴唇为什么这么厚？——因为这样我才能把它吞得更快！——毒药？你是说吞毒药吗，外婆？"

埃伦从床上一跃而起，她光脚站在房间的中央，因为寒冷和恐惧而不住地颤抖。老妇人躺在床上，一动也不动。那个小药瓶站在桌子上，闪着光。埃伦把它推倒了，接着又跳回自己的床上，裹紧被子，把头枕在自己的手臂上，思索着最后一个问题。"外婆，为什么你的手那么冷？"但是她想不出怎么回答，只得抬手拂去了脸颊上的眼泪，叹了口气。有那么一阵子，她已经精疲力竭地睡着了。

在睡梦中，她看到一个脸色苍白的士兵，踉踉跄跄地从火车北站的旧大楼里走出来。他瘦削的背上驮着一个大背包，自顾自地轻声咒骂着，那么轻，那么无助，以至于全知全能的上帝会以为这是祈祷。他的脚冻得僵硬了，走路一瘸一拐。他的制服已经褴褛，军人证是伪造的。他不时地左顾右盼，在阴影里驻足，好像在期待某个正在期待他的人。但是并没有人在等他。他只得又往前走了一段，从矮小的旱桥下穿过，往大草坪的方向走去。这个早春夜晚的每一个小水洼，他都没有绕过，水溅到了一个过路的年老中士身上——他刚刚巡查完河谷地带回到城里。士兵尽量使自己不要引人注目，却反而显得更加可疑。他跌跌撞撞向河边走去，半路却又折返。他一扇扇地去推那些松松垮垮地锁着的咖啡馆的门，又在儿童小火车的车站旁徘徊了一会儿。他似乎很乐意坐车回到他的童年，甩动双腿，把军靴踢得远远的。但是并没有什么火车开来。最终他走回了城里。途中他把自己的帽子弄丢了，弯下腰去找，却无处可寻。

他有着一头浅棕色的头发，短而松软，仿佛时刻等待着一双手去抚摸。他手上的指甲被咬得参差不齐，脖子上围着一条格纹围巾。但是没有任何人在等他。他走回了火车北站，像一只迷失的动物一样在黄色的围墙边逡巡了一会儿。最终他下定决心，回家去，虽然这正是最危险的选择。当穿过老市场的时候，他几乎可以肯定自己被跟踪了。他克制不住地喘着粗气，藏身于小店铺之间。他躲到了一垛洋葱箱子的后面，两袋土豆之间，但是并没有人过来。他丢下背包，又拿起背包，继续蹒跚前行。他不时地把伪造的军人证从口袋里拿出来细细端详，又小心藏好，就好像这是一张真真正正的证件——是啊，所有伪造的军人证都像真的，而所有真正的军人证也都像假的。当走到教堂广场的时候，他终于确定了，的确有人跟着他。于是他又隐蔽进了一尊圣徒石像的阴影里。"请庇护我，"他乞求道，"请庇护我！"可他并不知道圣徒的名字。当他准备离开的时候，圣像沐浴在月光里，似乎活了过来，用古老而神秘的手势为他祈福。

他用十指从前往后捋头发，头发里已经生了虱子。他又听到了脚步声，却不再回头去看，而是像脱兔一样飞奔起来，终于来到了那幢高大宁静的房子前，上面有一扇遮光马虎的窗。有人跟着我——不，没人跟着我——一个人也没有——整个世界的空虚。这个矮小的士兵伸手去推那扇宽大丑陋的门，但门一动不动。他开始敲门，用拳头砸门，直到砸出了血。他又用穿着靴子的脚去踢门，直到彻底踢坏原本就破烂不堪的鞋子。

埃伦从睡眠中清醒过来。她坐起来，困惑地直愣愣地盯着那片黑暗，忘记了那个梦。她立刻就忘记了梦中的男人，忘得干干净净，仿佛他从来没有在她的心头逗留过，仿佛他从来没有让她的双眼涌出咸涩的水滴。她轻手轻脚地从床上下来，把身子探出窗外，但是下面什么都看不见。走廊里的什么地方响起了脚步声，有人打开了大门。埃伦把牙齿咬得咯咯响，忍不住呻吟了一声。"不！"她发出嘶哑的喊声，朝着外婆的床跨了一步，却又停住脚步，往回退了三步，又往前走了两步，看起来就像在跳某种过时的舞蹈。可是没有时间跳舞了。他们踏着台阶上楼来了——他们三级台阶并成一级走——四级并成一级——五级并成一级——"他们来接你了，外婆！"埃伦还是叫了出来。她把拳头伸进嘴里，牙齿咬进了手指里。她想要在一瞬间理清所有的念头，却什么都抓不出。桌子上的药瓶站在一束陌生的光线里，闪着威胁的光。老妇人终于醒过来了，她坐起身，把手伸向那瓶药。她看起来很平静，丝毫不感到意外。"拿来给我。"她说。埃伦趴到她脚边，错愕地看着她止水般的眼睛。"外婆，你！你个子这么高，外婆，狼没法把你一口吞掉的！"

"把它给我！"外婆语气强硬地重复了一遍。

"不，"埃伦结结巴巴，"不行，我要把你送出去，我会把你藏起来……到顶楼去，快点，或者躲到柜子里，我会保护你的……对，我会把他们都打倒，你会看到我是多么的强壮！"

"别说了，"外婆执拗地说，"不要说那么夸张，按照我说的做！"

"对我好一点。"埃伦几乎是哀求。

"好的，"外婆说，"之后我会的。"

"不，"埃伦喊道，"之后你就没有时间了！"

"你快点！"老妇人催促道。

埃伦站了起来。她扭动了台灯的旋钮，走向桌边，用左手拿起了那瓶毒药，右手拿起了一杯水，走向外婆。

"多倒点水！"

"好！"埃伦应了一声。她动作僵硬，小心翼翼地往玻璃杯里添了水。

"别洒了！"外婆说。埃伦把杯子送到外婆嘴边。她像一只麻雀喂它的幼雏一样，把毒药喂给了外婆，然后便再也支撑不住，倒在了床上。

"站起来！"外婆说。埃伦站了起来，笨拙地垂着手臂站在床边。一个陌生的声音从枕头上传了过来，超脱的、和周遭的一切已经割裂的、同时也不再属于自身的声音："如果他们现在来了，打开门，礼貌一点，什么都别说，什么都不要阻止。"

"他们会把你拖下床，外婆。"埃伦说。无以言表的东西沉甸甸地潜伏在她说的每个词里。

"只是我的遗骨，不是我！"

"他们会用脚踢你，如果他们发觉你喝了毒药！"

"他们的脚踢不到我。"

"他们会咒骂你，外婆。"

"会接错线的,所有的都会接错。我已经改了号码。"

"好吧,"埃伦的声音里仍旧充满恐惧,"我想,你现在有了一个秘密号码!"

"快去,去听听走廊里的动静!"埃伦走了过去,紧贴在走廊的门上,屏住呼吸。一开始什么声音都没有,但不一会儿就传来了脚步声。脚步声不慌不忙地往上,安静了一会儿又继续。"他们喝醉了吗……"埃伦喃喃自语,"他们一点儿都不着急,他们相信,我们肯定逃不了!"一种胜利突然在她心中闪现。"没错,我做的都是对的,是对的!"秘密警察的脸,从房间的各个角落不断涌现,脸上布满了震惊和狂怒。埃伦跑回房间里。"是对的,我没做错……"她把头埋在了外婆已经下沉的肩膀上。

"他们会扑向你,而你已经领先了一小步,外婆,他们只得扑了个空——一小步——很小一步就已经成功了。你做到了!"

外婆坐起身子,用手肘支撑着身体,脸上闪耀着光彩。她抓住埃伦的手。他们就像圣诞夜的两个孩子,从钥匙孔里偷看到了屋子里的景象,心头满是胜利的喜悦。"我们用计谋战胜了他们,我们赢了他们!看呀,他们气得下巴颤抖,膝盖打战,他们的腮帮子都鼓起来了!"又一次,秘密警察的失望从房间的各个角落涌出。"你们看到了吗?看到他们了吗?现在他们走上最后一级台阶了。现在他们在门前站定了。他们脚步不稳,一个挨着一个停住脚步。他们在比对走廊门上的姓名。他们看到了那颗星,说了几句嘲笑的话。但是他们走错了方向。他们杀死了成千上万无辜的孩子,没有一个是正确的。现在他们在找门铃——门铃发不出声了——他们举起了拳头,现在……"静默笼罩着一切。老妇人倒了下去。

"不!"埃伦又一次喊出这个词。她张大嘴,想要呼喊,但是一大团空气堵塞了她的喉咙,令她窒息。她跑了出去,摸索到走廊的窗边,小心地抬起了窗:黑暗——彻头彻尾的黑暗——没有声响——连呼吸声也没有——什么都没有。埃伦用颤抖的手去寻找钥匙。她旋开了灯,打开了锁着的门。她踏了出去,说道:"来吧,来吧,你们可以放心地进来了!"她站在门槛上,无助地张开手臂。"来接我们吧,上帝允许你们这么做——我的外婆喝了毒药,我也会一起的,我要去找格奥尔格!"但是并没有人来。

"不。"这个词第三次从埃伦口中冲出。"他们一定忘了东西了,他们回去取了!"她蜷缩起身子蹲在地上,开始了等待。时间一分一秒流逝。但是没有人回来。一只夜蛾在她面前嗡嗡作响,最后停在了她的手上,埃伦挥手把它赶走了。她站了起来,重新关好门,把自己的衬衣抚弄平整,系紧搭扣。然后她把钥匙放回抽屉里,披上一件大衣,一件黑色的大衣,原本不属于她。她推上抽屉,关好门,上好链子,回到了房间里。磨光了的鞋跟敲击着地板,发出轻轻的钝响。床头灯下还立着那只剩下半杯水的玻璃杯。"放得太靠边了。"外婆嘀咕了一句。埃伦于是把它往中间推了推。"起效很慢。"外婆像对她耳语一般说道。

"你马上就会睡着了,"埃伦说,"等你醒过来的时候……"
外婆做了一个阻止的手势。

"外婆!"

"怎么?"

"下周就是你的生日了。我要对你说……我还想对你说……"

"这周,"外婆口齿清楚地说,"这周的日子更好。"

"对我好一点,"埃伦说,"你向我保证的,之后会对我好一点,你说过了的,而现在……"她的嘴抽搐了一下。"门铃响了。"老妇人微笑着说。埃伦并没有听见。那是另一个世界的敲门声。

"他们来了。"外婆无声地叹了口气,闭上了眼睛。她的头突然垂向了一边。

埃伦扑到了这个垂死的人身上,寻找她的脸。

"外婆,把它吐出来,不要死……不要死,外婆!"枯萎的嘴唇在半明半暗中扭曲,头试图抬起来,最终又沉了下去,这样的尝试重复了一遍又一遍。

埃伦跳上了床,像一只小猫。她抓住外婆的两条手臂,想要拉她坐起来。她绝望地摇动她的身体。老妇人只是不情愿地呻吟着。

"亲爱的上帝啊,做什么才能对抗死亡?"这张旧床的每一个关节都在呻吟。"外婆,醒醒,坚持一下……如果你不想死,就不会死的!"

黑夜睁大着眼睛,倾听着这对抗死亡的奇怪祷告,使命的高潮部分眼看越来越近了。

埃伦抬起她黑色的圆脑袋,在黑暗中感受四周,她在思考。垂死的外婆开始发出濒死之人的呼噜声。埃伦跪在她身上，俯下身子去听；她所有的感官都敞开着。外婆还想要些什么呢——她在索求些什么，但她的索求看起来永远也无法满足。她的双手挣脱了埃伦的怀抱，开始在床单上不停地舞动。

"你在找什么？你知道你在找什么吗，外婆？"埃伦问她。"有一次是你的手巾，还有一次是观剧望远镜，最后一次是毒药。但是你不想要点别的了吗？外婆，你为什么不再好好想想？"埃伦因为恐惧而浑身战栗。她抓住那不停挥动的手，但是它们已经完全脱离了控制。她拉住外婆那细细的银色辫子，但外婆不给她任何回答。

"你在找什么……告诉我，你在找什么，我都会给你的！外婆，你说点什么呀，就像你一直说的：'别说大话'……外婆，你为什么不回答我，外婆，你还想活下去吗？"

像被追逐一样，气息从垂死者半张的嘴唇间逃出。埃伦低下头倾听，手指支撑在床垫上。

"你想活下去吗？"

"是啊。"黑夜叹了口气，替她做了回答，把手放在这个老妇人的肩膀上。

"那么我来让你活过来吧。"埃伦决绝地说道，那个十字架在地图上方闪着光。耗尽她最后一丝精力的意志穿透了她的身体，撞开了她的心房，打开了她的耳朵。但是在这阵狂暴的冲击中，她已经听不到任何人的嗓音了。埃伦跳到地板上，从旧橱里拿出又黑又厚的祈祷书，翻到最后一页的临终祈祷。她出声地读起来，却被自己的声音吓了一跳，书一下子从手里滑脱，掉到了地上。外婆喉咙里的呼噜声变轻了。"留在这儿，"

埃伦对她耳语，"留在这儿，让我再想想。不是我把毒药递给你的吗？是不是也得是我才能把你喊醒？"

在这一瞬间，她想到了去找医生。但是她们的医生住得离这里非常远，除此之外也没有其他人选。而且就算外婆还活着，他能做什么呢？一根橡皮管，把一根长长的橡皮管伸进胃里——这是埃伦知道的。可是这双不停舞动着的无法餍足的手，难道是在索取一根橡皮管？埃伦摇了摇头。她跪在床沿边，陷入了沉思。

"他们坐在巴比伦的河边哭泣[①]……"黑夜毫无防备地开始诉说。埃伦能够听到，她还看到了他们坐在河边的身影，她看到，河流因汇入了他们的眼泪而不断变宽。但是他们并没有跳进河里。他们只是在等待，他们一直在等待，唱着异国的悲伤歌谣，诉说着衷肠。他们中的四个人站了起来，走向这张老旧的床。他们就要把外婆接走了，他们会把她抬到最偏远的公墓，那个胆怯地沉睡在灰色早晨里的公墓。他们会祈祷，歌唱，哭泣，但是他们的祈祷像空瘪的橡皮管一样瘫软在地，沉默而悲伤。从里面排出的是酒。这个公墓有着最古老的秘密号码，但是它的守卫把号码忘记了，所有躺在那里的人都深受其害。他们都和埃伦垂死的外婆一样，在一生里尽可能索取着各种各样的东西，那些他们其实并不需要的东西。现在他们拨尽了各种可能的号码，但是在地下他们不断地被接错线，因为他

---

[①] 此处描绘的场景可参考《圣经·诗篇》137:1："我们曾在巴比伦的河边坐下，一追想锡安就哭了。"公元前587年，耶路撒冷陷落，大量犹太人被巴比伦王掳到巴比伦。流亡者因思念家乡，在河边唱起哀歌。

们拨的都不是那个秘密号码。

"等等!"迷狂中的埃伦叫了起来,"或许我知道,或许我能为他们想起来!你们想要活过来吗?"

"是的。"黑夜第二次如此回答。"是的。"她急躁地说,因为升起的早晨已经征服了屋顶。外婆的鼻尖伸向前方,她的脸颊凹陷了下去。死神亲手完成了最后一个步骤,把正在消逝的东西一把抹去。埃伦睁大眼睛,向空中伸出手去,仿佛她能在曙光里抓住那个词,那个可以唤醒外婆的词。她深深地蜷在床脚,仿佛为一次起跳做准备,她在这片寂静里一动不动,在沉默中等待时机。

外婆的衬衣被扯破了,被子扔在一边,黑夜用自己最后的阴影代替了它。

"外婆,你在找什么?外婆,你想活下去吗?"

不知什么动静使得床头灯里的灯丝脱落了。灯光熄灭了。垂死者的头再一次从周遭的黑暗中抽搐着缩了回来,身体惊立起来。埃伦一跃而起,抓起那只半空的水杯,伸向垂死者的嘴边。水又少了三口。剩下的水被她洒在了斑白而鳞峋的额头上,洒在脖子和胸口上,最后流到了僵硬的枕头上。她在最后一声孤寂的喘息声中说:"外婆,我以圣父、圣子、圣灵的名义,为你洗礼,阿门。"

黑夜终于倒在白天的臂弯里。

这天夜里,有个绝望的小个子逃兵,在夜里两点逃回了家里,又在早晨被逮捕。

## 关于翅膀的梦

　　火车发车前的三分钟,火车司机忘记了他的目的地。他扯开衣襟,推了推帽子,抹去额头上的汗水。他跳下车,往前奔跑了一小段距离。他停下脚步,舒展开双臂,又慢慢地向回走。他一边走一边大声地自言自语。他必须找到它,一定要,一定要把它找出来。黑暗中,车头灯的光线背后,它就隐藏在那里,只要人们的火车继续在黑夜中穿梭,只要没有人想到去熄灭车头灯独自走上一段,它就一直隐匿在那里。它就藏在那里,默不作声,无论火车如何飞驶都无动于衷;它会一直藏在那里,只要那些人仍旧把一个个悲伤而昏暗的火车站当成远大而光明的目的地,只要那些人还在用一个个名字代替智慧,只要那些人还绕着远路企图避开正中间的道路交叉点,只要那些人依然把出发和到达混为一谈,只要,只要,只要……但是已经太晚了。没有时间了,我的上帝啊,没有时间了!还有三分钟就要发车了。

你们为什么行色匆匆？来吧，快下车，帮我一起找！那个目的地，那个目的地。

可这是一列货车，一列运送弹药的车，一列把武器送往前线的车。火车司机绝望地沿着一节节车厢奔跑。你们不跟我来？为什么？你们不愿意。宁愿上前线。前线在哪里？你们在哪里诅咒目的地，前线就在哪里。它永远都在，它无处不在，它就在这里。想到这些，这个男人不禁大口喘起气来。一个锅炉工错愕地看了他一眼。

"不要开动，不要开动。"火车司机不断低语，又走了回来，"你们并不能从它上面碾过去，它永远和你们保持着相同的距离。这是一个骗局。你们驾驶着火车穿越整个国家，又回到出发点，绕着整个地球跑，再次回到原点，车厢只是被推着往前走而已，仅此而已。去了又回，去了又回，不同的地名，一个又一个名字，仅此而已。新的车厢挂了上去，老的车厢脱了开来。天变暗了，你们就开始射击。所有的边界对你们来说都是前线。不同的名字，仅此而已，没有人能够到达目的地。而我，应该帮助你们吗？不，我不再帮助你们了。我在这条线路上已经受够了，去了又回，去了又回，一切都让我晕眩，这是考验耐性的游戏，是那些感到无聊的人打发时间的工具，而我并不属于他们。我要去寻找目的地。晚点三分钟，很容易赶上。要是晚点一辈子，你们听好了，那可就严重得多了。"

"嗨，"站长有点担心地喊道，"您是去哪里？"他手里握着信号旗，迈着大步追了过来。

"我们要开往哪里？"司机反问道，同时加快了脚步，"您知道我们要驶去哪里吗?"

他仍旧尝试着要绕到车头灯光线的背后去,因为目的地就隐藏在那里。

"停下!"站长大叫起来,"站住!立刻站住!您要去哪里?"

"我们驶向哪里?"

"苍天在上啊!"站长提心吊胆地喘着粗气。

"对,"火车司机笑了起来,愉快地站在那里,"您看,我想的和您一样。所以我下了车。我觉得,步行能更快地到达那里。我们得找到一条全新的路线,我们要建造一条全新的道路,开发一条陌生的路线,从来也没有人走过,一条没有终点站的路,一条直达目的地的路。"

"噢!"站长的声音里充满了恐惧,他抓住司机的衣袖,来回摇晃他,还用手里的信号旗拍打他瘦削的肩膀,试图让他冷静下来。

"请您清醒一点!"

"请您清醒一点才是。"火车司机略带挑衅地重复了这句话,仿佛完全不能确定,站长的清醒意识还停留在他身上,或者说还在离他不远的地方。"我们到底是要去哪里?"

"东北方向。"站长精疲力竭地说,"去前线。"然后他提到了一个小地方的名字,一个很长很严肃的名字,可惜他的发音是错的。

火车司机摇了摇头,他完全回忆不起来了。他像摈弃异端邪说一样抛弃了他所有的记忆,所有那些关于地名、关于信号的记忆,光线照得到的所有事物,车头灯照射范围内的一切。

他接受了这种彻头彻尾的遗忘，就好像拥有了一套全新的记忆。

"这很重要。"站长怒气冲冲地喊道，"这无比重要，您听到了吗？武器，武器，武器！送往前线的武器，搞不好是要您掉脑袋的！"

可他面前的那个人站在原地无动于衷，还晃了晃脑袋，仿佛它本来就不怎么牢固地安在脖子上，仿佛只要不以他的心为代价，哪怕丢了脑袋也无所谓。他沉浸在悲伤的情绪里，完全听不进那些解释：二十门大炮有多重要，这三分钟时间在这种关联中有多重要。因为他已经完全不相信这种关联了。

"出发！"站长的叫声有些失去控制了，他举起手里的信号旗，向火车司机的额头挥去。"出发！支援，我需要支援！"

他边咆哮边跺脚："支援！"他叫得如此撕心裂肺，仿佛那个矮小的火车司机手里握着一门大炮，下一秒就要把他轰上月球。在那里，他就孤身一人了，再也给不出任何地名任何信号，这样他就有了时间来思考。在他作为一名公务员的想象中，这就是世界上最令人愤怒的事情了。没有了时刻表，左边的上衣口袋里也没有了发令哨，没有任何规定。千万不能到月球上去，看在上帝的分上，千万不能上天！站长发狂一样喊叫起来。可火车司机仍旧不为所动。

车站大厅那边冲过来一群人。他们同样喊叫着，激动地挥动着手臂。

"您过来！"站长步步紧逼地说，"我不会告发您的，只要您现在过来。"

"什么都不知道,是出卖不了任何人的。"他面前的男人不为所动地说。

"我会装作什么都没有发生。"站长精疲力竭地补充道。

"您向来就是这么做的。"火车司机说。他还想继续往下说,但已经有人抓住了他,粗暴地把他拖回车头方向。他们连续不断地逼问他,还把他的帽子从头上扯了下来。

"你是疯了,嗯?"

"是的。"他回答,"我要到别的地方去。"他一边说一边吃力地站了起来,把帽子从地上捡起。他没有挪动脚步,只是掸了掸帽子上的灰尘。他们威胁他,在他身后踢他,最终围绕着火车头站成了一个半圆,把他围在中间,但他们并不知道接下来该做什么。

锅炉工放声大笑起来,笑得面向铁轨深深地弯下腰去。

"警察!"站长咆哮道,"通知警察。立刻!"

"得集结一大批警力。"火车司机说道。锅炉工笑得更大声了。

"车站警卫!执勤的警察在哪里?"站长喘着粗气问道。

"无处可寻。"

锅炉工的笑声变得尖厉。火车司机愉悦地应和着他。

"枪毙你,出了站跑到开放的路段上人们就会开枪打死你!"

其他人的拳头再一次砸向他。

"你们所有的路段都是开放的。"他说,"我们不正是沿着开放的路段过来的,然后不得不沿着开放的路段继续前进?"

一旁的锅炉工沉默着。

"你们所有的路段都是开放的。"火车司机艰难地重复了这句话，瞪大着眼睛，垂着手臂，目光越过他们所有人，聚焦在远处。

站长把上衣裹得更紧了："还好有手铐，有窗子上装着铁栅栏的绿皮汽车，还有拉着铁丝网的墙。"他的声音因兴奋而颤抖，"还有绞刑架，有断头台，还有一条规定，还有……"

"还有一个地狱。"埃伦咄咄逼人的喊叫声从第三节车厢的顶篷传来，"还有一位火车司机，他不知道旅程的目的地！一个封缄的信封，别的什么都没有。千万不要就此满足！不要出发，只要你不知道目的地，就不要出发！"

她跳了下来。执勤的警察像突然被什么东西驱赶一样，跟在她身后跑起来。火车无声地站在那里。

"不要出发，不要出发，只要不知道目的地，就不要出发！去思考，而不是出发！"她的嗓音变得越来越弱，连同警察的叫喊声一起消逝在了雾色中。

在火车前灯的光线里，火车司机困惑地眯起了眼睛。思考，思考什么呢？我不知道的是什么呢？方向吗？"东北方向。"他有些抗拒地咕哝了一句。盲目的蠢货，转过身来，这就是你们的罗盘，一块蒙住了你们眼睛的白布。

他的脸色变得苍白。铁轨泛着冰冷的光。

规定，我的上帝，规定。你的良心，你的上帝，你的良心。一段新的道路必须由你自己建造，你自己的规定必须自己去寻找。你必须铺设更好的铁轨。通往目的地，通往目的地，去思考、不要出发，目的地！

声音哑了下去。

"对不起，"火车司机环视着围绕他的人说道，"很抱歉，我身上发生了什么？我们晚点很久了吗？"接着他念起了一个小地方的名字，一个又长又严肃的名字，他也没有念对。

"没错，这就是我说的地点。"站长余怒未消，"您大概是喝醉了。现在请您上车，开动火车。再也不要去想什么目的地了。另外，您得为您今天的行径承担后果。"

火车司机沉默地登上了他的座位。

"你恋爱了？"锅炉工笑道，"那个女孩是谁？"

"从来没见过她。"

站长举起了信号旗。

一个敏捷的黑色影子再次出现在前照灯的光线里。

目的地！目的地！

埃伦一下子跳过了铁轨，赶在行驶的火车前，跨到了轨道的另一边。

跌跌撞撞的警察们只得停住脚步。飞驶而过的列车让埃伦获得了领先。

站长伸手抹去额头的汗珠。警察们手按在自己的警棍上，牙齿紧紧咬住嘴唇，几乎要咬出血。他们一节节地数着车厢，却总是数错。

一门大炮，好奇地把炮筒伸出最后一节车厢的边缘。警察们眼中的怒火让它感到害怕。它很想把那冒冒失失的稚嫩炮筒向下弯折，好躲过警察们的目光，可这不在它的能力范围之内。

雾气包围着他们。火车司机把帽子拉得低低的，直到遮住面孔。火车飞驰进了夜色里。

信号旗放了下来。它表示：火车已经驶过。但它想向人们诉说更多东西：跑吧，跑吧，跑吧！大家都跑起来。车轮是无法追赶上这个秘密的，螺旋桨也不能，火车不能，飞机也不能。只有布满了伤口的滚烫双脚才能胜任，你们的双脚，你们自己的双脚，你们那不情愿的双脚。跑吧，跑吧，跑吧，跑得上气不接下气，这就是命令。远离你们自己，深入你们自己。火车经过了。跑吧，埃伦，跑吧，他们在后面追你。

煤场上有个流浪儿在玩耍。

你们也跑吧，游荡在街头巷尾的男孩们，还有你们这些警察，跑起来吧。铁轨上什么都没有；向你敞开着，等你跨过去。听吧，它在歌唱：从我身上跨过去，从我身上跨过去！它渴望着这一刻。跑吧，警察，追上那个秘密！把你们的帽子摘下来，任由它们掉落，没有人会像抓鸟一样去抓它。去追赶那个秘密！不加思考地奔跑吧，张开双臂跑起来，就像孩子追随他的母亲。去追上那个秘密。

左边还是右边，左边还是右边？你们分开跑吧，这样就可以再围到一起！彼此分开吧，这样就可以再拥抱在一起！只是不能忘了，因为什么而分离。不要迷失了你们自己。

信号旗轻轻地颤动，它什么都没有说。铁路路堤无止境地伸向远方。

埃伦一直向前跑。她的身后跟着两个警察，警察的身后跟着那个流浪儿。他并不清楚，到底发生了什么。他们绕过柴堆,穿过简易木屋,又跨过木板桥。

那个流浪的男孩能确定的,就是他什么都不知道。他早就知道,要透口气是多么不容易,他一直都知道,柴堆不仅仅是柴堆,火车站广场不仅仅是火车站广场。在天黑下来之前,就应该感到劳累,这很重要。跑吧,快跑,他们就在你身后!保持领先,什么是领先?这真是被诅咒的恩惠,毫无意义的恩惠。左边还是右边?两边都不对,没有结果的恩惠。

埃伦继续跑着,她跑得像一个丢盔卸甲的国王,后面跟着瞎眼的随从:这些可怜人,就和所有的追踪者一样,最后变成了被迫害者的随从。

有烟,闻起来有烟味,就像在一望无垠的草原上用土豆叶子烧火的味道,也像熄灭的炭火。那些货车,那些载着尸首的车,拐过了街角,再也追赶不上。不管是格奥尔格还是外婆,都没有回转头来挥手告别。

埃伦继续跑着,那两个男人也还在穷追不舍,男孩仍旧跟在他们后面。他们一同在追赶着那个秘密,追赶着那股朝后退去的洪流。

跟我来吧,跟我来吧。因为柴堆不仅仅是柴堆。

暮色无声无息地倾听着,像一个异族的骑士一样坐在他们肩头,鼓励着他们。跑呀,跑呀,跑呀,抓住这个休整的机会!抓住这飞逝的生命。到来和逝去之间的真空期。不要在其间建造任何要塞!

跑吧,埃伦,跑吧,总要有人跑在第一个。一切早就报偿过了。被追踪的,成了领跑。一,二,三,四,五,六,七,你就是那个牺牲品了。把他们都拖走，把他们都拖走，这一个跟着一个的追踪者！到另一边去，不要踩在上面，跨过你们自己到另一边去。

一个铁路看守工的小房子——拾级而上——一个鸡棚。跳吧，跳吧，阴影都沉下去了。路灯拦住了去路。跃过去，这不算什么。昏暗的路灯，刺眼的黑暗，上帝渐隐，你们不能承受他的光芒。你们能承受你们自己吗？

继续，现在继续！沿着栏杆向上，沿着栏杆向下，桶，桶，注满了燃料。撞在那些桶上，声音听起来多么响亮！燃料已经没了，流空了，耗尽了。诡计，骗局，空洞的东西都声音洪亮，那些桶远远地跟在你的身后滚动着。

你听到那些吵闹声了吗？领先的距离缩短了。一列空的车厢，穿过去，穿过去。你听到他们吹哨子了吗？可怜的追踪者。把他们拖走，拖到后面去，拖向目的地。差距又拉大了。

大声地喊叫，步履沉重地追赶，边追边喊。他们绕着圈跑。他们跑得跟跟跄跄，他们摔倒了，他们仍旧落后。他们止住了脚步。

埃伦犹豫了，她转过身去，内心充满了同情，一种针对那些迷失了的追踪者的陌生同情。信号旗放了下来。是向谁发信号？再也没有了领队，没有了被追踪者，没有路，没有目标。不，不，不能这样，这条链子不能被扯断。埃伦深深地吸了一口气。

那是一声又长又尖厉的哨音，肆无忌惮，把五根手指都塞进嘴里吹出的口哨，比银河更长，比最后一次呼吸更短。看守工房子里的母鸡受到了惊吓。几个乞丐离开了柴堆。脱开的车厢停在副轨上，比以往更加安静。埃伦在朝她的追踪者吹口哨。站住别动，听我的话，屏住呼吸。

光秃秃的白杨树下站着个警察，在雾气中仰起了脸。那儿，那个看守工的房子，沿着台阶上去，你已经不在那里了。那个放满工具的储藏室，你并不是工具，并不是混在榔头、钳子、钻子里的一个陌生工具，你也不在那里。

警察擦去自己额头上的汗水，但他其实感到寒冷。他的手指因为激动而僵硬。他还是一个非常年轻的警察，在手段上很缺乏经验，自信心也不足。尽管他已经学过了怎样一下子把人掀翻在地，怎样用膝盖控制住别人，但他从没有学过怎被人制服，或者被人用膝盖威胁；尽管他学过怎样射击，怎样躲避别人的射击，但他从没有学过怎么被人射中，没有学过怎么孤立无援。他跑啊跑，但他的靴子太紧了。他只得迈着不那么确定的步伐继续跑。

暮色中又有人吹了两声口哨。比他长官的命令更加咄咄逼人，比他爱人的请求更加诱惑，比他地盘上的流浪儿的嘲笑更加刻薄。在奔跑中，这个年轻警察只觉得血液在不断地往自己头上涌。这是你去往目的地的最后机会：站着别动，听我的话，屏住呼吸！

一切都静了下来。铁轨潜伏在信号灯的阴影里。怀疑如一件苦修者的粗毛衬衣，笼罩着那个警察。向虚空发动进攻，这难道不可笑吗？

你们攻击的对象尽是虚无，除此之外还有什么呢？——铁路路堤旁的白杨树窃窃私语。

这个警察愤怒而又孤独地继续前行。他越来越按捺不住自己。然后呢,他思考着,然后呢,等我抓住了它,抓住了什么,抓住了谁,抓住了前照灯里的阴影,然后我就会受到嘉奖,然后我就成了这个世界上不可缺少的人,然后我就不用上前线了,然后我就不会阵亡,然后前照灯里就没有了别的阴影,只剩我自己的。

这该诅咒的大雾,像一幅被人遗忘的布景般弥漫开来,又像一层稀薄的牛奶渗透在所有悬而未决的东西之间。月亮在云层里不安地翻滚着。年轻的警察跑得上气不接下气,他吐着舌头,脑袋歪斜着伸向前方,鼻子冲着地面,就像一条到处嗅闻的狗。轨道,还是轨道,一段段铁轨铺就的轨道。不要介意纷乱的轨道已经盖过了铁轨,它们相互交叉,相互纠缠,轨道比铁轨多得多,却没有扳道工,这就是原因。

但是等我找到它,找到那些阴影的轨迹,就万事大吉了。"停下,不然我就开枪了,停下,停下,不然我就开枪!停下,否则我不得不开枪!"他叫出刺耳的声音。埃伦就在他面前不远处。他伸出双臂,可是那手臂太短,他就像一只跳舞的熊一样跟在阴影的身后。"停下,不然我就开枪了!"但他仍旧没有扣动扳机。他又一次别过头来,好像要回头呼喊一个同伴。

一个女人慢慢地走过东边的小桥。隔三条枕木的地方,有一只鸟飞腾而起。警察纵身一跃,却扑了个空。晕眩击倒了他。远处的车站,闪烁着蓝莹莹的微弱灯光。他因愤怒而浑身颤抖。他蹲下身子,又猛然站起来,绝望地原地转动身体,就像他脚下自转的大地,他的母亲,大地。他愤怒地踩跺着地面，甩着手臂击打自己，最后终于停下了脚步。他踮起脚尖，靴子踏在裸露的地面上嘎嘎作响，崭新的靴子，锃亮的靴子，他还真是一个相当年轻的警察啊。"这里有人吗？"他的声音听起来就像一个小男孩。他伸手去摸香烟。红色的火苗燃了起来。那里是谁？谁在那儿？① 一个古老的问题，一个可笑的问题。这儿只有你自己，你难道谁都不是吗？埃伦一动也不动，她的眼睛在车厢下面闪着绿色的光。红色和绿色，红色和绿色，这是给最后一列车的信号。她屈起膝盖抵着自己的下巴。警察就站在她面前。埃伦强忍着冲动，才没有从轮辐间伸出手，把他的靴子脱下来。

"有人吗？"

埃伦真的很想让他的问题得到回应，去安慰他一番。好了，好了，好了，你呀，快安静下来。

天突然下起雨来。警察感到身上很冷。"如果这里有人，"他大声说，"我命令他，我命令他……"他自己打断了自己，重新开口，"我要求他……"他再次停了下来。他听到远处同伴的呼喊声。来来回回地跑，来来回回地跑，他们得到的命令是找到，而不是寻找。皇帝派兵，但是不要派我去，不要把我派去！②

"谁在那儿？"这个年轻人最后一次带有愠怒地低声问道，接着又说，"我可以等，好吧，我可以一直等下去。前些天我

---

① 原文为法语"Qui vive？"。
② 皇帝派兵是一个儿童游戏。参加者面对面分列两队，每人伸出一只手；每队的"皇帝"派一个"士兵"去对方列队拍三个人的手；拍到第三个人的手时，被拍的人允许去追赶这个"士兵"；若这个"士兵"成功逃往己方列队，被拍者加入对方列队，若被拍者抓住"士兵"，则"士兵"加入对方列队。

们接受了够呛的军事训练,我现在累得很。三天后我就要去前线了。去那连地平线也被加固了的地方。我还可以等三天,三天……"他耸起了肩膀;很好,他周围一个同伴都没有。没有人看见你,没有人听见你,没有人,没有人……跑吧,做一个英雄,抓住灯光里的那个影子,把它带到警卫室去。它在你前面遥遥领先呢,你还在浪费什么时间?等一等,看我抓住你,光亮中的阴影,寂静中的口哨,黑夜中的嘲讽!

跑得上气不接下气的警察跌跌撞撞地跨过死寂的铁轨。怒气在他的身体里猛烈地冲撞着。这熟悉的感觉,强烈的愤怒。香烟掉到了地上,他一脚碾上去。他向前冲去,仿佛背后有一群狗在追赶。

埃伦把头从车厢下探出来张望,观察着他的一举一动。他盲目地跑着,甩着双臂,头上的布面头盔摇摇欲坠,背上的标志闪着防备的光芒,仿佛想要以此自我保护。埃伦手脚并用地前进着。她趴在湿漉漉的土地上,为下一次起跳做好准备。快跑吧,他们没有发现你,朝相反的方向跑,快呀,跑回家里去。从小木板桥下钻过去,向着街道跑去,有一个地方,你知道的,堤坝开了一个口子。在他们发现你之前,把自己藏起来!与此同时,还有另外一个声音在喊她,极其微弱,却又清晰可闻。接着那第一个声音又响了起来:停住,回来,快停住,你跑错方向了!埃伦绕到警察们背后跑起来。她的双脚敏捷地踩在枕木上。从一根跳到另一根,就像跃过田间的一个个小土堆。随着每一次跳跃,她渐渐克服了那令沉睡的肢体隐隐作痛的僵硬,每一次跳跃都让她超越更多。她的头发在侵入夜色的雾气里飞舞，像一面竖起的黑色旗帜。

那个年轻的警察在她前面跑着。他干脆把头盔摘了下来，以便跑得更快。不惜一切代价，看在上帝分上，看在世上一切的分上。光亮中的阴影，保护好你自己！埃伦无声地紧跟在他脚后。

那个警察加大了步幅，他的双眼在漆黑的凉意中灼烧般地闪着不安的光。那边，那边，哪边都没有。他的目光像被捉住的小鸟，在黑暗中乱撞，撞在玻璃上，又满怀敌意地撞向他自己。他抽搐一般地把头转向各个方向。威胁和恫吓像泡沫里不断涌动的气泡一样从他的嘴唇里吐出，又在潮湿的空气里一一破裂。他的愤怒在增长。他的双脚生疼，衬衫粘在身上，衣领歪在一边。针一样的雨丝从天而降，他自己的背首先背叛了他。还差几步，他终究输了这场比赛。报告长官，没有，什么都没有，根本没有任何东西。下雨了，雾气散开了，夜晚降临了。

那里有人在呼喊吗？或者说他最后竟做起梦来？没有，没有什么东西可以入梦。那边只有月台，他的同僚们，以及警卫室。他丧失了勇气，垂下来头。再走三步，两步，还剩半步。车站出口的铁皮屋顶下面，其他人都靠着墙等待着。

"抓住了？"

"拉住她了？"

"什么都没有！"他愤怒地喊道，"没有，没有，没有。"

一只手捂住了他的嘴。另一只手抓住了他的衣领。"没有。"他开始结巴，语气也变得不确定。

"只有我。"埃伦突然插进话来，并且任由他们把她拖到了警卫室。

他们从那些无动于衷的人面前经过，那一双双眼睛，就像灰色的墙面上潮湿的污斑，那一记记推搡，就像反弹回来的绵软无力的箭头。他们穿过歪歪扭扭的通道，就像穿过肿胀的蛇的尸体，它们在黑色的灯光下被迫纠缠在一起；他们跨过那些陌生的枕木，就像跨过一排排分泌毒液的牙齿。

警察们无处发泄的狂热渴望着抵抗，渴望着咒骂或是乞求，但是埃伦全然放弃了，她不带任何质疑地任由他们挟持着穿行于可疑之中，就好像是在一支新的舞蹈中尝试熟悉的舞步而已。而警察们同样也是第一次踩着这样的步伐起舞。警卫室建在平地上，和所有警卫室一样，它处在一种深沉的半梦半醒之中，噩梦缠身，无法彻底醒来。它看守着它自己的睡眠，怀有妒意地捍卫着它自己那沉重的梦境，好让恶的云雾甘愿笼罩着自己。

地图被图钉牢牢地钉在关闭了的窗子之间。海洋的深邃秘境被刺破了，闪耀着光芒的平原被刺破了，居住区汇聚而成的黑压压的旋涡被刺破了，他们整个世界的图景被刺破了。因为城市的名字成了战场的名字，是海岸线还是前线，是城市还是战场，是军靴还是翅膀，谁会去区别它们？

所有的护窗板都关得严严实实，确保没有任何光会透出去。那些没有得到授权的人可以从无以慰藉中找到安慰。战争，这是战争。

寒酸的警卫室。蓝色的烟雾和昏黄的灯光交融在一起，最终变成了制服那刺眼的绿色。埃伦惊讶地看着眼前的景象，然后闭紧了双眼。谈话开始了。男人们沉默了。从闭锁的护窗板后面传来了飞快的脚步声,就和那些无处追寻的东西一样一闪而过。

"您给我们带来了什么?"中间的那个人站了起来。

那个警察站得笔直。他转过头去,张开嘴,却没有吐出一个字。

"您要报告什么?"上校不耐烦地重复了一遍,"我们没有时间用来浪费。"

"报告长官。"年轻的警察说,"我们有很多时间。"他用一种尖厉而不确定的声音说着,眼睛下面有深深的阴影。

另一个警察跳到了他们中间:"报告长官,是武器堆里发现的一个小孩。"

"报告长官,"年轻警察打断了他,"到处都有穿梭在武器中的孩子。"

"运送弹药的列车几乎都要耽搁了。"另一个警察愤怒地说,"火车司机竟然忘了行驶的目的地。"

"报告长官,"年轻人说,"我们谁都不知道,将要驶去哪里。"

上校把镜片从眼睛前取下来,摆弄了一下,又戴了回去。

埃伦安静地站在这群穿绿色制服的人之间。小水珠从她的头发上滴下,经过她的肩膀,落到了布满灰尘的地上。

"下雨了。"她的声音刺入了寂静。

"按顺序来。"上校不容置疑地说道,用舌头润了润嘴唇。

"报告长官,"第二个警察大声回答,"我们在光亮中看到了一个阴影。"

"报告长官，"年轻警察轻声说，"其实一直都只是他自己的影子。"

"我们抓住了他。"第二个警察呼吸急促地喊道。

"请您冷静一点。"上校高声说道，把手掌撑在了桌沿上。

警察们不安地用脚刮蹭着地面。其中一个人突然大笑了一声。在风暴的驱赶下，倾斜的雨点猛烈敲击着护窗板，像一大群想要破门而入的陌生人。

打开，打开，快给我们打开！

"请关上门。"上校对那两个警察说，"寒气进来了。"

"报告长官，"年轻警察语气生硬地说，"我觉得最好让它开着。我不想再被愚弄了。三天后我就要上前线了。"

"快把他押走。"上校命令，"立刻。"

"寒气进来了。"埃伦说。

"闭嘴。"上校厉声道，"这里不是你家。"

"报告长官，"年轻警察精疲力竭地轻声说，"这里不是我们任何一个人的家，一旦……"他们一拥而上要把他拖走。

"让他说完！"

"一旦有人开始思考。"年轻人平静地说。

"您没有别的话要说了？"

"没了。"他不再挣扎，"什么都没了。"他精疲力尽地重复了一遍。

"一切都是。"埃伦说道，她的声音越过了黑压压的人群追随着那个年轻警察而去。但她的目光并没有停留在他远去的身影上。

灯摇晃了起来。埃伦弯下身子，捡起了滑落在地的围巾。

"把她拉到中间来。"

地板一阵颤动。

"你叫什么？"

埃伦没有回答。

"你的名字？"

她耸了耸肩膀。

"你住在哪里？"

埃伦仍旧无动于衷。

"宗教信仰，年龄，婚姻状况？"

她用别针把围巾固定好。警察们的呼吸声清晰可闻，此外就没有任何声音了。

"出生信息？"

"是的。"埃伦说。

其中一个男人给了她一记耳光。埃伦震惊地抬起头瞪着他。他长着黑色的小胡子，有一张胆怯的脸。

"你父母叫什么？"

埃伦把嘴唇抿得更紧了。

"记录，"上校有点不知所措地叫道，"做好记录！"在场的一个男人笑了起来，刚才笑出声的也是他。

"安静，"上校提高了声音，"您不要打断我！"

他的手指在木质隔离杆上敲击出一连串咄咄逼人的节奏。

"你叫什么？你住在哪里？你多大了？还有你为什么不回答？"

"您的问法不对。"埃伦说。

"你,"上校喘着粗气说,"你知道,前面有什么在等着你吗?"他的镜片蒙上了白雾。他的额头泛着光亮。他一把推开了眼前的隔离杆。

"天堂还是地狱?"埃伦说,"或者是一个全新的别的什么名字。"

"这个我也应该记下来吗?"记录员问。

"写吧,"上校喊道,"每句话都记下来。"

"他把它写下来了。"埃伦飞快地说,"您不要写,您不要写,得由着它慢慢生长。"

"纸张就好像是多石的地面,"记录员露出恐惧的神色,眯着眼睛审视起四周说道,"真的,我已经记录得太多了,我在我的整个人生里已经记录得太多了。"他的额头上皱起了一条条纹路。"我注意到了什么,就把它确定下来,一旦被我确定了,那些东西也就屈服了。我从来不留给它们继续生长的空间,我从来不隐瞒任何东西。我从不让自己脑子里产生出任何我无法拦住的东西。开始的时候,我捕捉蝴蝶,然后把它们钉起来,后来,则是其他的一切。"他抓起蘸水笔,把它扔在了自己面前。墨水在地面上溅开,墨蓝色的眼泪慢慢干结,变成了一片黑色。"对不起,我不想再记录任何东西了,不,我再也不把任何东西写下来了。"记录员激动得满脸通红。一阵眩晕冲上了他的太阳穴。"水,"他流着眼泪大笑,"水!"

"给他喝水。"上校吩咐道。"把水给他!"他高声喊道。

"水。"记录员微笑起来,仿佛得到了安慰。"透明的水就像不可见的墨水。到了适当的时候,一切都清晰可见。"

"是的。"埃伦在一旁说。

"你叫什么?"上校再次喊道,"你住在哪里?"

"大家都必须自己去寻找。"记录员像耳语一般说道。

"你的家在哪里?"一个胖警察边说边向她俯下身子。

"我过去住过的地方,"埃伦说,"从来不曾是我的家。"

"那么你的家在哪里?"警察重复了一遍问题。

"就是您的家所在的地方。"埃伦回答。

"那么我们的家到底在哪里?"上校几乎咆哮起来。

"您现在问对了。"埃伦轻声回答。

上校闭上了眼睛。当他把盖着眼睛的手放下来的时候,警卫室的灯光就显得更加苍白了。隔离杆在他的眼前飞舞。我现在可以下令了,他绝望地想着,这个横杆可以撤走了。

这个飞舞着的障碍物,这个横亘在被送进来的和被叫出去的人之间的障碍,横亘在已经闯入的和正在往里闯的人之间,这个在强盗和警察之间晃动着的障碍。

"我们的家在哪里?"那个胖警察重复了一遍问题。

"请您闭嘴!"上校吼道,"问您的时候您再说话。"

雨水还在坚持不懈地敲击着关闭了的护窗板。"想要发问的人,已经被询问过了。"记录员无所畏惧地说着,把墨水甩得到处都是。

埃伦沉默地站在那儿。

"你的名字!"上校继续问,威胁性地向她走近了几步,"你是谁?"

"名字只是田地里防盗的三角钉,"记录员压低声音说,"落在湿润的草里。你在昏暗的花园里寻找什么？我在寻找自己。站住别动，你的寻找是徒劳。你叫什么？不管什么……"

"闭嘴，够了，"上校吼叫着用双手捂住自己的耳朵，"够了，够了！"

"不，"记录员继续说道，"还不够，上校先生。人们都叫我弗朗茨。我叫什么？弗朗茨。但是我到底是什么，我是谁，我有什么意义？你们为什么就不继续问了。你们踩中了三角钉，你们听到身后有人在笑！你们所有人的名字都在呼救。从那上面挣脱下来吧，把鲜血淋漓的脚拔下来，快跑，继续寻找！"记录员声嘶力竭地吼叫着，他俯在桌子上来回摆动着身子，张开双臂。警察们站在那里，仿佛在等待他发出更清晰的指令。

"够了，"上校僵硬地笑了一声。他三步走到埃伦面前："你叫什么，最后一遍，你是谁？"

门被猛地推开了。

"我的围巾是天蓝色的。"埃伦说，"我渴望离开这儿。"

凉意像一个陌生的舞者一样闯进了闷热的警卫室。保护好你自己！拖在地上不听使唤的双脚，噢，你们就像一对不般配的夫妇，还有那不断落在身上的拳头，以及魔鬼的喝彩声。"比比！"埃伦惊呼道。她还没来得及接受眼前的景象，一个湿漉漉的沾血的小包裹已经飞到了她的脚下。

"最后一遍，你叫什么？"

"埃伦，"比比喊道，"埃伦，救救我！"

"她叫埃伦。"记录员说。

"安静，"埃伦说，"安静，比比。"她搀扶着她站了起来，又解下了自己的围巾，擦去了那个小姑娘脸上的血迹。一个男人脚步踉跄地冲到了门口，怒火中烧地要扑向她们，但就在这个时候，他注意到了一旁的上校，只好停住了脚步。上校没有任何表示。

"埃伦，"比比说道，"我没有和其他人一起走。他们会开枪把我们打死——这是库尔特说的，到了明年夏天，我们倒下的地方就会长出樱桃树。我们躲在储藏室的时候，库尔特就一直在和我说这些，没有别的，直到我再也受不了了。"

"没错。"埃伦说。

警察们朝着墙后退了一步。她们周围的地板，用那些未上漆的布满灰尘的木板保护着她们。"继续说吧。"埃伦说道。

"够了！"门口的男人咆哮道。

"还有更多。"埃伦说。

"格奥尔格把他们引开了。"比比轻声说，"他救了我。在最后一天，就在我们要被装上车带走的那天……"

"请您关好门。"上校的命令划过她们的头顶。

"你成功逃脱了！"埃伦说。

"是的。我自己也记不清是怎么回事了。但是库尔特说过，他们会开枪打死我们，然后上面就会长出樱桃树。埃伦，你知道我还要去跳舞，我不要变成一棵樱桃树。"

"比比，"埃伦说，"也有会跳舞的樱桃树，你可以相信我。"

小女孩扬起脸，对着惨白的摇晃的灯。"六个星期以来我都在东躲西藏，现在……"

"比比,"埃伦说,"一,二,三,快藏好!你还记得吗?那个时候在码头上?"

"是的。"比比在那么一瞬间里微笑了起来。

门口的男人动了一下,好像要朝她们扑过来。比比吓得跳了起来,惊叫着哭出了声。

上校不令人察觉地摇了摇头。门口那个男人便停止了动作。

"但是有人告发了我,埃伦,他们找到了我。他们把我从床底下拖出来,一直拖下楼梯。在那儿,就是那个人,那个看守……"

"看守只是睡着了,"埃伦轻蔑地说,"他迷失了,他找不到自己了,但自己却没有意识到。可怜的看守,他能找到其他人,就是找不到自己。一个迷失的人,一个彻头彻尾迷失了的人!"

比比闭上了眼睛,把头靠在埃伦的肩膀上,恐惧使她呼吸困难。一阵令人不安的窃窃私语从那群警察中升腾起来。

"俘虏,"埃伦说,"都是些可怜的俘虏。他们再也无法找到自己。他们被自己的死敌制服,更沉迷于自以为是的臆想。他们和魔鬼结下了盟约,但是他们丝毫没有意识到,他们的翅膀已经折断。"她吸了口气,"秘密制造武器的工厂,并不向他们敞开大门。他们只得攀在大门上奋力摇动。他们的翅膀已经折断了!"

"我们必须帮助他们。"埃伦继续说道,"我们将会解放他们。"

"解放,"比比重复了这个词,抬起头望向埃伦,"埃伦,你要怎么做呢?埃伦,"她边说边环顾四周,"埃伦,你为什么会在这里呢?"

"这个问题我已经问过很多遍了，"上校开口道，"我的忍耐马上就要到头了。"

"你不能解释清楚吗？"比比问。

"解释？"埃伦抵触地提高了声音，抬手抹去垂在额头上的发丝，"有多少事情是可以解释清楚的？"小女孩害怕地把埃伦的胳膊搂得更紧。埃伦却挣脱了出来。火光从她的脸上滑下来，散落在这低矮卑微的警卫室里。"你们为什么甘愿折断你们的翅膀，把它换成靴子？只有赤着脚才能跨过界限，没有人可以占有这片土地。只有把自己献出去的人，才会得到胜利。天空不会在原地停留，"她顿了一下又继续，"但是你们却企图阻拦它，是你们在空中竖立了太多的旗杆。你们的那一翼已经被摧毁了。"

"那一翼，"上校说，"你这说的是哪一翼？"

"我说的从来都是一种，"埃伦回答，"所有的部队都在边境上。人们得把它们从边缘召回来，中间都没有人了。"

"你说的这是军事秘密吗？"上校讽刺道。

"军事秘密，"埃伦笑了，"不，秘密是有的，军事也是有的，但是军事秘密这种东西，从来就没有。"

"我们会找到一个证据来反驳你。"上校说。

"那团火饿了。"埃伦冷静地回答他。

随着噼里啪啦的声响，炉火的光渐渐收缩，重又回到了小铁炉里。

"茶水溢出来了。"那个胖警察惊恐地叫道。

"所有东西都越过了界限，你们却不肯把眼睛抬起来看看。

务必警醒,这是我们在最后的时刻里学到的东西,因为魔鬼就如同吼叫的狮子。"[1]

"别东拉西扯,按先后顺序说。"上校咄咄逼人地说道。

"在中间没有东西是按先后顺序的。"埃伦回答,"在中间所有的东西都是一下子的。"

"现在我最后问你一遍:你有父母吗?你有兄弟姐妹吗?你和谁住在一起?你怎么会登上一列运送弹药的火车?这到底是怎么发生的?"

"翅膀。"埃伦说道,"还有众水之上的声音[2],有许许多多的兄弟姐妹,我和他们所有人生活在一起。"

"没错。"比比心不在焉地插嘴道,"这是真的,有一次我们还一起逃往埃及。"

"去埃及?"上校重复了一遍,"但是你们企图搭乘的火车,并不开往埃及。"

"只是名字。"埃伦不屑地说,"埃及也好,波兰也好。我要去名字的背后,我要越过边界,去格奥尔格在的地方,还有赫伯特、汉娜和露特,还有我的外婆……"

"你的外婆在哪里?"

"朝着中间去了。"埃伦自顾自地往下说,不打算让别人插嘴。

"所以我登上了火车。"

"去追随那些死去的人?"上校问。

---

[1] 可参考《圣经·彼得前书》5:8:"务要谨守、警醒,因为你们的仇敌魔鬼,如同吼叫的狮子,遍地游行,寻找可吞吃的人。"
[2] 可参考《圣经·诗篇》29:3:"耶和华的声音发在水上。"

"远离死去的人,"埃伦有些愤怒地提高了嗓音,"远离那些灰色的水牛①,远离昏睡不醒的人。名称和地址,这两样东西并不能代表一切!"

　　"带上我吧。"比比说着向埃伦身上靠了过去,"请带上我!"泪水一道道汹涌地划过她的脸庞。

　　警卫们中间升起一片低语,一阵不断生长着的、态度恳切的轻声细语,就好像是微风拂过群山,就好像是流水淌过灰色的沙地。那一套套绿得刺眼的制服也轻轻摇曳起来。

　　"我不能带你走。"埃伦若有所思地看着眼前的小女孩,"但是我知道更好的办法:让我替你去。"

　　清风再次拂过不可见的树冠,水流再次冲刷过沙地,终于使黄金显露了出来。

　　"让我替你去!"埃伦有些急躁地重复了一遍。

　　"不。"比比说着,用她的小拳头擦去了双颊的泪水,然后伸开双臂,就好像刚刚醒来。"不,我会去的,我会一个人去。去库尔特在的地方,去那水牛都长着人脸的地方。"她抚平自己身上的大衣,皱起眉头,显出不耐烦的神色对门口的男人说:"你想的话,就跟我来吧。"

　　灯光旋转着跳动着。

　　"带上我。"门边的警察带着嘲弄的表情学了一句。

　　"带上他。"埃伦说,"带上他走一段,陪他走到你的火车!"

　　"您跟我来吧。"比比对那个警察说。

---

① 德语中,水牛可以指粗野、残忍的人。

"您去吧!"上校大声命令道,"您快走!"

墙壁里传来沙沙的声响。涂料下面的砖块相互碰撞。蠢蠢欲动的警察们不自觉地向着那扇敞开的门靠过去,仿佛他们违背自己的意愿被什么力量推过了隐秘的边界,去追随那个被抓住的孩子。

被恐惧包围的埃伦站在昏暗的灯光下,一言不发。上校用自己的背推上了门。"你们谁都有可能被送去前线。"他擦掉自己额头上的汗水,"死神向我们每个人敞开怀抱。"

"不,"埃伦突然高声反驳,"向我们敞开怀抱的是生存,你们不可能在出生之前就死去!"她跳到身边的一张扶手椅上,"中间在哪里?怎么才能到中间去?是乘坐运送武器的列车到那儿去?还是乘坐飞机?需要行驶一年?还是一百年?"她拨开落在额前的发丝,自顾自地思考起来,"每个人都搭乘不一样的东西到不同的地方去,你们最后也得走。竖起耳朵仔细听,哪里有呼唤的声音,你们就要被召集到那里去。呼唤来自你们身体的中央。释放你们的心声吧!"埃伦从扶手椅上跳了下来,"释放你们自己,把你们自己解放出来吧!"

"够了。"上校说。

他不知道事情为什么会发展成现在这个样子。一场迅速而不同寻常的讨论,迅速而又不同寻常地违背了它的每一项初衷。它乘着几个短而快的句子,越过了地图上的图钉。彩色的外套上绽开的针脚渴望着一根明亮的线。一个兴奋的警察推着一个陌生的孩子穿过了门,所有已经确定了的事物就都被宣布为虚假。警卫室即将彻底苏醒。

他还能做什么？他必须当机立断，冷静而审慎地行动。那群男人中间又响起了陌生的窃窃私语。

"安静，"上校平静地说，"立刻安静。请你们保持理智。不要左顾右盼，不要前看后看。不要问，你们是从哪儿来的，也不要问，你们要到哪里去，因为这会让你们走上歧路，越走越远。"男人们沉默了。"听好，站着。"上校说，"但不要去偷听，不要去张望，你们没有这个时间。你们就应该满足于那些名称和地址，你们听好了，这就够了。你们难道忘记了，按规定及时向上级报告情况有多重要？你们不是每个人都知道，整齐划一地行事才是正确的做法？不要再做梦了，否则你们就会满嘴胡话。眼下应该去抓捕、去攫取、去歌唱，要是天色变得更暗，那就更大声地歌唱吧。不要去想，每一个人是独立的个体，要谨记，我们那么多人是一个群体，这样内心就会平静下来。要是黑夜被照亮了，那就去抓捕进行破坏活动的人，而不是太过频繁地抬头望向月亮。月亮里的男人势单力薄，月亮里的男人背上驮着炸药。很遗憾，我们没有权力把他放逐，但是我们有权力把他忘记。谁口袋里揣着镜子，他就不再需要以天空为鉴。所有的面孔都没有什么分别。"

"对谁来说？"记录员惊恐地轻声问。

"我没有问您。"上校说，"您也没有必要问我。提问会阻碍工作。"

"是的。"埃伦说。

"好了，现在到你了。我对你的忍耐已经超过了界限。你被指控利用提问和出乎意料的言辞进行破坏活动，你怀有某种可疑的狂热,你可能还隐瞒了所有重要的部分。"

"是的。"埃伦说。

上校忽略了她的回答。他又一次转向警察们。"这是你们的责任。之前有些重要的事情需要商议,而我接到的命令是,要尽可能地相信你们,把事情交给你们。可你们反过来把一切又推到了我手里,事情出现各种变数。我到这里来,原是一次匆忙的审查,是出于对这些分散在基层的警卫室的怀疑。我有什么必要在这里经历这些事?"他向后推开扶手椅,放下了隔离杆。他把袖口往上提了提,看了一眼手表。时间已经不早了。

报告长官,下雨了,雾散了,夜晚降临了。

警察们哑然无声地站着,仿佛在等待那些古老而黑暗的命令。其中最可信任的两个人被留下守夜,他们的脸上写满了无辜的危险。到了早晨,埃伦就会被送去秘密警察那里。上校和他的人离开了警卫室,没有再看埃伦一眼。临走前,他愤怒地撕去了一张日历。后一张纸的数字下面写着:尼古拉斯节[①]。

现在终于清楚了,这个晚上也同样是一个前夜。门关上了。留下埃伦单独和那两个警察在一起。左边一个,右边一个。她坐在他们之间,双手放在自己的膝盖上,时不时飞快地抬头瞥他们一眼。她同样试着摆出一副严肃而不知所措的面孔,但区别是:她知道,今天晚上还会下雪,而警察们不知道。

---

① 为了纪念基督教圣徒尼古拉斯而设立的节日。德国在十二月六日庆祝尼古拉斯节,是圣诞节庆祝的一部分,孩子们在尼古拉斯节前夜把空靴子放在门前,第二天就会收到尼古拉斯和他的随从带来的礼物。

前夜。前夜是什么？它不就像一个摆在你们窗子之间的编结蛋糕①？别把它摆在那里。不要对那些无法预测的事感到惊讶。不要期待你们的钟能走时准确，你们的衣领能端端正正。不要期待暴风渐逝之后护窗板外面会寂静无声。做好准备吧，外面会唱起歌来。你们听！既没有士兵们唱得轻快——他们得到命令，必须快活；也没有姑娘们唱得响亮——她们受到驱使，必须悲伤。都不像，而是很轻很轻，有一点点沙哑，就像大雾降临之后小孩子们的歌声。你们听到了？从渺远的地方传来，从你们来的地方而来。太远了，上校说。上校搞错了。埃伦沉默地坐在两个警察之间。警察则直愣愣地瞪着前方。

快，捂住耳朵吧，时间快来不及了！你们可以听，但不可以偷听，因为上校禁止这么做，可以听，但不可以偷听，那么界限在哪里呢？你们不能跨过去，你们必须赤脚前行。把靴子放在窗台上吧，因为明天就是尼古拉斯节了。开心起来，开心起来！一个名字实现了自己，一个名字遗忘了自己，一个名字被你们唱成了歌谣。仔细听，歌声是从哪里传来的。从闭锁的护窗板之后，回到了你们自己身上。歌声唱响在你们的中心。遥不可及的东西近在咫尺。把靴子放在窗台上。苹果、坚果和杏仁，还有一首陌生的歌曲，上校搞错了。

埃伦坐得像蜡烛一样笔直。警察的手痉挛地放在膝盖上。上校搞错了。唱歌必须轻轻地唱，尤其天暗下来的时候，再轻一点，还要轻得多，就像孩子们在锁住的护窗板之后的歌声。

---

① 用裁成条的面皮编结后烤制而成的糕点。

他们在唱什么？在唱什么呢？埃伦小心翼翼地动了动她的长腿。两旁的警察看起来并没有听到任何声音。时钟嘀嗒走着，似乎企图控制一切，但这只是徒劳：周围四面墙上的公告在一分一秒中变得越来越模糊。官方通告渐渐成了一种耳语，最终在那首陌生的歌谣面前彻底沉默了下来。它在唱些什么？它在唱些什么？快把护窗板打开！

警察们穿着靴子的脚，更加用力地蹬在硬木地板上。其中一个人突然站了起来，又惊恐地坐了下去。另一个人抬起手，把额前的头发高高地捋起。他们开始交谈，开始大声地咳嗽，但是这些都起不了任何作用。把护窗板撞开吧，你们还在犹豫些什么？扯掉遮光的东西，把窗户打开吧。弯下身子吧，远远探出窗外，远到脱离你自己的身体。

他们把身子探出了窗台。光亮一下子灼伤了他们的眼睛，让他们在一瞬间里什么都看不见了。铁链发出声响，孩子们尴尬地笑着，主教的权杖敲击着湿漉漉的地面[①]。天空被云遮蔽着。月亮里的男人消失了，月亮里的男人降临到了地面上。不要总去照镜子。你们乔装打扮过了，你们知道吗？白色的外套，黑色的犄角[②]，还唱着一首歌：

马上就要下雪了，因为明天是尼古拉斯节，

---

[①] 尼古拉斯的形象是一个穿红衣执权杖的大胡子主教（传入美国后发展成尽人皆知的圣诞老人形象），他的随从是被驯服的魔鬼坎卜斯（Krampus），他会用铁链吓唬不听话的小孩。
[②] 在德国南部和奥地利等地区，有坎卜斯游行的习俗。即在尼古拉斯节的前夜，人们会化装成魔鬼坎卜斯，上街游荡，吓唬行人。

> 我们兴高采烈，因为马上就要下雪
> 明天就是尼古拉斯节，
> 把靴子放在窗台上，魔鬼会来把它捡走，
> 因为明天就是尼古拉斯节，
> 为此他给你们带来了翅膀，
> 翅膀，美丽的翅膀，
> 翅膀，美丽的翅膀，
> 为了风暴而预备的翅膀，
> 卖翅膀喽！

最后一句歌词是什么？卖翅膀喽！

警察们放声大笑起来。穿堂风怒气冲冲地灌进他们的脖颈，撕扯着他们的身体。警卫室立在阴影里，晃动的隔离杆已被彻底遗弃。门开着。埃伦不见了。警察们惊慌地吹响他们的哨子，冲过一条条走廊，又穿过大门。他们摇晃街角站岗的警卫，又穿过许多小巷，最后折返了回来。

当其中一个人跑上台阶的时候，另一个人把身子探出窗外再一次倾听，在很远的地方，有一个清亮而充满挑衅的声音：卖翅膀喽！

## 别惊讶

那只苹果滚过了边缘。阴森森的电梯井道咧着嘴,满怀期待地微笑着。它懂得珍惜这不可多得的机会,心甘情愿地隐藏了善与恶之间的决断。这可怜的苹果。有人咬了它一口,又任其腐败;咬了它一口,却再也不会把它吃完。一切都是亚当和夏娃的罪责,腐朽一日甚于一日。残渣的重量最终超过了所有的宴席。

埃伦惊呼了一声,探头向下看去。苹果消失了。一个烂苹果,还能是什么呢?她手里的铁桶摇晃起来,发出嘎吱嘎吱的声音。它们在腐坏的重压下呻吟,它们因背负了过多秘密而悲叹。它们的呻吟悲叹听起来就像一场谋反的序曲:

难道不觉得我们身上的负担太重了?我们确实是为了服务于他人而被创造出来的,但他们使我们彻底沦为奴隶。谁给你们的权力来贬低我们?谁给你们的权力,把中性的东西置于不同性别的暴力之下?

铁桶在埃伦因恐惧而冰冷的双手中威胁性地晃动着。难道它们发觉了有人在偷窥？难道它们感觉到了，在它们的统治者之中，在那些凌驾于中性之上、滥用自己统治地位的暴君之中，有人已经遗忘自己的语言？它们似乎注意到了这些，怒火越烧越旺，它们更加声嘶力竭地嘎吱嘎吱叫起来，就像一群操着外语的小囚犯，被押去服苦役，却在半路跳起舞来；它们扔下身上的重负，终于奋起反抗：橘子皮好像是自天而堕的一个个太阳，撕开的罐头早已被洗劫一空，却仍保有着熠熠生辉的力量。它们把所有的小心谨慎都抛了出去，变得无所顾忌。

　　毫无保留地交出自己，亲爱的！这就是命令。

　　埃伦像被追赶似的拼命爬上楼梯，不过这已经不管用了，铁桶在她手里吵闹着、挣扎着，它们代表所有被紧锁的箱子、被围困的美好、被玷污的东西，向人们示威。埃伦知道，复仇的时刻已经临近。

　　我们只是一个比喻，你们还要些什么呢？你们紧紧抓住你们无法把握的东西，你们深深隐藏你们不想放手的东西，你们有权力这样做吗？不要在你们的柜橱里拼命翻找了，不要死命扒在你们的屋脊上不松手了，它会碎裂。还是走到那小小的阳台上去吧，它从灰色的墙上悬空挑出，仿佛一次已被人遗忘的小冒险；再给你们的花浇一次水吧，目送着河流远去，把一切都抛在你们的身后。用你们自己的心去丈量深渊。除此以外，一切都太迟了。

　　埃伦穿过工厂的院子。她的双手在颤抖。铁锤仍旧一声声歌唱着落在石头上，它们的歌声极其悲伤。歌中没有信任，歌谣无人倾听。

一个工头走了过来，大笑着对埃伦说：

"你把东西都撒出来了！"

埃伦停住了脚步，对他说：

"我还想把更多东西撒出去呢！"

不过那个工头径直走开了。

远处传来歼击机升空的轰鸣声。

噢，你们追上了自己，然后又远远地落在了后面。铁桶们大声嘲笑道。所有东西都被你们精确地计算过了，而现在你们能够拯救的，却是你们没有计算过的！你们把一切都利用殆尽，直到最后一丝残渣，它在哪儿？这最后一丝残渣？连它也要被收缴上去。

阳光洒在沙地上，被影子揉皱了。埃伦把铁桶扔在地上，双手火辣辣地疼。她找来一把大扫把，把稻草和碎石扫进了院子的角落。你把它藏哪儿了？最后一丝残渣。它会被索要回去。

"快点，埃伦，快点！我们耽误时间了！"

埃伦回过头去，把双手拢成喇叭状放在嘴前：

"你们在说什么？"

她的这个问题，轻快地孤零零地升上了撕裂的天空。

屋顶的平台上有五颜六色的衣物在风中翻滚，穿梭其间的人们走到黑色的栏杆边，向外探出身体。

"上来，立刻上来，那边有大炮！我们必须快点弄完，然后离开这里。现在可不是做梦的时候！我们要回家了。大空袭就要来了！"他们的声音散落进潜伏着的深渊，就像狂乱而盲目的白色碎石。

埃伦把扫帚靠在墙上。"你们的家在哪里呢？你们所有的梦境里都是大空袭，但是家又在哪里呢？"

她再次听到自己头上响起了其他人愤怒的喊叫声。但是谁在叫她呢？究竟谁在叫她？她全神贯注地倾听。那两只铁桶固执地立在她左右两边，以万物的名义，从最后的残渣中解脱了出来。它们被浅色的灰尘和隐藏的智慧填满，千疮百孔但出奇地镇静。

不要对你们地平线上的烟云感到惊讶，那只不过是你们自己的胡作非为归来的身影。你们渴望攫取，到头来却抓住了你们自己。你们是在为不可替代的东西寻找替代品，不是吗？

"快点，埃伦，快点！"

铁桶再次在提手下面哀叹着反抗起来。铁锈把她的手划出了血。一阵晕眩向她袭来。烟囱执拗地高耸着。石头上的敲击声停止了。天空显得更苍白了。院子里那扇通向地窖的绿色小木门被打开了一半，在春风中颤动着。

"你们找我要干什么？"埃伦的声音中带着恐惧。

这个宽敞的院子早已被踩得坑坑洼洼。一片静默笼罩着它，仿佛在恳求着什么。那间小仓库立在墙边的阴影里，一副战战兢兢的样子。对面房顶上的警报器，一声不响，似乎怀有某种希望。

"我大概知道了。"埃伦嘟哝了一句，便提起铁桶，撞开了通往地窖的门，跌跌撞撞地走下楼梯。潮湿的昏暗包围着她。那片静默仍旧深沉而又犹疑地悬浮在院子之上，警报器也仍旧保持着沉默。

　　这个地窖非常深。在这里，人们的小心谨慎终于没入了一片未知，难以自拔：他们信任深邃。

　　箱子和包裹，还是箱子和包裹。这就是你们最后的东西，噢，最后的最后，但是你们竟用皮带把它们捆扎住了？就让它们这样完好无缺不容侵犯？让它们被牢牢看管紧紧锁住，就像一份分配不均的遗产？它们难道不应该迸发开来，像泉水一样源源不断地涌出，最终流向那正渴望着它的虚空？"谁在那儿？"埃伦害怕地问道，不料一头撞在了横梁上。她只得停住了脚步。被扔坏了的包裹，被刀划开的箱子。无助地、裸露地、自暴自弃地，隐秘的安全就这样躺在灰尘里。

　　"上帝保佑所有的强盗。"埃伦说。

　　"您说的是什么意思？"黑暗向她发问。埃伦本来想说"把手举起来"，但话说出口却成了另外的样子。黑暗里有两个人的声音，一个低沉，另一个更加低沉，两个声音都充满了不信任。

　　"这很难解释清楚。"埃伦战战兢兢地说，边说边寻找着火柴。

　　"您在嘲笑我们。"黑暗又说。

　　"没有。"埃伦回答。

　　"我把灯点起来。"黑暗说道，但是它也没有找到火柴，它没能找到对抗自己的东西。

　　"把手举起来！"黑暗只得无力地说。

　　"我还是走吧。"埃伦说。

那两个男人咔嗒一声松开了武器的保险装置。突然,一块墙皮掉了下来。紧接着,警报器呼吸急促地尖叫起来,绝望的声音响彻城市上空。

"警报,"埃伦说,"但这不是那种大警报。大警报是完全不同的,在被击中之前,人们是听不到的。但你得相信它的存在。"

"上帝保佑你!"黑暗说。

"对不起,"埃伦说,"不过我得走了。"

"留在这儿!"

"不,"埃伦回答,"防空洞在另一边,在小仓库的下面。这里只是用来堆放行李的。"

"这里只有行李。"黑暗用一种抱怨的语气说道。这个时候,警报器的尖厉叫声突然停止了,一切陷于寂静。

"我知道,"埃伦恼怒地喊道,转身向门的方向走去,"但是我不能再等了!其他人会来找我的。"

"你小心点!"黑暗威胁她道。

"对不起,"埃伦重复了一遍,"我还真想自己动手把箱子打开。我自己拿起箱子,掉个头,然后对你们说:'你们拿吧,拿吧!谁要谁拿!——但不是在这里。而是在阳光下的屋顶上。'"

她说完吸了一口气。

"你说得倒好听,小家伙。"男人们笑了起来,"你为什么想这样做呢?这话只有你外婆才会信!"

"是的,"埃伦说,"我外婆相信我。"她的这句话直冲黑洞洞的枪管。从南边传来了投掷炸弹的声音,速度很快,一枚接着一枚。

"请你们放我走吧。"埃伦大声说,"我不会暴露你们!"

"现在这样,你不可能穿过院子!"

"都怪我,"她喃喃自语,"我没有早点回到这里。为什么我没有在别人动手之前自己打开箱子呢?为什么我不早些把自己的东西分发出去呢?我本来是想自己把箱子打开的,你们听到了吗!"

"别说了,"黑暗制止了她,"朝我们这儿来了!"防御炮火像被击中的狼一样哀嚎着,中间夹杂着轻柔的、令人毛骨悚然的声响,那是塌落的东西向下滚动的声音。埃伦蜷缩在墙边,把头深深埋在自己胸前。

这是怎么回事?人们必须区分上升的东西和下降的东西。但是他们从来也没区分清楚过。在黑暗中孕育的种子,把自己当成了阳光下的果实。

越来越近了。"嘘!"黑暗让埃伦不要出声。

"我什么都没说啊!"埃伦咕哝了一句。

"连自己心里想的都听不明白了!"

"你们从来也没明白过!"

"你现在不应该得出结论,现在不是时候!"

"噢,"埃伦叫起来,"合适的时候过去了,那就再找个时间!"

"什么时候合适,这还是个问题!"黑暗呻吟了一声。

"问题就在这里。"埃伦轻声说,把捏紧的拳头举到了眼前。隆隆的炮火声包围着他们,一会儿密集地笼罩在他们头上,一会儿又散开,然后再次密不透风地合拢。

"伟大的上帝啊!"黑暗呼喊起来,"该死的,你为什么要阻止我们?我的老天啊,再这样下去,魔鬼就要把你接走!"

"你们自相矛盾,"埃伦朝着那个怒号着的声音喊道,"你们说的话又矛盾了!你们为什么要反驳你们自己?"

"他们就在我们上面!"一把手枪突然滚落到了地上。埃伦猛地跳起来,跨过那些打开的包裹,却被一股外力推了回来,不知什么人的一顶鸭舌帽正好盖在了她的头上。然后,一切又安静了下来。

"爆炸的冲击波,"黑暗叹了口气,顿了一下又说,"老天保佑,他们过去了!"

"过去了?"埃伦问,"他们只是飞到另一些屋顶上,而你们称之为过去了?"

"过来,小姑娘。"黑暗换了一种好商量的口气,用最低沉的声音喊道。

"他们会再来的。"埃伦平静地说,似乎全然不容置疑。

"你站在他们那边?"黑暗中的男人幽幽地问。埃伦没有回答。站在他们那边,这是什么意思呢?

"到这来儿!"那两人中的一人再次说道。

"别去管她了。"另一个说道,又开始疯狂地寻找火柴,"在警报结束之前,我们就得走!"

"那我们什么时候分东西?"

"等我们安全的时候。"

"你们什么时候才会安全?"埃伦笑了起来。

就在这个时候,她隐约感到黑暗中有人朝她靠了过来,悄无声息,似乎要寻求她的帮助。她吓坏了,摸索着拐过了墙角,迈开大步沿着地道向上跑,笔直的地道长得走不到头。

"站在那儿别动!"埃伦听到那两个男人就在她身后不远处。

院子带着哀求的表情睁着空洞的眼睛望向苍白的天空。人们还没来得及参透眼前的这一幕,空气中便传来一阵暴怒的巨响,房屋毫不犹疑地原地碎成一堆瓦砾,仿佛心甘情愿地跪倒在地。魔鬼唱着祈祷诗,墙垣骤然爆裂,视野中再也没有东西遮挡,景色一览无余。

埃伦和那两个男人被冲击力抛回了地道底部,三个人纠缠在一起滚到一旁,肢体麻木地躺倒在地。灰色的缓缓飘落的尘埃覆盖住了他们的脸。

被踩躏过的院子仍然注视着蓝色的天空。黑色的纸屑兴高采烈地在院子上空飘飘荡荡。巨大的灰色工厂跪倒在地,仍旧不断有木料和砖瓦往下坠落。那个被所有人当成庇护所的仓库已不复存在,它所处的位置上,一个巨大的弹坑对着天空大张着嘴,一副惊愕的表情。

彩色的丝绸碎布在空中飞舞,那是轻薄的裙子被撕成了碎片,小女孩们最喜欢在阳光明媚的时候穿这样的裙子。水从地底喷涌而出,立刻被染成了暗红色。破碎的管道上面,躺着一只脱离了肢体的手,一只摆脱了一切渴望的手。石头纷纷滚向深渊,两只铁桶扑通扑通地跌进弹坑,它们的声音听起来就像长号。

两个强盗恢复了意识,却仍旧一动不动地躺在地上。他们相互隐瞒着各自仍旧苏醒着的生命力,就像遮掩一个公开的耻辱。安静！我们做了噩梦，但还是不要叫醒我们。因为相比起来，白天更加顽固而无情。

躺在他们两人之间的埃伦动了一下，迅速地翻过身来，伸着脑袋胡乱挣扎。那两个男人听到一阵轻柔的、令人费解的呻吟，这里面有责备，更有某种急切想要倾诉的渴望。它要说什么？

两个男人小心翼翼地站起身来。他们咳嗽了一阵，浑身上下都疼痛不堪。灰尘和沙子不断从他们嘴里吐出来，恐惧却像一团异物堵住他们的喉咙。没有人敢尝试先开口说话，只有埃伦无所畏惧地在这片浓重的昏暗中大声呻吟，灰尘仍旧不断地从她身上滚落下来。突然间，那两个人似乎觉得很有必要搞清楚埃伦想说些什么，它的重要性超过了其他任何事情。他们扶住她的肩膀，伸手去触碰她的脸。其中一个人想找他的手帕，却摸到了火柴。他用颤抖的手点了火。他们躺在翻开的包裹上，甚至还能感受到几分柔软。埃伦撇了下嘴。另一个人开始寻找火柴，却找到了手帕。他往手帕上啐了一口，把她脸上的污迹均匀地抹开了。

"外婆，松开！"埃伦抗拒地大叫。

"她说什么？"

"她说：松手，外婆！"

"她是什么意思？"

"我的耳朵被堵住了，这些该死的沙子！"

"醒醒，小宝贝！"

"她又开始呻吟了。"

"她刚才说，放开她！"

"她说的是她的外婆。"

"我怎么知道。她现在又安静下来了。"

"都怪你,蠢货!"

"仔细听听,她还在呼吸吗!"

埃伦半张着嘴,嘴唇微微颤动。那个男人俯下身子,把耳朵凑近她的嘴。埃伦仍旧一动也不动。

"她死了。"男人惊恐地说。"老天,她死了!"另一个男人一把把他推开。"喂,宝贝,别走!"他猛地站起来说,"我们得把她弄到通风的地方去!"

"那剩下的那些东西呢?"

"我们回头再来拿。"

"回来?我们现在就把东西都带上吧。"

"我这边一团糟,什么都找不到了,快重新划一根火柴!"

"地道在哪儿?"

"那边!"

"不,在那儿。"

"再来根火柴!"

"这里才是地道。"

"不对,在那边。"

"可是我肯定……"

"安静,它在那儿!"年长的那个男人费力地跨过包裹和石块。沉默了一阵,他突然开口承认:"你是对的,你是对的,地道在你那边。"他的声音听起来如释重负。年轻人沉默了。

"现在该怎么办?"

年轻人仍旧沉默着,火柴又熄灭了。埃伦又发出了呻吟声,并且大声地叹着气。年轻人冲了过去,再次俯身把自己的耳朵贴在她的嘴唇旁。"你们靠得太近了。"埃伦恍恍惚惚地说,抬手把他推开。"太近了。"她又轻轻地重复了一遍。

"她还活着!"年轻人叫了起来。

"你想要干什么?"埃伦惊讶地瞪大了眼睛问道,"你想要从我这里得到什么?"

"光亮。"年轻人回答,划亮了第三根火柴。

"问问她,为什么上帝会保佑我们。"那个老头打断了他,不怀好意地讥诮道。他现在终于意识到,地道已经不复存在了。"为什么说上帝会保佑我们?"他在黑暗中咆哮。

"你消耗掉了太多空气!"年轻人咕哝了一句。

"你是谁?"埃伦仍然处于错愕之中。

"反正不是你外婆。"年轻人慢吞吞地回答他。

"不。"埃伦说。

"你外婆是个很好的人?"年轻人用一种打探的语气问道。

"不仅如此。"她说。

"上帝为什么要保佑我们?"老头在一旁喊道。

埃伦尝试着站起来,却又重新倒了下去。那个年轻人不知从哪儿找来了一根蜡烛,把它竖在一块石头上。这个时候,他的心里也泛起一丝绝望。他想要保护埃伦,想要让她放松下来,想要耐心谨慎地与她周旋,就像对待惊恐的猎物,但他已经预感到了自己的失败。"别害怕。"他耳语一般对她说。

"说得容易。"埃伦回答,用手指按了按太阳穴。她把眼睛里的沙子揉出来，惊愕地坐起身来问道：“他为什么要这样大喊大叫？”她一边说一边伸出食指指向那片黑暗。

"他想要知道些事情。"年轻人回答她，"你欠我们一个解释。当你走进地道的时候——我不知道为什么——可能是出于害怕，可能是想不出更好的话来恭维我们，可能吧，总之你是这样说了……"

"上帝保佑所有强盗！"埃伦重复了这句话，看来她已经彻底清醒过来。她蜷起双腿，努力思索着自己这句话的含义。是的，她是说了这样一句话，她带着这些词跑在了自己的前头，现在她不得不奋力追赶上去，用细碎而乏力的脚步走完面前的路。她必须把它解释清楚。连大石头背后的老鼠都聚精会神地伸长了脖子。

"我没打算恭维什么人。"埃伦阴着脸说，"你们得把所有的东西都退还回去，这很明显。"

"这就更好听了！"老男人一边叫喊着一边靠近。

"好得多！"埃伦补充道，"不过所有的人都必须把东西退还回去，不管他是不是强盗。"

"自己什么都不能保留吗？"年轻人困惑地问。

"保留，"埃伦说，"但不能看得太紧。而你们把东西都抓得太紧了。"

"上帝为什么要保佑我们？"老头靠近埃伦，语气咄咄逼人。"其余的你不必多说了！"他重新拾起了枪，在手里把玩着。

埃伦全神贯注地直视着那片黑暗，但她并不是在观察那个男人。因为要求她解释的呼唤声来自更深的地方，来自某个无论如何都与生和死相关的地方，不管是她沐浴在阳光下，坐在一张长凳上，还是此刻身处一个晃动不已的地窖里，坐在一堆摊开的包裹上。

烛火摇曳着，无情地把那些翻开了的包裹、那松开了保险的安全保障，丢弃在阴影的嘲讽中。

"对于那些并非强盗的人来说，"埃伦有些犹豫地继续往下说，"把东西都退还回去，是很困难的，比你们更困难，因为他们并不知道，应该还给谁。他们的身后从来也没有警察的追捕，他们从来不需要扔掉所有东西来拯救自己的生命，却总是去拯救一些错误的东西。他们需要有人来帮他们，我们所有人都需要！从我们身后追赶上来，把我们扑倒，抢走我们的东西，这样我们就可以去拯救那些该拯救的。所以……"烛火不安地跳动着。"所以上帝应该保佑你们，保佑你们这些在我们身后穷追不舍的人！"

石头背后的老鼠小心翼翼地探出脑袋，就好像埃伦指的是它们。埃伦发出粗重的呼吸声，然后一下子站了起来。"时间到了，该走了！"她说。突然间，整个空间仿佛被压缩了，所有东西似乎被紧紧捆扎到了一起。"空气，"埃伦说，"我透不过气了！"没有人回应她。她把双手紧紧按在自己胸口。年轻人不知所措地站在那里。

"这是怎么了？"埃伦大喊。

"空气快耗尽了，"年轻人说，"轻点声儿说话。"

老头愤怒地用枪柄敲击起墙壁。这让埃伦吓了一跳，她往地道的方向跳去，头却撞在了什么塌陷了一半的东西上。年轻人伸手扶住了她。蜡烛倾倒了。他们开始用颤抖的双手刨土,没有人说一句话。废墟仍旧自顾自地不断塌落着,不断产生新的空洞。鲜血从他们的指缝里渗出来,他们跳动的脉搏仿佛在敲击某种暗号。"你们让我说这些,"埃伦精疲力竭地轻声说道,"让我说了又说,好像这很重要一样。"

"现在有谁能知道,什么是重要的?"年轻人回答她。为了不过多地消耗空气,他们像小孩子一样互相耳语,仿佛被无数个秘密包围着。老头坚持不懈地敲打着墙壁,不断把盖在面上的瓦片扔到一边。

"这没有意义,"年轻人面无表情地说,"我们被埋得太深了。"

"那另一边呢?"

"没用的。"埃伦说,"这个地窖我知道,只是用来存放行李的。没有紧急出口。"

"祷告,我们必须祷告,神圣的圣母玛利亚!"

老头放下了枪,跪倒在地。

"沉默,"埃伦说,"如果你是认真的话,请保持安静,不然你就是在向魔鬼祷告!""不,"老头轻声念叨,"我没法安静。我发誓,我会把所有东西都还回去,我郑重起誓。我会重新去工作,就在河边的一家砖窑场,就像以前那样!"

"然后你就又开始喝酒了,"年轻人说,"也和那个时候一样!"

"不,"老头恍恍惚惚地喊道,"你要相信我,听好了,你们要相信我!我会把所有的东西都还回去,但你们得相信我!"

他的声音变得尖厉。

年轻人在这个时候找来了一把铁锹。

"还回去？还给谁？还给那些被埋在仓库下面的人吗？他们还在乎这些东西的价值吗？你是怎么想的？"

"我感觉很不舒服。"埃伦说。

老头干脆在地上躺了下来，愤愤地试着把瓦片从墙上拆下来。年轻人的铁锹铲到了一块相当大的石头，他便反反复复地砸那块石头，发出一种清晰而支离破碎的声音。

"我们得向外面发信号！"

"是的。"埃伦昏昏沉沉地轻声附和。

"保持冷静，"年轻人说，"理智的人现在应该怎么做呢？"

"大喊大叫。"埃伦说。

"我们应该把石头滚走！"

"可那后面还会有一块……"老头哧哧笑起来。

"这是坟墓的石块，"埃伦喃喃自语，"早上它就会消失的。因为天使会把它弄走。"①

"那你可以慢慢等着。"年轻人回答她。

"我们应该早点儿开始的。"埃伦说。

"那时候我们还没法动弹！"年轻人喊道。埃伦没有回答。

"帮帮我！"他催促道。埃伦的脸在他眼里突然就像一扇窗户，窗外暮色渐浓。他的恐惧在滋长。

"我好冷！"埃伦说，"这儿太冷了！"

---

① 此处暗指《圣经》中关于众人在耶稣墓穴前发现耶稣复活的情节，可参考《圣经·马太福音》28:2："忽然，地大震动，因为有主的使者从天上下来，把石头滚开，坐在上面。"

"你消耗太多空气了！"老头突然从背后跳到她面前，一把掐住了她的脖子。"得有人扼住你的喉咙！"埃伦拼命抵抗，但显然这个男人要比她强壮得多。年轻人想要拉开他，但没有成功，便举起铁锹砸向他的头，却也击中了埃伦。三个人中再也没有任何人发出任何声响了。老头把包裹推开，又朝着埃伦走去，双眼闪烁着错乱的光。

"你，"年轻人愤怒地喘着粗气，"你根本就没疯！只不过装成这样容易一些罢了，但是如果你再来一次，我就打死你！"

"我要把东西都交回去。"老头一边嘟囔一边在打开的包裹里翻找。

"把你自己交回去吧！"年轻人喊道。埃伦跳到两个人中间大喊："停！别吵了！"

"安静，你这个蠢货！"

一个越来越清晰的声音传了过来，仿佛是楼上的脚步声。他们不敢抬起头，只是僵硬地站在自己闪烁的影子中。

"白色的老鼠①，"年轻人悄声说，"有些人会看到白色的老鼠，还有荒漠中的棕榈树……"

"留在那儿别走！"埃伦绝望地喊起来，"它走了，它又走了！我们得做些什么，别让他们走！把我抬起来，把我抬起来，我可以用头撞到天花板，快把我抬起来！"

"保持安静！"年轻人说。老头则跪倒在地。

"它走了，它又走了！"

---

① 按照德国的谚语，醉酒或者失去理智的人会看到白色的老鼠。

"又回来了,在那儿!"年轻人拿过铁锹,飞快地敲击起石头。他敲累了,埃伦就接替他。老头则拖长音调大声呼叫,听起来就像火车头在黑夜里鸣笛。

就在他们精疲力竭,再也制造不出响声的时候,那个脚步声似乎就在他们头顶上了,触手可及,眼看着就要冲下来,破土而入。突然间,他们害怕了,那是一种对前来解救他们的人的恐惧。

"他们会发现这些被划破的箱子的,"年轻人说,"假设他们没有一打通就冲进来出于好意把我们打死。"

现在这个声音又好像从四面八方传来。但是人们能分辨出某种秩序,某种节奏,某种发送信号的意图。灰尘和细小的碎石只是自顾自地飞快地沿着墙面往下滑落:看看我们吧,别把你们自己想得太重要,把你们自己忘了吧!

我们要忘记的东西太多了!

已经太多了,其实仍旧太少,所以保持冷静吧。

只要我们头顶上一个错误的举动,所有东西都会崩塌,把我们埋葬!

始终位于我们之上的他们如果意识到这一点,又为什么还要不加选择地四处乱抓?

一不小心抽错一根横木,一切就都崩塌了!自从你们被派来拯救我们,你们已经荒唐地抽走多少根横木了?

上面走错了一步,就是满盘皆输!

你们走错了多少步,还以为自己获得了胜利?怎么回事,你们竟然还活着?我们不禁自问。

你们为什么不也问问自己？如果你们扪心自问的话……

沙子毫无保留地向深处滚落，沉醉在快乐之中，化为齑粉，再也无法触及。

因为你们只能占有你们没有抓住的东西，只会拥抱你们松开的东西。你们的气息为多少东西注入了灵魂，你们就得到了多少，而你们放弃了多少，你们才能用气息使多少东西得生。一个陌生的价格，听啊听啊，你们的行情是怎么崩溃的，一个未知的价格！你们的货币是什么？是你们为之厮杀的金子吗？是你们为之流离失所的石油吗？还是把你们变得麻木不仁的工作？你们的货币不是饥与渴吗？你们的牌价不是死亡吗？但是那背后的价值是爱，那是上帝的交易所的牌价，这就是全部。

"他们会发现被划开的箱子，抢劫的代价就是死亡。他们会开枪打死我们！"

"我也会被杀死吗？"埃伦惊恐地问。

"是啊，"年轻人情绪激动地讽刺道，"你也会！是你把我们引到这里来的，你把这个地点告诉了我们，你还帮我们点了灯！"埃伦一动不动。

"或者说你打算和他们说，你到这里来，是为了和空袭警报握手言和？还有垃圾桶，和那立在城市面前的大炮？你到这里来，是为了打开你自己的包裹，爬到沐浴着阳光的屋顶上把你最后的东西分发出去？谁会相信你？"年轻人声嘶力竭地喊道，"上帝保佑所有的强盗，但是你怎么证明你并不是我们中的一员？"

敲击声此刻从通道里传了过来，已经靠得非常近了。"我不能。"埃伦明确地回答，"没有一个人能证明自己！"

"留在我们这边！"年轻人呻吟了一声，体力不支倒了下去。

老头大笑起来，笑得浑身不停颤抖。他的身体发狂似的向各个方向歪来倒去，张开双手抵挡着周围那些不可见的东西，它们促使他狂笑，给他讲不怀好意的笑话，威胁着要用他自己的影子困住他。埃伦和年轻人交换着惊恐的眼神，仿佛黑色的蝴蝶在两人之间来回飞舞。地道上段传来的人声已经清晰可辨，那些声音就要发出询问，但并不期待有人回答；或者做出回答，但并没有人询问他们。这又高又远的嗓音，在或近或远的黑暗中连绵不断，这是他们拯救者的嗓音。

"快点，"埃伦大叫，"快点，赶在他们过来之前！"

烧了一半的蜡烛从石头上伸出来，像一截白色的残肢。"把铁锹给我！把石头填到箱子里去，把所有的都倒进去！快，你们为什么都不动手？"

"干脆用石头把我们填满吧。"年轻人轻声说，"再把我们缝起来，扔到井里去。狼的胃是个无底洞，你难道不知道吗？"

老头不声不响地把埃伦推向一边。鞋子和浅色的丝绸衬衫，惊恐地在空中飞舞。他把剩余的包裹也都撕开了，用双手把一切可能的东西刨向自己。埃伦绝望地朝他扑了过去。

"别去动它，你听到了没有，放手！在掠夺之上是死亡，他们会开枪打死我们所有人！"但是老头甩开了她。他的嘴因贪婪而扭曲，他把越来越多的东西扯到自己面前，不断填塞，像要填满一具干瘪的野兽尸体。一旁的年轻人无动于衷。

"拦住他，捆住他，把他摁倒！"埃伦喊道。

"你，你怎么了？等到这儿重见天日，你准备怎么说？"所有东西都开始旋转，令人头晕目眩。

"是冲击波把它撕碎了。"年轻人回答。

"冲击波还帮那个老头填满了麻袋？"埃伦攀住他的手臂。"你们总是把责任推到别人身上，你们……"

"没人有义务管那个老头！"

"你，"埃伦喊起来，"你和我，还有我们头上那些要来救我们的人，以及在那更高的地方坐在飞机里的人，我们所有人对他都负有责任，你不懂吗，我们必须给出答案……那儿，他们已经能听到我们的声音了，来吧，站起来，帮帮我，快振作起来！"

但是光线的强度超出了他们的预料。它灼伤了他们的双眼，割裂了他们的目光，与他们的发丝纠缠在一起，就像一把强加在上面的梳子。它使他们皮肤发痒，咽喉发涩，舌头枯干。它在他们面前设下圈套，让他们步伐不稳、摇摇欲坠，然后躲在他们身后放声大笑，就像那个老头。此刻他已经被打中了脖子，倒在了巨大的弹坑里。光把自己的阴影抛在他们面前，就像阵亡了的士兵。年轻人拉着埃伦拼命向前跑。渐渐地，他们拯救者的枪声被落在了后面。那枪声密集而盲目，仿佛它们自己都惶恐不安。

"他们瞄准的正是他们的天使！"年轻人调侃了一句。天空如此苍白，像一个迟到的观众，他来得太晚，已经来不及弄清情节的来龙去脉了。埃伦和年轻人穿过一个陌生的花园，推开了一辆装满土豆的婴儿车，最终没入了人群。他们已经不再是射击的目标了。负重的身影从他们身边经过。黑色烟雾中的城市隐隐约约地伏于他们面前。一阵风从东边刮了过来。

他们沿着下坡的街道一直往前跑，冲进了一条长长的队伍。每个人都提着巨大的购物袋站在一家小店门口，打算从最后的储备里分一杯羹。

你们这些人……除了这些可以拿走的，就没有什么别的东西了吗？就在围攻开始之前，不是有一个全新的库存、一种更丰富的资源吗？从队伍中跳出来吧，能追赶上你的，就只有你自己，在这最后的段落响应号召吧，在新的算计里，你被包括了进来，从队伍中跳出来吧，你必须给你自己蜕去旧的皮囊！快跑吧，去追赶上你自己，把你自己从包装中扯出来！他们惊恐地瞪着他俩。但是年轻人和埃伦已经走远了。

老头的笑声仍旧在他们身后穷追不舍，它跳上他们的身体，夺走他们的呼吸，使他们的血液涌上了太阳穴。它在嘲讽他们：你们才是拯救了错误的东西，不是吗？你们才是又一次忽视了死亡的恐惧和黑暗中陌生的话语，不是吗？你们难道不后悔吗，你们什么都没有拿？别忘了……老头的笑声在耳旁轰鸣。"别忘了我，帮帮我，把坟墓前的石头滚走！"

他们跑进了空荡荡的住宅寻求庇护。

"老天保佑！"埃伦看着年轻人死灰般的面孔，惊魂未定地说。

"仿佛已经过了一千年！"

"是我们还是其他人，我们应该去问谁？"

"你省着点呼吸吧！"

"我不想再省任何东西了,他们已经使它再次贬值了。"

"安静,好好休息一下。我们已经从地窖里出来了。你不用再唠唠叨叨地劝诫我了!"

"那等你下一次被埋的时候!"

院子里的灰尘被风扬起。看管房子的女人躲在小窗后面,畏惧而怀有敌意地举着拳头。

"那些小窗子,"埃伦轻蔑地说,"门上的那些小窗子。谁在外面,请回答?小偷,你自己才是小偷!你们为什么不害怕你们自己?"管理员把门打开了一条缝,伸出一个扫帚以示威胁。埃伦和年轻人离开了走廊。

载着逃亡者的车把街道堵得水泄不通。成捆的包裹,成堆的人,现在已经无法清楚地分辨开了。

"那些包裹都愤怒了,"埃伦对年轻人说,"它们捆得太紧了,所有的早晚都会一下子松开。"

"自己松开吗?"年轻人有些嘲讽地问。

"就像是火药。"埃伦回答,"别去触碰它们!"

小小的圆形烟云接连不断地在城市的边缘升上了天空。皮鞭在满身疥癣的牲口身后呼啸。年轻人和埃伦偷偷地爬上了一辆车,躲到了车尾防水布的下面。有个孩子惊呼起来,但是前面的人并没有注意到。半暗的车厢里,行李不断地碰撞在一起,仿佛它们知晓这次逃亡的真相:为了一小段不知道目的地的旅程,被带上了车,自己却一无所有,不多也不少。

埃伦和年轻人精疲力竭,两人都说不出话。被饥饿和口渴折磨着的他们,在海关附近跳下了车。你们是否已经得知,世界经历了一次大咯血，血泉喷涌而出？快跑过去，快去喝吧！拎着铁桶去盛那鲜血，上帝划开了一个巨大的伤口，又把血液变成了酒。围攻使得城市的地窖都敞开了大门。三个男人滚着一个大木桶进入了他们的视野。木桶挣脱了他们的手。年轻人截住了木桶。三个男人气喘吁吁地追了上来。

"你们是从哪里弄来的？"埃伦问。可是他们带着桶走开了，没有给出任何回答。

黄色的轮廓从一片低矮的灰色里凸显而出。海关的楼房只剩部分还在那里。他们俩同其他人一样飞奔而去，他们的饥渴无法用语言形容。渴望着豪饮。每一个毛孔里都浸透了恐惧，就怕赶到那里为时已晚。他们所有人都相信：在他们喝到之前，整个世界就可能失血而亡。

年轻人爬上了一架梯子，埃伦跟在他身后。他们一直爬到被子弹打穿的屋顶下，踏上了被阳光烤干了的平坦木板。"那儿！"埃伦叫道。那边的角落里倒着陶罐和铁桶，它们沉默地略带嘲讽地躺着，等待着被征税、被送往一个从来也没被发现过的隐秘国度，等待着被抓住，被填满，被打碎。

鲜红的液体源源不断地从木桶里奔涌而出，人们的动作都及不上它的速度。他们的肢体被浸透，他们的衣裙染成了红色。太阳升起来了，好把地面上的这一幕看个真切。月亮苍白的脸上带着嘲讽，藏身于天幕的边缘。在那下面，他们再次点燃了自己的屋顶。月光对于他们的夜来说已经过于柔和了。而在花园的后面，他们的兵工厂正等待着被炸成碎片。

天空摇摇欲坠地悬在灌溉着大地的液体之上，一阵令人恐惧的嗡嗡声在半空中震颤起来,又渐渐消失。一条条黑色的褶皱划过那盏永恒的灯。敌机掠过。

饥渴的人围绕着那些木桶喧哗着,迷醉袅袅地升上海关那低矮的楼房,仿佛有着统治一切的野心。周遭的一切惊讶地从背景中凸显而出,天空掩藏在了面纱之后。

突然有人把埃伦从木桶边撞开了。

"小心,"年轻人喊道,"小偷,强盗!"不过为时已晚。埃伦伸手去抓那已经盛满酒的铁桶,却失去重心摇晃起来,最终扑了个空。失落的贝壳的静谧,在她的耳朵里隆隆作响,红海泛起汹涌的波涛。

"不!"埃伦大叫。

一阵喧嚣充斥于天与地之间。所有人必定都能听到。红海朝后退去。低空扫射的飞机打穿了屋顶。四处逃窜的人脸孔向下扑倒在地。有一只桶倒了。

你们不要感到惊讶!

年轻人卧倒在地,同时把埃伦也拉了下来。酒和鲜血满地横流,覆盖了那些面孔。青紫的嘴唇时而浮现出来,时而又沉了下去。死者发出的无声的惊叹,涌向整栋海关楼房的每个角落。

别动,保守住秘密,你们听好:保守住那个秘密!让那些强盗们齐步踏过金色的桥①。

屋顶的木板不复存在了,新的光芒降临了。

---

① 德语民间俗语中有"为敌人建造一座金色的桥"的说法,意为给对方留有后路,避免对方破釜沉舟,促使对方尽快放弃。

而现在呢，天空还是地狱？你是哭泣还是大笑？

但是那笑声再也无法平复，那是幸存者爆发出的迷狂笑声。它们嬉闹着，翻腾着攀上那些桶，推着它们滚动起来，又跳到它们中间，尖声嘶叫。自己被刺中了，那就把它刺向那些无法再发出声音的人背后。

我们还活着吗？我们又活下来了？在天空和地狱之间摇摆，把脚底烫伤，额头上却焕发出光彩，湍流中的漩涡！你们为什么那么安静地躺着？给我们食物，我们饿了！天堂还是地狱，快给出答案！你们不再感到饥饿了吗？你们仓库里的面包白得耀眼，你们卧室里的电话铃声大作。为什么你们那么安静地躺着？去帮助你们的朋友，帮助那些存活下来的人！因为现在他们正抬着他们的床往地窖走去，他们又安顿了下来，仿佛他们能够留下来。他们使自己平静了下来。围攻已经开始了，但是他们不愿意承认。他们自出生起就已经被围困，但他们并不清楚这场围困的真正规模。

放走你们的猎物吧，松开你们锁住的东西，打开你们的仓库！玻璃杯碎裂，牛奶流进了排水沟，鲜亮的水果在逃亡者的头顶飞舞。

不要给我们吃的了，我们感到恶心。不要给我们回答。能够平息我们欲望的东西会把我们撕碎，不会把我们撕碎的东西使我们贪得无厌。

"回家吧，回到地窖里去！"

"我们是不是已经离开得太久了？"

天空中又传来了嗡嗡的声响。

"是熊蜂,是来采集蜂蜜的?"

"它们寻求的是鲜血。"年轻人喃喃地说。通向街道的梯子被踩塌了,他们只得直接跳了下去。

"我饿了。"埃伦说。

"你们现在还不知道吗?屠宰场开放了,人们都冲进去了。他们又在上演幸运的汉斯①那一出了。"

"我们也加入!"年轻人说。

当他们来到屠宰场的时候,他们头顶的天空已经变暗了。年轻人开始流血不止。他们握住了彼此的手。远处传来炮火的轰鸣。警报器再次尖酸地嘶叫起来:警报——和平——和平——警报!人群纠缠成一团,咆哮着,挥舞着拳头,向一间间黑色的屠宰作坊涌动而去。

只是在你们过去的残渣里翻找,永远也不可能得到满足。每当你们在寻求饱腹感的时候,你们的聋,你们的哑,你们的动摇,难道不会使你们感到恶心吗?你们这些健忘的人!

但是在炮火的隆隆声中,没有人能听到那些东西的申诉。那庞大的牧群只是希望着,把自己献上祭台。把我们献给狼吧!

屠宰场的大门上,倚着一个陌生的牧羊人,灵巧的手指在他的芦笛上舞动:

*把它还回去,把它还回去,*
*因为你们必定想要拥有的东西*

---

① 《幸运的汉斯》为格林童话中的一则。汉斯用七年劳作得来的金块先后换成了马、牛、猪、鹅、磨刀石,最后磨刀石也滚到了池塘里。一无所有的汉斯感叹自己是多么幸福。

你们求而不得。

击退狼的歌谣，在彻头彻尾的无助中响起。人们无意识地从他身边经过。

把它还回去，把它还回去！

埃伦转身面对他，但是被人流冲开了。台阶一直向下延伸。在最下面的地方，士兵组成了一条人链。汗水和愤怒构成的链条，这个世界最后的装饰，最后的链子。

被蚀刻的石头一般的年轻脸庞，面对着涌来的人群。

命令是：把最后的储备分发出去！但是最后的东西是不容分发的。

命令是什么？

火！

不是有人在笑吗？一阵扫射袭来。不是有人在哭吗？埃伦喊叫起来。年轻人轻轻地松开了她的手，最终倒了下去。

锁链被挣断了。横冲直撞的人涌进屠宰场。一股猛烈的寒气汹涌地朝他们迎头袭来。火柴被点燃了，又无助地熄灭。前一批人倒了下来，其他人又从他们身上蹒跚而过。埃伦滑倒了，摇摇晃晃地奋力站起身来。被屠宰的牲口堆积如山，它们的肉在那些掠夺者的头上，在那些陷阱中的诱饵头上，泛着白花花冷飕飕的光泽。

埃伦掉到了一个牲口围栏里。油脂沾满了她的衣服。冰让她四肢麻木，盐刺激着她的皮肤。其他人的叫喊声仿佛从很远很远的地方传来，那些迷路的人，那些滑倒的人，那些摔倒在地、被人践踏的人。肉,她将猎物一把扯向自己。

那上面的古老大门上,年轻的牧羊人仍旧坚定不移地演奏着:

> 把它还回去,把它还回去,
> 你们不放手的东西,
> 拉住你们不放。

但是埃伦听不到他的歌声了。

你,你会给他们带些什么,当你从地狱回来的时候?她无意识地拼命抓取,抓向那滑溜溜的肉,那白色的、无力自卫的肉,把它拖向自己。

后面冲上来的人,要把它从她手里抢走,但是她紧紧地抓住不放。它一次次差点从她手里滑走,却又被她牢牢攥住。最终她把它拖上了带血的台阶。

"你在哪儿?"她大声呼喊那个年轻人,但是没有人回答她。她脸色苍白惊魂未定地站在喧闹的屠宰场上。太阳失去了踪影。

"你要什么作为交换?"一个女人贪婪地看着她手里的肉说。

"你!"埃伦面色阴沉地说,紧紧地抓住手里的肉。

这时她又听到了嘈杂的人群之上,陌生的牧羊人在歌唱:

> 不假思索地交出去,被爱的人们,
> 别抓得太紧。
> 把它还回去,把它还回去,

因为你们索取的东西，

不再赋予你们。

黑暗蔓延开来。两个男人喊叫着用鞭子驱赶着一头奶牛。埃伦开始哭泣。

"嘿，你为什么哭？"

"为你们哭，"埃伦叫道，"为我自己哭！"

隆隆的炮火声已经非常靠近了。那两个男人不耐烦地赶着牛从她身边经过，向大门走去。那块肉从她手里滑落。她任由它堕在地上。

## 更大的希望

埃伦从地窖里爬了出来,她发觉自己的左边有一匹马。它躺倒在地,呼哧呼哧地大声喘息着,双眼望着埃伦,里面有无限的信任,而它的伤口已经开始喷涌出腥甜的腐朽气味。

"你是对的,"埃伦告诫说,"你可不能放弃,不要放弃。"说着她别过脸去,不禁干呕起来。"为什么……"她又转过来对马儿说,"为什么这一切都那么令人作呕,那么毫无尊严可言?当有谁想要去寻找点什么,为什么他就要受到这样的侮辱,被置于这样可鄙的境地?"风掉转了方向,温柔地把腐朽的气息吹向她的脸,令她昏昏欲睡,这整个世界的腐朽之气。

那匹马的牙齿完全暴露在外面,它再也没有力气把头抬起来了。"你可不能放弃……"埃伦无助地又重复了一遍。她摇摇晃晃地蜷缩起身子蹲了下来,伸手去摸它的鬃毛。血已经把毛黏成了一片。天上的太阳蒙着一层硝烟,仿佛一块发亮的污斑。"太阳把自己伪装起来了。"她安慰那匹马,"你会看到的,你可不能害怕,天空是蓝色的,你看到了吗?"

天空大片大片地裸露在人们眼前。挡在面前的房屋都被夷为平地了。弹坑的边缘有一簇报春花无忧无虑地把它鲜嫩的花蕾伸出外翻的土层。"上帝对此不屑一顾,"埃伦对马说,"为什么?为什么上帝毫不理会?"

但是那匹马没有给她任何回答,只是又一次转动眼珠望着她,但它的眼神已经变了,里面渗透了死亡的恐惧。伴随着一阵抽搐,它伸展开四肢,不再做任何抵抗。

"为什么?"埃伦大叫起来,想用自己的声音盖过那些怒吼的炮弹,"为什么你要害怕呢?"

她又听到了从地窖深处传出的声音,大人们想把她叫回去,他们那又高又尖的嗓音听起来倒是有几分可笑。她决绝地从地上站起身来,径直朝着城市的方向跑去。她跑得又快又灵巧,步履轻盈均匀,完全没有左顾右盼。她朝格奥尔格跑去,朝赫伯特、汉娜、露特和舞动着的樱桃树跑去。她在脑中描绘着大西洋的海岸线、太平洋的海岸线,还有那神圣之地的堤岸。她要去她的朋友那儿。她要回家。

废墟像一座座障碍般矗立着,试图阻挡她的去路。焚毁的颓垣断壁,像失去了双眼的士兵,透过缺了玻璃的窗洞直愣愣地望向瑟缩的太阳。还有坦克,以及用陌生语言发布的各种命令。

"接下来会发生什么?"埃伦思索着。她穿梭在炮火、废墟和尸体之间,穿梭在噪音、无序和亵渎之间,却因某种幸福感而忍不住轻声欢呼。她就这样跑啊跑,直到精疲力竭。淡紫色的丁香丛里伸出一支炮筒。她不管不顾地跑过去，却被一个外国士兵拉到了一边。他伸出左手，迅速、粗暴又漫不经心地一拉，接着就转过头去，循着大炮方向传来的命令，松手跑开了。

公园的栅栏被炸开了一段。浓密茂盛的灌木丛时不时地扯住她，继而又松开。草长得又高又绿。远处还未成材的山毛榉上，挂着一个穿制服的人影，人们已经无法确定，这套制服是否还在庇护着它主人的身躯。除此之外，这里一个人也没有。埃伦身后又一次炸响，新鲜的土层再次掀开纵深的沟壑。碎石和土块高高地飞溅起来，击中了她的肩膀。那感觉，就好像躲在灌木丛后面的小男孩们用石块投中了她。

她向公园深处走去，周围渐渐安静下来。

战斗的噪音向后退去，仿佛从来也没有存在过。春天的夜晚像温柔的怀抱一样降临，一下子把所有东西都揽入怀中。

埃伦跳过了小溪。木头小桥已经断裂了。天鹅们不知去向，它们未得到满足的需求也已经彻底沉入了水底。而现在那些仍未餍足的东西，已经是孩子们的面包无法满足的了。晴雨箱的玻璃已经碎了，指针停了，永远地指向"不稳定"。再也见不到穿着白衣服的保姆拐过小石子路。再也无法想象，这里曾经还有人看守着花园。

游戏场的沙坑里躺了三具尸体。他们交叠着躺在那里，仿佛玩得忘乎所以而没有听到母亲的呼唤。现在他们都睡熟了，再也看不到隧道另一端的亮光了。

埃伦沿着斜坡向上跑去。她突然听到附近有铁器叮叮当当的声音，有人在挖墓穴。埃伦趴下身子，紧紧贴在地面上。薄薄的暮色中，她匍匐着穿行在阴影之间。

几个外国士兵用硕大的铁锹铲着松散的泥土。土地乌黑而潮湿，显得非常配合，轻易地就屈服了。士兵们沉默地工作着。其中的一个一边干活一边哭泣。

轻柔的风穿过了默不作声的灌木丛。大地时不时地在远处炮火的打击中颤动几下。埃伦静静地趴着。她现在紧紧地贴着地面，与它的震颤和黑暗融为一体。喷泉上的雕像被炸断了手臂，却仍然毫不动摇地笑盈盈地俯视着开放的墓穴。它的头上顶着一个喷水的陶罐。那个陶罐并不是因为雕像的托举才存在，正相反，是陶罐赋予了这个雕像存在的意义。不过，这个喷泉已经干涸很久了。

士兵们把尸体从沙坑里拖了出来，埃伦还是一个人待在原地。她把脑袋从手臂间抬起了一点，目光追踪着他们的身影，看着他们三步两步冲下斜坡，把黑沉沉的物体拖离白色的沙地。埃伦仍旧保持着先前的动作。长庚星像一颗霰弹一样升上高空，却与所有人的预期不符，只是停留在了那里。沉重的死者不情不愿地挂在他们战友的手臂上。他们没有办法在这个时候为战友减轻负担，这对他们来说太难了。土坡上的小道倔强地蜿蜒向上。

就在士兵们再次到达坡顶的时候，埃伦长长地舒展了身体，像一张卷起的毯子一样从另一边滚了下去。她闭着眼睛，落在了一个弹坑里，然后站起身来，半弓着身子跑过了草坪，向对面的大树跑去。树木安静地站在那里，对自己作为庇护所的身份习以为常。有几根树枝折断了，布满伤口的浅色内层从炸开的树皮中白花花地裸露出来。埃伦走到草地的中央，突然听到有人在叫她。她停住了脚步，但她无法分辨，是她的外婆在喊她，还是一只松鸦，或者是那个被绞死的人。不过她没有时间思考了，她只想回家，回到那些桥所在的地方。时间不允许她在这里耽搁过久。她猫着腰继续前进。

天几乎全暗了。远处的矮墙后传来隆隆的汽车马达声。它们是把补给品送往运河的货车。就在那条运河边，在那最后一丝光亮里，空中飞椅神色平静地站在前线上。你们想飞吗？还想再来点音乐吗？

硕大的树冠在地上投下了大片的阴影。还差几步，她就要投进树荫深深的怀抱里。这时候，又有人叫她。这一回，声音靠近了许多，从夹杂着坦克轰鸣声的喧嚣中凸显而出；这是一个有穿透力的响亮嗓音。埃伦跳进阴影里，抱住了一棵树，然后又继续往前跑去。

地窖里的人们正好打完了纸牌。"埃伦，"他们不安地喊她的名字，"埃伦！"……"孩子们都在哪儿？"孩子们都挤在地窖的小窗下，吵闹地抢着朝外面看。一场射击已经让这个小窗变大了不少，透过它能看到铺天盖地的瓦砾和已经挂上了第一颗星星的天空。但是埃伦不在孩子们中间了。她去追寻那颗星了，她跑得飞快，带着燃烧的热情，和童年留给她的最后一丝气息。

"得去通知警察，但是问题是，哪些警察！"

大树投下的阴影向后退去。埃伦感到头晕目眩，紧接着被一只丢弃在地的头盔绊了一下。她知道，她满怀的期待已经把所有的力气都消耗殆尽了，它燃烧完了，一去不返。她忍不住咒骂了几句。为什么要从地窖里跑出来？为什么不听那些迂腐的人的话，不听邻居的话，不听公寓管理员的话？不听那些永远把理智和舒适看得高于一切的人的话？为什么顺从了那抑制不住的冲动，在它的驱使下恣肆奔跑，去寻找那些无处可寻的东西？

汹涌的怒气充满了她的身体，她责怪那不声不响却步步紧逼的诱惑，是它把她引到了这里。石头长凳苍白地、孤零零地立在干涸的河床边。阴影紧紧地缠绕在铁丝网上。不，那并不是一根钢索，而是许许多多股绞在一起，但其中的哪根才是维系住一切的那唯一一根呢？埃伦感到了脚下的晃动。一道闪光掠过昏暗的公园上空。大地惊厥，绞架上的尸体开始舞蹈，死去的人在他们新鲜的坟墓中翻滚。火焰撕裂了天空。这是由世界上所有的火苗融汇而成的火焰。从窗口中喷出的火，在灯罩下摇曳的火，在塔楼上闪耀的火。所有的火苗汇成的火焰。温暖了她双手的火，从枪管里射出的火。燃烧在漫漫长夜中的火焰。

池塘边的士兵们卧倒在地。这个被斜坡挡住的地点很隐蔽，对于那些想要生火取暖、躲避战火的人来说，是个很好的选择。可是此刻看来，池塘仿佛把它黑暗而潜藏着危险的阴影投在了天空中，而那堆火仿佛拥有使池水沸腾、使一切毁灭的力量。

士兵们又坐了起来，重新往水壶里灌满水。水壶咕噜咕噜唱了起来，士兵们也唱起歌来。他们的歌声深沉而隐秘，仿佛从昏暗的地方传来车轮的隆隆声。几个士兵跑上了土坡，去侦察远处的战况，又蹲下来观察树木的影子，观察草坪，以及天空。可火光照得人睁不开眼，他们无法透过这片黑暗看到什么东西。这样更好，只要相信那些在天空中显现出来的东西就好。直到埃伦和那个从池塘对岸过来的士兵突然出现在他们面前，他们才刚刚注意到这两个人影。土坡上湿漉漉的草长得十分茂盛。所以在士兵们看来，仿佛是两个深色的头盔升到了半空中，然后出乎他们意料地长出了两张浅色的脸。

他们轻轻地拉开了枪的保险栓。

"你在这里干什么？"

"她是从草坪对面跑过来的。"对岸过来的那个士兵说，"她跑过了草坪，就好像星期天来玩耍的小孩子一样。"他笑了起来。"那边被炸塌的时候，我就看到了她。我叫了她。可她还继续跑，一直朝着树跑去，好像那根本不算什么，好像今天就是个星期天！"

他们把她带到了火堆边。

草地一直向下延伸到池塘里。洁白的丁香花开得郁郁葱葱。一个演奏台无声地立在对面的山丘上，卖弄风情似的冲着桥对面的火光张开它圆形的黑色顶篷。天空被照得如同白昼，埃伦连那上面的谱架都看得清清楚楚，它们像一群受惊的人，瑟缩在舞池的角落里。舞池被炸开了一半，堆满了碎石块。烟雾弥漫在被践踏得面目全非的草坪上。

那几个军官模样的人不安地商量着什么。火光闪烁着，把他们的影子晃到了一起，又把埃伦的影子投在他们中间。

"你在这里干什么呢?"

埃伦冷得打战。当她看到一块面包的时候,便放弃了抵抗。她对他们说:"我饿了。"外国士兵们并不精通她的语言,但他们听懂了这个词。他们便请她坐下。其中一个切了一块面包给她,另一个朝她喊了几句她听不懂的话。

"她很虚弱,"发现她的那个士兵说,"给她点喝的!"

"她身上有证件吗?"

"给她喝的。"另一个重复道,"她很虚弱。"

他们给了她酒,然后把其余的空瓶子扔进了池塘里。水面溅起了银白色的水花,继而又恢复了平静。

"她身上什么也没带。"他说。

几分钟后,埃伦感觉到血液涌上了大脑。她一下坐起身子,大叫起来:"你们看到'和平'了吗?"

一个士兵笑着翻译了这句话。其他人在沉默中露出了震惊的表情,紧接着爆发出了一阵笑声。有一个士兵惊讶地细细端详起她的脸。但没有人回答她的问题。

埃伦哭了起来。这个时候,又一阵袭击撼动了大地。"你们看到'和平'了吗?"她喊道,"我们每个人都有可能是他,他肯定就在我们中间!让我到池塘边把自己的脸洗干净!"暗淡的河水躁动地冲刷着河岸。"我要去找我的外婆。"埃伦说,"我的外婆就在公墓的最深处。你们有谁可以陪我去吗?"她哭得更凶了。乌云一样的硝烟大团大团地从北边蔓延过来,遮蔽了月亮。炮火的隆隆声从河面上袭来。"你们至少看到过格奥尔格吧,"她绝望地喃喃自语,"还有赫伯特、汉娜和露特?"

那个士兵不再翻译她的话。

"安静！"他对埃伦说。

"她在表演滑稽剧吗？"其他人警惕地站起身来，他们的身影透露出威胁的意味。"谁知道，她怎么会在这里？"

其中一个军官立刻跳了起来，绕过火堆。

"他们说，你在演滑稽剧，你听懂了吗？他们说，得把你抓起来！"他断断续续地说，语气生硬。

重型战斗机呼啸着掠过公园上空。

"我要到桥那里去！"埃伦说。

"你刚才不是说，你要到公墓那儿去？"

"我要回家，"埃伦说，"那些地方只是经过而已。"

"你家在哪儿？"

"在岛上。"

"现在正在争夺那个岛。你懂这是什么意思吗？"

"是的。"埃伦回答，"我懂。"

士兵们用怀疑的眼光打量着她。炮筒指向冰冷的天空，像一声叹息。

"这座城市被包围了。"军官说道。他自己也不清楚为什么还不尽早结束这场讨论，还在这里解释各种无法解释得清的东西。围绕着火堆的愤怒喊叫声早已把火焰戳得千疮百孔。"这座城市被包围了，"他重复道，"天已经黑了。不参加战斗的人都躲在地窖里。你不知道这里有多危险？"

埃伦摇了摇头。

他向其他人说了几句话，似乎让他们平静了下来。

"您对他们说了什么?"

他没有回答。第三次袭击比前几次都要猛烈。而且它应该就在离得不远的地方,就在某条通往那些桥的路上。火堆眼看就要彻底熄灭了,火花飞溅到池塘的水面上。这一回士兵们没有去池边灌水,他们简短地讨论了几句,那个军官再次转向埃伦。

"我必须到桥那边去,你来给我带路。或许我能把你带回家。来吧,"他有些急躁地说,"快来,我们已经在你身上花了太多时间。"

他迈开大步。埃伦跌跌撞撞地跟在他身边。池塘神色平静地留在他们身后。远处城里的塔楼,披着月光,执拗地指着天空。他在离墓坑不远的地方站住了,似乎想到了些什么,就径自跑开了,并没有顾及身后的埃伦。当他发现她被远远落在了后面,就用他的母语喊了一句,转身跑过来拉起了她的手。

"现在我们得两个人一起去那座桥了!"埃伦笑了。他没有回答。两个人一起去那座桥!一道道墙拦住了他们的去路。成堆的瓦砾之间有用木板架起的摇摇晃晃的桥。"你得抓紧了。"他说。埃伦便紧紧地抓住了他宽宽的皮带。

他们穿过几条巷子之后,战斗似乎告一段落了。"结束了……"他笑着说道,"结束了!"

夜晚如此澄明。

废墟像变戏法人的剪影,比白日里更加锐利而镇静,那些没有实体的东西在它这里找到了居所。把自己交给那些不可名状的东西吧,别再为市民们的疑问所困扰:为什么恰巧是我?

被焚烧的窟窿里的黑暗并不比那些沉睡者卧室里的黑暗更暗。还立着的那些房子,全身布满弹孔,在月光的照耀下,仿佛刚刷上了新的纹饰,俨然某种未来的建筑风格。

他从口袋里掏出一把糖给埃伦。

"谢谢。"埃伦说道,并没有接过去。

"你不饿吗?"

"我感到有点恶心。也不是不饿。"

"真的吗?"他有些粗野地大笑起来,"有这样的事?"

"是这样的。"埃伦回答他,"并不感觉到饿。只是头晕。所以我才出来寻找。"

"谁能相信你?"

他们一直紧贴着房屋的外墙走着,仿佛在躲避一场并未落下的雨。

"总是还有些剩下的。"埃伦还在热心地解释。

"因为分配得并不平均。"

"我不是指这些,"埃伦说,"不是那些可以分配的东西。"

"你还真是不容易满足!"他带着疑惑的神色微笑起来。

铺石路面上凝结着暗红色的血液。他们越了过去。埃伦脚下一滑,仰面倒了下去。他把她拉起来,不断呼喊她,摇动她的身体。

"我们必须继续赶路,你听到了吗?要到桥那儿去!"

他的气息喷在她脸上,制服上的徽章不安地闪着光。埃伦终于拉着他坐起身来。

一只香槟瓶的软木塞从三米开外的地方飞了过来,嗖的一声从他们的脑袋边擦过。一个矮个子士兵,站在一扇半透出光的大门里,在朝他们笑,他的枪支在一旁的石头地面上。军官好像认识他,跑过去与他简短地交涉了一下,又转身跑回埃伦身边。

"他答应给我们一辆车。"

他们把车从走廊里推了出来。它沉重地跳跃着,一只前照灯狡猾地眨着眼睛。埃伦爬上了座位。前挡泥板和一部分车门已经不知去向。帆布车篷上结满污垢,变得僵硬,泥灰还不断地落在他们脸上。

十字路口只剩下一盏打坏了的交通信号灯,闪跳着暗淡的光。其余的早已给不出任何信号。每个人只能自己提醒自己。他们从两辆坦克旁驶过,又绕过了一堆路障,从另一边向那些桥靠近。他加快了速度,车子仿佛舞蹈一般,把他们颠得撞到了一起。就在离目的地不远的地方,路面被炸断了,他们不得不退回去。他们的星似乎已经抛弃了他们。没走多远,车的前轮就陷进了弹坑动弹不得。

"帮帮我,"他说,"我们还得继续前进!"

汽车发出嘎吱嘎吱的声音,一动也不肯动。好不容易稍稍移动了一点,却一下子陷得更深。军官扯下了头上的帽子,湿漉漉的浅色头发耷拉在他的额头上。埃伦跳进弹坑里,默默地使出全身力气。顽固抵抗着的汽车,突然间松动了,放弃得令人措手不及,甚至吓了一跳。月亮又露了出来,它跃过了火光,却又被绊在车轮之间。在他们身后很远的地方,有房子被炸上了天空。

我们究竟行驶在哪里？我们沿着黄金海岸行驶，我们要到哪里去？去好望角海岬。埃伦闭上了眼睛。她可以努力使自己相信这一切。但是她什么都不敢说出来，只是越发用力地紧紧抓住铁皮车身。

士兵们从他们身边经过，脚步发出震耳欲聋的声响。突然间，玻璃在噼啪声中爆裂，碎片闪耀出白色的光芒。不再怀有恐惧，不再企图保存自己。只在断裂处锯齿的光辉中留存。

当他们再次睁开眼睛的时候，街道上到处闪烁着火光，仿佛一条通往节日庆典的引道，在它的尽头，点点的火光全都交织在了一起。埃伦身边的男人静静思索了几秒钟，然后一只脚踩上离合器，双手握紧方向盘，仿佛拥有了控制它的力量。他目视前方，加速冲过火海。火焰的红光扫过他的额头，在他脸上慢慢扩大，仿佛在上面刻下了痕迹。他撇了一下嘴角，轻笑了一下，用尽最后的力气，把车挪到了一条岔路上。鲜血从他的外套里渗了出来。陡峭的屋顶仁慈地斜伸出屋檐，遮掩着这条老旧的小巷。这看起来像是最后一条因被人遗忘而逃过一劫的小巷，它屏气凝神地藏身于这片足以抵御周围所有喧嚣的静默中。它静静守着这片静默，就像守着最后的一吨燃料。

"去桥那里。"埃伦磕磕绊绊地说。她从她的座位上跳了起来。

"帮帮我！"他说，"不，别帮我。你必须一个人到桥那里去，你只需要带一个消息过去……"

埃伦解开他的外套，从他的衬衣上扯下一条布，却什么都看不清。"我得去寻求帮助。"埃伦对他说。但是她害怕那些外国士兵,她不懂他们的语言。

"等等!"他虚弱地动着嘴唇,"你叫什么?"

"埃伦。你呢?"

"扬。"他说着,在黑暗中笑起来,仿佛这个词是世界上所有谜题的答案。

"你等一下,"埃伦大叫,"你一定要等着!"

她跳到铺石路面上,踉踉跄跄地穿过歪斜的大门。走廊里一片昏暗。扑面而来的是一股被遗弃的味道,霉烂的气味,行将崩溃的气味。埃伦沿着墙面,摸到了一扇门。她靠上去,用身体的重量顶开了门。她鼓起勇气,划亮了一根火柴。燃起的火光与沉默以及那扇开着的门交融在一起,重新塑造了周围的一切:浅色的墙面、深色的地板、门反射出的光亮,还有一面碎裂的镜子,吸饱了走廊的黑暗。

这栋公寓被它的居住者抛弃了。他们离开它,就像灵魂离开了肉体。他们像外来的暂住客人一样离它而去。当火光在屋顶上闪过的时候,这些客人发觉时间已经不早了。他们惊慌失措地叫车驶离了那里,都没来得及道别。他们从来也没打听过主人的去向。这栋公寓就这样在匆忙中被抛下了。

扬坐起身来,想从车里出去。他试图喊叫,声音却比平时弱了很多。被击中原来就是这样的感觉,他想。他倚靠着座椅,把双腿挪出车外,终于站在了这条巷子中央。但几秒钟后,他就向后倒在了汽车水箱上。天旋地转,这条巷子好似一个皮鞭下的陀螺。他愤怒地又向铺石路面走了几步。埃伦冲过来扶住了他。"走,"她说,"到那儿去,扬!"

他点燃了随身带着的蜡烛,微弱的火光渐渐在这栋陌生的、被人遗弃的屋子里晕开。箱子和桌子,桌布和床,到处安眠着宁静——这被糟蹋得最厉害、被伤得最重的东西。你是我的造物主,你为什么又允许这样的事发生在我身上?你为什么创造了这样的物种,任由他们把我摧毁,才能把我认清?你为什么一而再再而三地重新把他们创造出来?

扬的靴子在地板上留下了黑色的污迹。他的头撞在黑漆漆的吊灯上,玻璃碰撞出声响。他精疲力竭地倒在一张扶手椅里,衬衣被汗水浸透了,鲜血无声地渗透其间。在半垂着的暮色中,他感到有人在为他包扎伤口。白色的布条覆在伤口上,凉爽、如慈母般温柔,企图去止住那根本止不住的东西。

灯泛着绿色的微光,像阳光下的草坪一样青翠。这对眼睛有好处,有好处,扬!但是这光只是让他的面孔更显苍白。

"扬,"埃伦说,"马上就会好起来的,一切都会变好!"只是比现在好,还是真的好?突然埃伦感觉,这两者间的区别变得对她尤为重要。

他想喝水,他感到冷。埃伦从厨房的长椅下找来了木柴,又花了些时间,终于找到了一只铜水壶。她拧开水龙头,可它早就不出水了。好在角落的木桶里,还有饮用水。她把铜壶灌满,放在灶头上。灶不情不愿地呼呼吐气,不一会儿就像一匹在陌生骑士胯下的马,渐渐平静下来。

扬安静地躺在那里。扶手椅又软又深。靠着墙壁,他听到了脚步声、木头碎裂的声音,以及餐具碰撞的声音。人们很容易产生一种错觉:这里向来就是这样一幅场景,并且以后也不会有什么改变。他们之前的人能够说服自己这样想，那么他们也能够做到。埃伦默默地把手放在炉盘的上方，感受着它的温度。人们也可以认为，所有的事，是第一次发生，也是最后一次发生。他们之前的人没能让自己相信这件事，那么换作他们就应该能够做到。她倒上茶，把茶杯放在一个托盘上。她听到他的喊叫声。

"来了！"她回答。

他把肩膀从靠背上抬起来，伤口已经不再流血了。帽子从他头上滑落下来，他的发色显得比刚才在月光下更浅。埃伦把水给他，然后在一旁细细观察。

所有支离破碎的东西重新汇集起来，就好像一个游戏。鲜红的血、一把糖果、一个张开的伤口。所有的东西合成了一样。这个广阔的世界突然长了一张年轻异国军官的脸，一张明亮的、三角形的脸，脸颊的线条仿佛出自小孩子稚拙的画笔，画到一半就偏离了尺子，在下巴那里汇成一个锐角。所有的痛苦最后汇聚成了一个隐忍的眼神。埃伦在这张脸上看到了本不可见的东西。她握住了他的手。

"说吧，就是你！"

"我是谁？"

"就是我说的那个人，就在我说想回家的时候！"

他倒进扶手椅，双眼注视着她。她更紧地抓住了他的手。"无论我过去在哪个时候笑起来，都是因为你的笑，我才笑的。过去我每一次拍球玩耍，都是和你一起玩的。我渐渐长大，是因为长大了我的头才能够到你的肩膀。为了你，我才学会了站立、跑跳、说话!"

她跳到他的面前,注视着他的脸。

"就是你,说吧,就是你。"

她拍响了他的手。

"和平……"她叫起来,"我说的就是桃子冰淇淋、空中的面纱,还有你。"

"空中的面纱,还有我。"他惊讶地说道。

他站了起来,把手臂搭在了她的身上。他的身体摇晃了几下,好歹还是站稳了。他摘下自己的帽子,把它盖在了埃伦披散的黑发上。他想要微笑一下,但他的笑容却如此无助,好像一副只剩下了一半的面具。宛如一场典礼到达了高潮,由消散的歌声作为伴奏。

埃伦神色严肃。镜子上的裂缝,像剑一样把她的脸一分为二。短大衣下的膝盖闪着白色的光。风像吹风笛一样地呼啸起来。火苗摇曳闪烁着,舞蹈着攀上了墙壁,又把快速变幻着的光影抛到她的脸颊上。

"你在这里待了多久,扬?"

"从昨天开始。"

"你还会待多久?"

"可能到明天。"

"从昨天到明天,扬,我们所有人都停留了这么久!"

埃伦感觉到冷,悲伤使她难以呼吸。她拂下了头上的帽子。一阵冷战掠过她的头发。

"你在干什么?"他抓住她的手臂,把她拉向自己,声音里透出绝望,"你要干什么?"

"回家!"埃伦回答。

他紧紧抓住她的臂膀,连指甲都陷了进去。她却丝毫没有挣扎。他犹豫了,痛苦地把自己的脸靠在她的脸上。

"扬!"她轻呼了一声。她的信任让他彻底失去了力量。他推开她,泪水充满了他的双眼。

他一下子显得更加虚弱了。肩头的伤口剧痛起来,再次流血不止。埃伦害怕了。她想要给他更换布条,但是他不让她这么做。

"我得去寻求帮助!"她说。

他不想要任何帮助,只想吃些东西。埃伦把她能找到的食物都拿来了。她在桌子上铺开一块白色的手巾,为他切了面包,又倒上了一杯刚泡好的茶。他若有所思地打量着她。她的动作很麻利,轻巧又富有趣味,表情则严肃而沉醉。他们两人其实都饿了。在喝茶的时候,他的目光越过茶杯,无所顾忌地停留在她的身上。她默默地喝着茶,低头看着自己的膝盖。他给了她一根香烟。她努力着把它抽完。

他费力地从靠背上抬起肩膀,但立刻又沉了下去。"看来,"他苦涩地说,"看来,我们得待在这里了!"

"似乎是这样,"埃伦说,"你得吃点东西,让自己恢复体力,扬!"

"我得赶去桥那里!"他喊道。

"回家。"埃伦说。

回家?他的思绪乱成一团。"你说的家在哪里呢?在那儿,大地在沉睡中哭泣,田地里到处有野鸟一样的孩子在喊叫?在那儿,一个个小城市立在看不见的边境线上,歪歪扭扭的站台被快车远远抛在身后?或者你说的是那儿,那儿有一座座绿色的圆顶塔楼,到了人们不再期待的时候才变成尖的?"他的手比画出街道和路堤的样子、隧道和桥梁的样子。他竭力宣告着他对各种家乡事物的爱:收割了的田地上飞过的小乌鸦、燃烧木柴腾起的烟雾,还有狼群、羊群,然后又突然中断了。

"我在对你说些什么呀?"他张开双臂,要把她拉向自己。"来吧。"他说。可她没有动。

"你是说我吗,扬?"

"是的,你!"

"你搞错了,快说,你搞错了!"

他靠着桌子站了起来,用双手支撑着身体的重量。

"别忘了那些桥!"埃伦说。

"别害怕。"他说。他站得离她很近,双眼紧紧盯着她的脸庞。"你!"他说了一个词,便开始大笑。他笑得如此激烈,她都开始怀疑他吃下去的面包要跳出来了。

"安静些,"她感到绝望,"安静,扬!"

他要她把外套拿给他,然后在口袋里摸索起来。"你为什么要去桥那里?"他又一次问道,语气里仍旧充满疑惑。

"回家。"埃伦语气坚定地回答。她早就可以这样说出来了。现在事情比之前清楚多了。

"这是一件很重要的事。"他对她说。

"我知道。"埃伦回答。

"你知道什么?"

"知道这很重要!"

"你知道什么很重要?"

他从口袋里抽出一封揉皱了的信,在上面写了几个字,然后把它推到埃伦面前。信躺在桌面上。如此安静,仿佛从来如此。一再被重新发现,始终期待着被传递下去。关于对渴求的满足,关于那些桥的信息。无须他解释,埃伦知道得很清楚。不过现在,他感到了自己对她的某种信任。

"我们不能停下,"他平静地对她说,"在这一天结束之前。如果我变得更加虚弱,你替我把这个送出去。"

埃伦点了点头。

"我指给你看是哪里!"他从桌子上抬起手,小心地朝门口走去。

"你要去哪里?"

"就往上走一段!"

"你太虚弱了。"埃伦说。他摇了摇头。

走廊里非常昏暗。埃伦回到公寓里取来了一根蜡烛。其余的蜡烛被留在陌生的公寓里燃烧,大门也在他们身后敞开着。这样,房间里的烛光就能为他们照亮一小段路。春风穿过破碎的窗户吹了进来。井道中央停着电梯,有几间公寓的大门并没有关上。

扬想要加快脚步,却没有力气。每走上几级台阶,他们就不得不停下休息一会儿。他们坐在昏暗的台阶上,他大口喘着气,她则沉默着坐在一旁,仿佛刚刚玩耍归来的孩子。可是爸爸妈妈什么时候回来呢?当他们终于登上最后一级台阶的时候,他不得不再次依靠埃伦的搀扶才能站稳。风吹灭了蜡烛。楼道高处的窗户被木板钉住了。只剩下昏暗围绕着他们跳跃,遮住他们的眼睛,使他们无法看清自己身处的高度。最后,他们爬上了一段铁梯子。

眼前就是屋顶。它毫无保留地立在他们的边界上,平坦而平静。越过边界,他们就再也无法忍耐,再也无力支撑。夜和火围绕着屋顶玩耍嬉戏,目睹它的无忧无虑。火光围着屋顶打转,仿佛一群被惊动的萤火虫。它像一个急躁的仰慕者一样追求着安静的屋顶:接受我吧!接受我吧!这样你就会得到一件金色的连衣裙!不再是砾石,不再是木板,不再是水泥,只有更多的光芒!接受我吧!

扬忘记了疼痛,他把埃伦拉向高处,用剩下的那条健全的胳膊抱住了她。他大声笑起来,肩上的伤口,只是让他的脸庞更加镇静,让他的动作更加自如。

烟囱安静地矗立着,就像一块墓碑。整个屋顶上也不见消防队的踪影。栏杆神秘地转过拐角,一条被遗忘的围裙,不忠地在火光中招展着。他们绕过了烟囱,向着栏杆俯下身子。从高处望去,所有东西都比实际中显得更渺远、更平静。从高处望去,一切不过是一枚石块落入了水中。从高处望去,世间的万物到头来就是一样东西。

扬一直用那条胳膊搂着埃伦。他们看见,脚下是深渊,他们看见,火在燃烧,他们看见天上的月亮。所有东西融为一体，渐渐隐去。他们的目光在深不可测的地方交汇、纠缠。他们相视一笑。就像第一次，也像最后一次，更像永久。世间万物都是一体，他们两个人是一体，那河流的对面就是一场盛大的庆典。

人们在那里燃放烟花，在那里庆祝死亡，在那里把游艺棚老板的所有奖品都打了下来。他们不停地更换着红色的提灯，从这一秒到下一秒，从永恒到永恒。直到很远很远的地方，火光才窒息在了眼睛的黑暗里。

他们靠在烟囱上，双眼搜寻着桥的身影。战场离我们到底有多远？像月亮离我们那么远，还是像隔壁的屋顶？

"你看到了吗，扬？那正在打仗的地方，那是我们以前住的地方。那正在燃烧的地方，那儿，那是我们不久前住的地方。还有那升起白烟的地方，肯定就是公墓！"

"还有那些桥！"他急躁地喊道。

"这里！"

他把手盖在眼睛上方，再一次观察远处的战况，那是埃伦不能理解的东西。他伸出手，指给埃伦看桥的方向。火光再一次从屋顶上空划过。他把自己的外套盖在她身上，试图保护她，但这实际上并不能起什么作用。他们像梦游一般从梯子上爬下来，又踩着梦游一般的脚步，蹒跚地走下了台阶。

"我们的火！"

水烧干了，木柴被打湿了。埃伦绝望地想要再次把火生起来。蒸汽和烟雾充满了这个陌生的厨房，温柔的睡意，刺人的不安，留下以及离开。埃伦咳嗽了起来，烟雾把她的眼睛呛出了泪水。火,她毫无头绪地思索着,桥上的火,木柴太潮了!

"你得让自己暖和起来,扬,然后我们再坐车离开!"

他靠在了门上,但门向后让去,无法支撑他的身体。我们已经不在屋顶上了,扬这样想着,我们已经不在屋顶上了,我这才感到如此头晕目眩。我们在下面,下面很深的地方,这样我们就不可能再往下掉了。这是一个很大的好处。

埃伦站了起来,把头发往后拢了拢。她的影子又一次仿佛失去意识一般倒在了地板上。扬透过开着的门看到了她的影子。它镇定而轻快地移动着,在抹了白石灰的四壁上生长,像一株攀缘植物那样织满了整面墙,一会儿又朝边上移去,随后消失,然后又回来了。有边界,但又交错融合,可以看见,但又无法触及,舞动着,脱离了任何理由。扬观察着这个影子,仿佛战场的情形以另一种方式在这里映现出来。

当她转向他的时候,他闭上了眼睛。

"扬,你怎么了?醒醒,扬,不要睡过去,扬!你听到我了吗?"

一步,就差一步!起关键作用的,不总是下一步?千百万步都已经走过了,差一步就可能难以达成。那上百万步挂在他的脚上,成为负担阻止着他。一步,就一步,七里靴[①]就为了这一步!

"醒醒,扬!没有你我现在要怎么办?我该做什么?"她拼命用手指揉着他的太阳穴,又把水喂到他嘴里。"你听到了没有?我们不是要去桥那里吗?"

---

[①] 西方神话传说中的元素,能助人日行千里的魔法靴。

"去桥那里。"他重复了这句话，直起身子。那些东西又一次燃烧着潜回他的意识里。信纸泛着白色的光芒，人影在其间舞蹈。而虚弱则笼罩着这一切。

"醒醒，扬！醒过来，你动一下……"

埃伦朝他俯下身去。他的脸看起来十分严肃，他毫无保留地把自己交付于清醒的时候所不了解的一切。他满脸通红，脑袋沉重地歪向一边。她把他的头扶上枕头。他不情愿地皱起额头，伸手摸向自己的腰带。

风把窗帘吹进了房间里。埃伦吓了一跳。谁给它们的权力来打扰他？谁给它们的权力，让他分担它们的恐惧？留下吧，她想，留下。

"当太阳升起的时候，你就会来安慰我，扬。当太阳升起的时候，我肯定不会再害怕。你自己不是说过，我们看起来像是活下来了？我们就不能再试一次，就好像事情真的是这样，扬？"埃伦交叉起双臂，抱在胸前。要变得麻木，是多么容易啊。面对秘密，不再有任何知觉，把疼痛刮蹭干净，就像抹去玻璃上的泡沫。在我身后，在我面前，在我右边，在我左边，什么都感觉不到！一只茶壶就只是一只茶壶，一门大炮就只是一门大炮，扬就只是扬。

多么简单。一只茶壶就只是一只茶壶。所有东西就如同一个士兵的一句咒骂那样简单，像冻得失去知觉那样简单。不再疼痛的地方，就会变得危险，那个老先生曾经这样说过。哎呀，那位老先生。

哪里变得危险，哪里就不再让人感到疼痛。这样更好。推翻有轨电车吧，把它们当成路障，你们做得对！不要无动于衷，眼看着你们的心沦为战场。不要让你们的各种冲动在内心呼啸澎湃。你们要融合在一起，这样更好。不要去尝试，通过你们个人的力量而留存下来。你们要相信，你们会在后代中留存下来，这样更容易。忘了那独自一人的冒险吧！

埃伦把手盖在自己的眼睛上。忘了吧，忘了吧！你要到哪儿去？回家吗？当人们告诉你，它就在这里或就在那里的时候，你会相信吗？你在找什么？根本就无处可寻。停止寻找吧，埃伦，知足吧。一只茶壶就只是一只茶壶，知足吧。埃伦垂下了头。忘了吧，忘了吧！

这时她听到了他的呼吸声。她用膝盖支撑着地面，跪坐起来。她突然明白了，世界上所有的大炮都是为了盖过人们呼吸的声音才被制造出来的，这赤裸裸的叹息、这种不加掩饰的简练。此刻万籁俱寂。除了呼吸声，埃伦再也听不到别的了。

你们多久没有听到自己的呼吸声了！你们是多么不情愿听到它啊。不是这样——就是那样，或者这样——或者那样！

"我们不是要一起到桥那儿去吗，扬？"扬没有回答。

"或者你觉得，"埃伦继续说，"你觉得，还是得一个人去桥那里？你一个人去，我也一个人去，每个人都独自上路？"

他不安地扭动了几下。埃伦用手指轻按着他的头发，却被他在睡梦中拂开了。蜡烛上一明一暗地摇曳着微弱的火光。

"扬，午夜已经过去了！"她去抓他垂着的手。他则用母语说着梦话，话语里充满了威胁。

"扬，已经是春天了，扬，月亮变大了！"

他的嘴唇张开着,汗珠在他的额头上滚过。埃伦帮他拭去了汗水。

"扬,"埃伦对他耳语,心中充满了恐惧,"你肯定能听懂我在说什么。我们每个人不都像边境上的小城吗?我们每个人不都像那些绿色的塔楼吗?——在人们不再期待的地方变成尖顶。我们每个人不都像那蜿蜒的车站吗?——远远地被一列列快车抛在后面。"她用尽最后的气力与这个沉睡者周旋着。"我只是从你身边经过的许多快车中的一列。扬,等你醒来的时候,不要抓我的手!"

她把自己的大衣盖在他的膝盖上。

"等你醒来的时候,一切就变好了。等你醒来的时候,阳光会照耀在你的脸上!"

他平静地呼吸着。

"你一定明白我的意思,扬。为了回家,我不是从地窖里爬上来了吗?离开家,踏上回家的路。远离纷繁的愿望,朝着中心而去,扬,到桥那里去。"

她再一次试着要把一切都解释清楚。

但是她一边说,一边也觉得无法为这一切找到理由。她感觉她的话在这片寂静里弱不可闻,她感觉她只是动着嘴唇却吐不出任何声音,就像一个哑巴。她所做的都无法解释,因为它自有本身的内在原因。必须独自到桥那儿去。

埃伦戴上她的帽子,又把它摘了下来。她就这样静静地站了一会儿。

已是破晓时分,一个介于黑色与蓝色之间的时刻。在这个时刻,许多人死去了,许多人心怀恐惧,在这个时刻,不确定性在高处俯视着睡梦中的人们。不要转过身去!这一点用也没有。

夜晚缓步走去。所有的火焰都低伏下去。

灶台里的火也快要熄灭了。埃伦浇了水上去。她收走了茶杯,把茶壶收进柜子里。她又一次弯下腰去看扬。

然后她拿起信,打开房门走了出去,把门在身后轻轻地带上。她没有四处张望,径直穿过陌生的房屋。枝形吊灯从她头上经过,棕榈叶和破碎的镜子从她身边掠过。她从厨房里拿了一块面包,在衣帽架前点了点头,便套上了扬的大衣。这样就没有人会拦住她了。

"我们会再见的,扬!"

她冲下楼梯,站在走廊里,一时有些不知所措。她走下了地窖的楼梯,砰的一声推开了门。

一张张惊恐的脸望向她。

"上面有一个伤员。"埃伦说。一男一女跟着她上了楼。

"就在那儿,有灯光的地方。"埃伦说。她望着那两个人,有一种想跟着他们一块儿过去的冲动。但是那封信在她手里燃烧。

她最终跑进了巷子,跑过了广场。

陌生的人群不断地撞向她。喊叫声像昏暗的星星狂乱纷飞。马儿松脱了缰绳。一切都和千年之前一样,也和千年之后一样。镜像破碎了,那图案一定是某种象征。士兵们踩踏着火苗,其中的一个叫了她一声。埃伦目不斜视。她从两匹马之间穿过，从他们身边走了过去。远处的岛在燃烧，那些桥或许也被烈焰所吞噬。她又跑了起来。

黑暗已微微透出了红色，就好像平安夜的窗户。这是一个寒冷的早晨。远处的山无动于衷地屹立于这片骚乱之上。在这些山的后面，有无尽的蓝色。

"不管发生什么……"埃伦想。她紧紧挨着墙奔跑着。有多少次，她也是像现在这样奔跑，总有人远远地在她身后喊："站住，别跑那么快，会摔倒的！等等，等我赶上你！"而现在，有个声音在她前方："跑快一点，再跑快一点！不要停下脚步，不然你会摔倒，不要去思考，不然你就会忘记！等等，等你追赶上你自己！"

现在到了起跳的时候了。埃伦知道，她没时间了。她知道，她马上就要一跃而起。之前的一切就是唯一的一段助跑，爸爸和妈妈，领事和弗朗茨·克萨韦尔，码头和英语课，外婆，上校和垮塌的地窖里的盗贼，死去的马，池塘边的火堆，以及这最后一夜。埃伦轻轻地欢呼起来。她恨不得向每个人大喊：之前的一切都只是一段助跑，总有什么地方一片蔚蓝。别忘了最后的纵身一跃！她握着信，就像握着一面盾牌。

她仿佛最后一次在空中飞椅上旋转。铁链噼啪作响，它们已经做好了准备，不再阻挡埃伦飞翔。它们已经做好了准备，就要彻底断裂。埃伦朝码头跑去，朝战火中的桥跑去。她跟随着和平之王跋涉在他的苦难之路上。再也没有人挡在她面前，再也没有人能够阻止她。一个哨兵从她手里拿走了信。一个穿着浅色风衣的女人开始尖叫："别去那儿！"她的风衣溅上了鲜血。她企图去抓埃伦的手，但是埃伦甩开了她的手，陷入了一片呛人的烟雾。她抬起手揉了揉眼睛。

她眯着眼睛，感觉到了来来往往奔跑的人，还有阳台、大炮，以及被搅动了的灰绿色河水。此处的无序再也无法解开。但这之后就是一片蔚蓝。

再一次，埃伦听到了外国士兵们充满恐惧的尖厉呼喊声，格奥尔格的脸浮现在她眼前，比任何时候都要明亮清晰。

"格奥尔格，那些桥已经没有了！"

"我们可以造新的！"

"我们怎么称呼它们呢？"

"更大的希望，我们的希望。"

"格奥尔格，格奥尔格，我看到了那颗星！"

碎成一堆瓦砾的桥，牢牢地吸引着埃伦的视线，她的眼睛仿佛燃烧起来。一段电车轨道被扯得变了形，高高翘起在地面上。埃伦一跃而起，在被重力重新拉回地面之前，一颗炸响的炮弹把她撕成了碎片。

一座座战火中的桥，上方高悬着启明星。

以下散文《第四道门》，于1945年9月1日刊登在《维也纳信使报》上，这是伊尔泽·艾兴格第一篇公开发表的文学作品。这篇以维也纳中央公墓尽头通往犹太人墓群的一道门为重要意象的作品，可以看作1948年出版的长篇小说《更大的希望》之第三章《神圣之地》的雏形，小说中的许多重要母题已经在这篇作品中以紧凑的形式出现。

# 第四道门

有轨电车闪着灯飞快地驶过,好像内心有愧的人,红着脸消失在了地面上挟裹着尘埃的污浊空气里。想寻找那道门的来访者,也就没有了其他选择。他们只能在第三道门就下车,然后踏着飞快的脚步沿着矮墙一直往前走。人们会用好奇的目光打量这些人,因为他们早就忘记了那第四道门的存在。没有几个人会去寻找它!那第四道门究竟通向哪里?

您去问那些孩子吧,他们聪颖的面孔上带着羞怯。他们刚刚在最后一站跳下了车,手里拿着玩耍的铁圈和皮球,身上挂着书包。他们不是由爸爸妈妈或者姨母领来的,他们也没有用温热的小手捧着鲜花,他们和那些在大人小心翼翼的带领下初览死亡秘境的孩子们截然不同。这不是真的吧?您感到有些震惊,于是您好奇地发问:"你们去哪儿?""我们去玩!""玩?在公墓玩?你们为什么不去城市公园?""城市公园我们是进不去的,甚至都不允许在附近停留!""那如果你们去了呢?""集中营。"一个小个子男孩严肃又平静地回答，边说边把球扔向闪光的天空。您不寒而栗，心中突然涌起一阵压抑和窒息，几乎后悔提出这样的问题！但是某种难以名状的东西催促您把谈话继续下去。"好吧，那你们完全不害怕那些死去的人吗？""死人不会对我们做什么！"您是不是还想问些什么，但您发觉那边角落里站着一个穿浅灰色西装的家伙？他正在观察着您呢。站在这种地方，和这样的孩子交谈，是不是会对自己有什么不良的影响？还是谨慎为好！于是您很快地和他们作别，转身离开。或许您要不了多久就能把内心的压抑排遣一空？……

犹太人的墓地上盛开着茉莉花，它们白得发亮，白得耀眼，把一团团香雾抛洒进闪烁的阳光里。它们奔放恣肆、毫无保留地怒放，心中没有一点恐惧，不曾怀有一丝憎恨，也丝毫没有沾染人类的悲伤情绪。无人照管的枝枝叶叶，在石碑上蔓延，有几根枝条甚至深深弯下腰来，轻轻拂过墓碑。它们在正午的暖意中颤动着，仿佛意识到了自己的使命：去见证一种悲哀，那在风中四散零落的悲哀，那无可名状的、震撼人心的悲哀，被驱逐者的悲哀！它不断地滋长，不可遏制，不可阻挡，就像那些流落在上海、芝加哥、悉尼的人们心中的乡愁，就像那些被驱逐的人的最后一丝希望，就像那些被杀死的人的最后一声叹息。它满怀怜悯地覆上那已经塌陷的连绵坟丘。死者平静地躺在荒草蔓生的碎石堆下。偶尔才会听到脚步踩在砾石上的沙沙声，割草机的呼啸声，或是亲人们轻柔的哭泣声。

在最偏远的位置，在那墓地已经与田野接壤的地方，安息着近几年的死者。那一个个出生日期和死亡日期之间，几乎从来没有容下完整的一生，它们证明了一件事：死于心碎绝不是什么童话，就如布痕瓦尔德①骨灰瓮的传奇故事一样。一个工人从旁边经过，赤裸的肩头搭着一件蓝色的工作外套，上面贴着一颗又大又黄的星。他两手握着铁锹，脸上挂着透着聪明气的豁达微笑。如果您和他面对面遇上，他或许会说："我总不见得把它缝在皮肤上吧！"您知道，那颗星一刻也不允许被摘下。公墓的葬仪大厅早已破败不堪，阳光在那些黑色大理石上闪耀着令人费解的光芒。那些死者真的是被独自留在这里了吗？……轻柔友好的风从他们身上拂过，小虫子围绕着灌木丛嗡嗡作响，远处还传来几声绵长而悲伤的火车鸣笛！白色的蝴蝶从田野上翩翩而来，不知哪里有个小孩子尖声欢呼继而又沉默。那些死者真的被遗弃在这里了吗？

您没有看到吗？更多的热望汇成激流，冲刷过波澜起伏的草坪，向他们奔腾而去。您没有看到吗？来自大地上每一处的炽热的爱，卷起不可见的巨浪，比恨意和审查更加汹涌澎湃，乘着风登上了故乡的最后一座岛屿。您没有看到吗？在这个精神上已被处死被禁锢的城市边缘，整个世界的脉搏充溢在这最后的失落的公墓，为它注入充沛的血液，给它染上鲜红的光彩，使它成为庇护着那些真正存活着的人的孤岛。是的，这世界不正沐浴着正午的古老光辉，满怀着爱与对万物的包容，越过田野来到此处，把自己的声音混入那被驱逐的孩子们的欢呼声中，把自身的繁盛融进茉莉花的芬芳里，把自己的希望汇入

---

① 布痕瓦尔德是纳粹在德国建立的最早最大的劳动集中营所在地。

初夏的光辉里,用母亲般的双手握住了那千百万颗破碎零落的心,并赐福于他们?您说:"我没有看到它!"噢,然后您还在倾斜的浅灰色石头旁躲藏了起来!"你们看到这个世界了吗?"孩子们听到这个问题,就会露出笑容,带着些许腼腆和一丝惊讶,却非常自信,就和所有其他开怀大笑的孩子一样,他们会说:"是的,我们看到了!"现在轮到您惊讶了:"可为什么我无法看到呢?"因为世界只向爱它的人展现自己!

三年后一个四月的夜晚,在狂风肆虐的黑暗中,在这个满怀期待瑟瑟发抖的城市的边缘,第一批榴弹发出了刺眼的光芒,在划出了一道短短的弧线之后,重新没入了黑色的夜空。"那里就是前线!""哪儿?在哪条路上?在哪个广场上?"一小群人站在高高的平顶上沉默了下来,试图在黑暗中辨清方向。终于有一个人打破了寂静:"我觉得,应该就在第四道门那里!"就在第四道门!在那儿,隐而不显的世界一如既往地提供着慰藉,在那儿,茉莉花充满热望地绽放着,而满怀渴望的孩子们做着关于和平的梦,在那儿,有轨电车连一个小小的简陋的终点站都不愿设置,但那儿,是自由的起始站。

## 关于《给青少年的讲话》

1988年,一个学生评审团向伊尔泽·艾兴格颁发了第一届"威尔海姆文学奖"。学生们在阐述授奖理由的时候,首先提到了长篇小说《更大的希望》,他们认为,这本书使得历史在他们眼中不再那么晦涩难懂。

《给青少年的讲话》是伊尔泽·艾兴格在颁奖仪式上的演讲,它和这部长篇小说一样,都是以历史为对象的一次深入探讨。这是一种反思,更是一种永不停歇的探索,它为这部长篇小说打开了一扇面向当下的大门。

## 给青少年的讲话

快让这个世界停下来，我要下车。这是不久前我看到的一句话，有人把它写在了墙上。只有当话语同时也是行为的时候，它们才真正值得一提。那么这句话，这句并没有被我们这个政权禁止的句子，改变了什么吗？因为它的出现而发生了什么吗？这或许称不上什么勇敢之举，远不能与希特勒时期白玫瑰①组织分发的传单上那些令人赞叹的句子相提并论。

不过写出这样的话，还是需要一些勇气的吧？把隐秘的恐惧和不安说出来，直面它，把它公之于众，让它被每个人都看到、读到，不也是一种勇敢的举动吗？这是一种对卷土重来的号召和动员、对观念领域中潜滋暗长不断蔓延的各种转变各种

---

① 白玫瑰是纳粹德国时期的学生地下反抗组织，其成员主要为慕尼黑大学的学生及教授，核心成员包括汉斯·朔尔、索菲·朔尔等。其组织成员在 1942 至 1943 年间印制散发大量揭露纳粹暴行、反对战争的传单，呼吁德国公民反抗纳粹政府的专制和暴政。1943 年，该组织多名成员被盖世太保逮捕，包括朔尔兄妹在内的 6 名成员被相继处决。

倒退的恐惧，是对那些似曾相识的话语的恐惧。你可能在火车上听到过那些话语，或者在候车大厅里，在地铁车厢里；有些时候，那只是一种直露的语气，而更多时候，话语的内容也与那种语气相一致。他们针对少数群体，针对外国人，针对死刑的反对者，也针对那些自暴自弃的人，那些自言自语着、把全部身家塞在一个小包裹里的人，就像我们在城里的大街上偶尔会遇到的那些。

我不希望你们失去勇气，尤其是追求欢乐的勇气。勇气和欢乐之间，存在某种隐微的共性。

"今天是 1944 年 1 月 17 日。"一个小男孩在路易·马勒的电影《再见，孩子们》中如此说道，"1944 年 1 月 17 日的这一天，永远不会重来。"在这样一个因绝望和恐惧而瑟瑟发抖的日子里，他开始思索死亡，同时也怀有一丝希望，尽管他自己或许并没有察觉。同样，1988 年 3 月 10 日，和平时代里的一天，艾兴多夫[①]诞辰 200 周年的纪念日，也不会再一次到来。

我们不仅要重新赢得那些时日，同时也必须让词语赢回它们本来的意义，尤其是在这样一个时代，这个时代里的词语能被播撒到全世界的每个角落，却全都变得无关紧要，它们隆隆地充斥于双耳，却无法成为真正的自己。快乐，青春，希望，尤其是这些词语，更应该不断地被思索推敲。

"不要说这是为了祖国！"战争爆发后，索菲·朔尔在给朋

---

[①] 约瑟夫·弗赖赫尔·冯·艾兴多夫（Joseph Freiherr von Eichendorff，1788—1857），德国诗人、小说家，德国浪漫主义时期最重要的作家之一。他的几千首诗歌被谱成歌曲，广为传唱，脍炙人口的《月夜》即为其代表作之一。

友的信里曾写下这样一句话，这个朋友也是组织成员，不久之后险些遭遇与索菲相似的命运。祖国，对很多人来说是一个能够提供庇护，同时也受到保护的词，但它也需要每时每刻被重新审视。朔尔兄妹质疑这个词的内涵，企图拯救这个已经无法被说出口的词，为此他们付出了生命的代价。

在他们牺牲之后，这个被重新创造的词再也得不到小心谨慎的对待。仿佛一夜之间集结起来的庞大军队踏遍了世界上的每一个角落，他们就是证据，证明了所有被迫的誓言，而那些令人瞠目结舌的武器新发明，能使任何誓言顿时变得无足轻重。一个不明真相的人的誓言，就是被迫的誓言。

再过几天，就是希特勒德国占领奥地利五十周年的纪念日。当时，我的家庭、我的许多朋友，以及我自己，都不得不为流亡做准备。可哪怕是侥幸地找到了容身之所，也摆脱不了恐惧和死亡的阴影。十八个月之后，战争爆发了。我们原本的希望——逃离迅速蔓延的恐怖主义，转变成了另一种希望——能够坦然面对死亡。当时我结识了一群同样生命受到威胁的年轻人。我们不顾头顶上的炸弹和无处不在的秘密警察，始终心怀希望。而当战争越来越明显地接近尾声，我们竟然对结束、对解脱怀有一丝恐惧。我们害怕自己或许不再会把每一天都当成最后一天来度过，害怕自己会再次陷入谬误：相信每一次被回绝的会面、每一段被搁置的友谊，都能够被双倍甚至三倍地弥补回来，只不过是在晚些时候，在明天，或者在后天。而在到处充斥着迫害的时期，"以后"是不存在的。每个人都可能在任何时刻从我们身边被拖走，每一个嗓音都是新的，都和从坟墓中复活的人的嗓音一样珍贵。

而今天呢？在今天，如何才能保持一个清醒而敏感的头脑？

"任何一天都不能轻描淡写地度过。"英格·朔尔[①]在不久前的一次谈话中说了这样一句话。她并没有特意强调这句话，仿佛它是世界上最理所当然、最无须赘言的事情。但是我们该如何着手呢？或许可以从这样的事开始：在自我成长与转变的过程中，对他人也要有所顾及，包括其他人的痛苦，对他人的痛苦同时也对自我本身，保持一种恬淡豁达的态度。

五月，这个处在上半年的月份，很少会被看成是充满威胁、敏感脆弱的时节。在更多人眼里，它是光明的预兆，是一种通向光明的转变。而青春同样也更多地被理解成一种令人愉悦的魔法，但它也躲不开一种锐利眼光的审视，而且这种洞察力绝不会满足于转瞬即逝的兴奋和陶醉。

当艾兴多夫年事渐高，尤其是在他的晚年里，这种愉悦，这种由存在带来的令人愉快的魔力，就更清楚地从字里行间流露出来。他笔下最优美的段落都证明了这一点。

> 秋风摇动椴树，
> 世事步履仓促，
> 让你的小女孩暖意常驻。[②]

---

① 英格·朔尔（Inge Scholl，1917—1998），朔尔兄妹的大姐，著有《白玫瑰》一书，讲述了朔尔兄妹以及他们所属的学生抵抗组织的事迹。
② 节选自艾兴多夫1839年创作的诗歌《告别》。诗歌表达了诗人对离去的女儿的思念。

他借与女儿的告别作为契机，达成了一种全新的协调。他获得快乐的能力并没有日渐衰弱。

那么在这样一个年代，怎么做才能获得这种能力呢？在这样一个威胁日益增长、各种恐怖卷土重来的时代？

我们须把梦从睡眠中提取出来，把它们置于平日的庸常之中，把自己托付于它们。这样做总是像攀登险峰一样艰难，但这是我们必须涉足的险境。我们要借助各种灵敏的工具维持平衡、仔细区分，存在和思想必须相互协调，这将对即将到来的一切起到决定性的作用。

也就是说，我们永远不能停下追寻的脚步，保持住耐心，但绝不偃旗息鼓；我们对快乐满怀期盼，但不要让自己受到这种希望的贿赂。

我祝愿你们在这条路上保有坚定的信念。

# 译后记

　　《更大的希望》由十个具有一定独立性的章节构成。一方面，它的人物关系和故事情节都很简单，无须冗繁篇幅就能交代清楚；但另一方面，它的叙事语言充满了奇诡的遐思和丰富的意象，配合着许多按照各类隐喻而非语义或情节的逻辑组织而成的段落，使得整部小说成了一幅流动不息的现代派画卷、一首充满歧义的反经典化诗歌，任何一种对原文的转述——当然也包括笔者的翻译——都难以再现它的全部魅力。

　　所以我也就分两个部分来谈谈这部作品：在第一部分中，我将先围绕这部作品中的那些"显白"的信息，回顾一下整部小说的情节，联系作者生平与时代背景，为其勾勒出一个较为清晰的整体印象，即尝试着同已经读完全书的读者们一道回过去捕捉某种"确定性"；在第二部分中，我试着反复咀嚼那种在阅读和翻译过程里如影随形的"不确定性"中的"隐微"，以小说中的"摆渡／翻译"一词为线索，尝试着去理解那充满张力的、极具画面感的语言背后所蕴含的逻辑和意图。

一

伊尔泽·艾兴格，1921年出生于奥地利维也纳，父亲是一名教师，母亲是一名犹太医生。按照纳粹在1935年颁布的《纽伦堡法案》，艾兴格被划为"一级混血儿"，即具有二分之一犹太血统。在纳粹德国吞并奥地利之后，她的双胞胎妹妹乘坐最后一批"儿童转移"列车逃往英国，而她的外婆和姨妈则不幸被送往集中营，随后在明斯克的灭绝营惨遭杀害。（艾兴格在75岁生日前接受《时代报》采访时回忆："我眼看着我的外婆被塞进运送牲口的车厢，车载着他们驶过了维也纳的瑞典桥。我周围的人们带着某种饶有趣味的眼神观看这一幕……然后战争就结束了，富裕也来得很快，人们很快地就从那些人身边经过了。这是比战争更糟的事。"）艾兴格与母亲分别被剥夺了求学和工作的权利，在歧视和排斥中继续艰难地生活在维也纳；死亡的阴影始终笼罩在她们头顶，直到战争结束。我们可以看到，艾兴格童年经历的许多细节，在小说中都有呈现。所以，《更大的希望》无疑带有浓厚的自传色彩，但它并不应该仅仅被看作一部记叙战争中苦难遭遇、控诉迫害与杀戮的回忆录。

艾兴格说过："幸存下来的人，并没有使一切得以幸存。"她也表示过战争中挣扎的时期是她最幸福的时候，使她受益匪浅，是一段充满了希望的时光。由此可以想见，她要写的，或许是幸存者身上无法得到弥补的东西，是丧失了生命但永远留存下来的东西。所以，艾兴格并不打算用寻常的语言单纯地记录过往，而是在用独特的眼光打量历史的同时，也展开了一次与语言本身的对话。小说不断变换着叙述视角，融入幻想、梦境、独白、箴言、童话等诸多元素，展现了主人公在逐渐陷于孤寂的同时也逐渐孕育着希望的心路历程。艾兴格没有设定固定的路径，把读者导向预定的结论，也不想使读者陷入一堆机械性的象征符号当中，只能通过猜谜得到所谓确定的答案。她更像是用独特的语言构造了一个开放式的隐喻，让读者在充满不确定性的画面和场景中，感同身受地体验死亡的阴影、当下与永恒的孤寂、在破灭和重生中不断转换的希望。这一切都使得出版于1947年的本书在第一批战后文学中显得独树一帜。

《更大的希望》中的主人公埃伦，是一个同样具有二分之一犹太血统的小女孩。"雅利安血统"的父亲已抛下家庭参了军，犹太血统的母亲逃往了大洋对岸那"自由的"国度，留下她与外婆和小姨，在日益狰狞的世上，独自体味分离和成长、孤独和死亡、绝望和希望。我们在此不妨来回顾一下各章的主要情节：

第一章：埃伦独自来到领馆，想要说服领事给她签证，好随母亲一同离开。领事无法满足她的愿望，但建议她给自己签发一张真正的签证。

第二章：埃伦想加入其他有着"错误的祖父母辈"的孩子。大家一同在码头上等待溺水的孩子，他们相信，只要救起溺水的孩子，市长就会重新赋予他们在公园里玩耍的权利。最终，埃伦独自救起了一个落水的婴儿。

第三章：孩子们在公墓中捉迷藏。一个灵车车夫答应用马车带他们越过边境，前往神圣之地。在马车里，半梦半醒的孩子们遇到了三位神秘的古人，在一番亦真亦幻的游历之后，他们最终还是没能成功跨越边境线，但是对神圣之地已经有了新的认识。

第四章：孩子们躲在一栋楼房的阁楼里，向一位老先生学习英语。楼房中另一群穿制服的孩子怀疑他们偷听外语敌台，想要告发他们。穿制服的孩子们在争执中刺伤了老先生，但是他们对于自己的怀疑和职责都已不再信心十足。

第五章：埃伦为小伙伴格奥尔格买生日蛋糕，但因为她主动往外套上缝了星章，在蛋糕店遭受了羞辱和威胁。格奥尔格生日聚会上的孩子们，在恐惧中不断猜测星章的含义。最后孩子们来到了安娜的家。这个年长于他们的女孩，告诉了他们自己将被送往波兰，也向他们揭示了星章背后的命运。

第六章：孩子们已听到了他们将被送往集中营的传闻，于是一起排演耶稣诞生剧来排遣等待中的恐惧。这出大戏反复被门外的各种铃声所打断，孩子们在戏里戏外的恐惧、绝望与希望中挣扎不息。伪装成好心邻居的密探，负责监视他们直到被移送，但他受到了孩子们的邀请，扮演起了不神圣的国王，在这个角色里流下了眼泪。

第七章：埃伦的外婆打算在秘密警察到来之前服毒自杀。埃伦抢走了毒药，恳求外婆讲一个故事作为交换条件，她希望外婆在讲故事的过程中重新获得活下去的希望。几番争执之后，埃伦讲起了一个自己改编的小红帽的故事，随后目睹了外婆服下毒药失去生命的整个过程。

第八章：夜色下的铁轨附近，埃伦被当成可疑的人遭到了逮捕，在警卫室受到了审讯。在这个尼古拉斯节的前夜，与她偶然相遇的那些人，包括忘记了目的地的火车司机、开始思考的年轻警察、突然失态的书记员，纷纷开始对日常生活和自己日复一日履行的职责产生了怀疑。

第九章：在工厂里劳作的埃伦，与两个企图偷窃行李的男人，一同被困在了被炸塌的地窖里。攻入城里的外国军人挖开了废墟。埃伦他们得以重见天日，却险些丧命于拯救者的子弹。在海关仓库和屠宰场，埃伦与盗贼之一加入了争夺红酒和生肉的人群。空袭来临，人们在酒海中翻腾，在肉山中扭打，仿佛无助而健忘的祭品。

第十章：埃伦从地窖里爬出，想要跨过运河上的桥从而回到岛上的家里。她在路上遇到了外国军官扬。扬驾车与她一同前往桥边，在途中被炸伤。他们在荒废的楼房里度过了一夜，在屋顶的火光中仿佛得见了整全与永恒。最后埃伦独自前往运河，在已变成瓦砾的桥边被炮弹击中。

乍看之下，小说十个章节在情节和场景上并无明显的连贯性，只是按照十分松散的时间线排列，与第二次世界大战的进程有一丝粗略的对应。主人公埃伦在第一章里大约是小学生的年纪，在第五章里，她给略比她年长的格奥尔格庆祝十五岁生日，而在最后一章中搀扶着年轻军官登上屋顶的埃伦则应该是一个少女的形象。从季节上来看,这十个章节大致始于夏末秋初终于暮春。第一章提到"八月",第五章是"深秋",第六章排演的耶稣诞生剧显然是在圣诞节,第七章提到"三月",第十章提到"报春花"。最后两章中发生在春天的空袭和巷战,与历史上盟军进入维也纳的时间是一致的。另外值得注意的是,作者多次描述了白天与黑夜相互转换的时刻,或是黄昏,或是破晓,这与在后文会提到的关键词"转换""跨越"也不无关系。在空间上,小说对地点的描述则较为写实。虽然"维也纳"这个词从未出现在文本中,但维也纳城区无疑是小说中各个场景的发生地。比如文中的"运河"显然就是穿过维也纳市区的多瑙运河,而重要的意象"桥",就是架在多瑙运河之上,连接内城和第二区的桥。埃伦所说的岛是多瑙运河与多瑙河围成的第二区(Leopoldstadt),而这个区在当时居住着很多犹太人。第二章中提到的大煤气堡和第三章的公墓都在第十一区(Simmering),这则是一个较为边缘的区,有较多的工业设施,聚集着工人和外来移民。

然而,小说作为撒谎的艺术,使得我们并没有绝对的必要在二战时间表上圈出具体日期,亦无必要在维也纳城区地图上画出路线图。但另一方面,只有对时空有了大致的把握,我们才能根据作者的描绘,在脑海中勾勒出氛围格调大致协调的图景。同样情况也涉及文中反复出现的一些意象,以及它们背后的所谓原型,比如"秘密警察"之于盖世太保,"神圣之地"之于耶路撒冷,"衣服上的星章"之于大卫王星,乃至于各种对圣经和童话的影射和改写。了解前者与后者之间的关联当然是必要的，但这种关联和象征的开放性也不应被忽视，"称职的"译者乃至读者或许应该尝试在字里行间挖掘出更深远辽阔的时空来。

## 二

伊尔泽·艾兴格在《我的语言和我》中这样写道："我的语言对外来语汇更为亲近。我精挑细选，把它们从远处召唤而来。"我们或许可以这样理解，艾兴格不愿使用那种充斥在人们周遭，业已被人熟视无睹的语言；为了使意义摆脱陈腐的躯壳，她要"从远处"寻觅"陌生的"词语，来组织一种更加鲜活的新语言；约定俗成也好，强行规定也罢，意指之间的联系将被重新审视，意义在语汇的不断更新和转换中获得了新的孳乳。

而本雅明在《译者的任务》中认为，意义在每一种语言中都隐而不显，处于持续的流动状态。而译者在不同的语言中，审视词语背后的各种意指式样，使意义在跨语言的各种意指样式的对照和补充中浮现出来。翻译的过程，便是不断尝试去揭示语言中所隐藏的东西；这是一个没有止境的过程，关涉到作品的生命力以及语言的成长。

这么看来，艾兴格在语言上的追求，倒不啻为一种更深层意义上的"翻译"。

"翻译"这个动词，德语为 übersetzen。在德语中，übersetzen 可以是两个同形异音异义词。当重音在前缀 über-

上，它的意义是"摆渡、将……渡到对岸";当重音在后面的词干上,这个词的意义才是"翻译"。《更大的希望》之第四章《为一种异己势力效劳》中,有一组非常重要的隐喻,便是在这两个同形异义词上做文章。

小巷的中央,灰色的铺石路面上,躺着一本摊开的学生练习册,一个英语词汇本。哪个孩子把它弄丢了,任由它被风吹开。第一滴雨水落在了上面,它滴在了红色的笔画上。于是纸张中央的这条红色笔画便泛滥起来,直到漫过了河岸。词语的意义纷纷惊恐地逃向两边,呼喊着寻求一个摆渡人:把我译到对岸去呀,把我译到对岸去呀!

而红色的笔画不断膨胀,不断膨胀。显而易见,它的颜色就和鲜血一样。那陷于危险的意义,此刻已徘徊于溺亡的边缘,词语就像被丢弃的小房子,歪歪斜斜,死气沉沉,毫无意义地列于红色河流的两边。雨水倾泻而下,而意义始终毫无头绪地在岸边奔走呼喊,洪流已经漫到了它的腰际。把我译到对岸去呀,把我译到对岸去呀!(第80页)

雨下得更大了。雨水浇灭了字里行间的最后一丝光亮。意义又开始呼号:把我译到对岸去呀,把我译到对岸去呀!可穿制服的男孩并不想听这些。这个笔画有鲜血一样的颜色。与其选择背叛我们的血统,还是任由这意义溺死吧!(同上)

"翻译吧，渡过一条又深又急的河流，哪怕对岸尚未清晰可见。虽然如此，还是要把你们自己，把其他人，把整个世界译到对岸去。在岸边的每一处，都有被驱逐的意义在奔走呼号：把我译到对岸去，把我译到对岸去！帮帮他吧，把他带到对岸去！为什么要学习英语？你们为什么不早一些提出这个问题？"（第 90 至 91 页）

这是一组利用 übersetzen 这个词的同形异义的双关特征构造出的精巧隐喻。写在纸上的笔迹会被雨水洇湿，作者在这个现实景象的基础上，构想出了一系列超越现实的图景：即将被泛滥的河水溺死的"意义"不得不弃"词语"而去；失了"意义"的"词语"成为空洞的能指，"就像被丢弃的小房子"；"意义"渴望被"渡"到新的河岸，即被"翻译"成新的"词语"，从而得到拯救。围绕着这幅最核心的景象，其他意象继续补充进来，从而展开第四章的整个情节："有鲜血一样的颜色"的笔画，让人联想到血统和暴力；"穿制服的男孩"是"阁楼里的孩子们"的对立面，在狭义上理解为希特勒青年团也无妨，他们从未怀疑过自己所使用的德语词汇；"英语"相对于德语来说是一门外语，对孩子们来说，这门语言中没有辱骂和威胁；而"模糊的对岸"则暗示，此处的"翻译"远不是把德语翻译成英语这么简单，它是一种不仅仅停留在语言层面的"转换"，"摆渡／翻译"——"转换"过程的目的地是需要不断追寻和探索的。艾兴格综合了词语的各种层面上的意义，根据不同的意指式样和联想逻辑，构造出具象而富有深意的图景，表达多层次的内涵。类似的隐喻并不仅仅停留在修辞层面，而是像植物的脉络一般在形式和内容上不断延展开来，对情节起到推波助澜的作用。这种写作手法贯穿本书始终，后文将有更详细的分析。

在这个隐喻中被凸显的 übersetzen 一词，是整部小说的一个重要母题，在内容和形式两个层面都得到了反复体现。我们也同样不妨把这种"摆渡／翻译"——"转换"看成作者在这部作品中所有努力的一种隐喻，把这个词作为解锁整部作品的钥匙。

首先，小说中反复出现一种空间上的跨越。在第一章中，埃伦想要得到签证，以此来跨越边境，随母亲坐船"摆渡"到大洋彼岸。肉体逃离受死亡威胁的地方，去往安全的、自由的国度，这是她最初的希望。当然，她的希望落空了。在第三章中，无处玩耍的孩子们再一次打算一起跨越边境，前往神圣之地。但最后他们在空间上又回到了原地，不得不开始内向性地寻找神圣之地。在第五章中，直接出现了"美国"和"波兰"这两个地名，似乎是一个指向生存一个指向死亡。但如果不把星章"翻译"成死亡，那么星章指引的道路也就不再是死路。在最后一章，埃伦想要跨过桥、越过运河，回到硝烟弥漫的岛上。连接两岸的桥已经不复存在，那么"更大的希望"作为桥梁，会把人引向何处？最终埃伦在桥边一跃而起，化为灰烬。

所有空间上的跨越，在小说的现实中，都是没有结果的。

但是，这并不等于终结或绝望。边境封锁了，但世界并不是封闭的，现实也不是泾渭分明非黑即白；空间上的跨越可以转变成其他层面上的跨越，借此才有了所谓"更大的希望"。

第二个层次，是语言上的转换。第四章中，已然无望逃离的孩子们仍旧躲在阁楼上学习英语。而广播里正用德语播报沉船的消息，语调慷慨，音乐欢快。穿制服的孩子们便怀疑阁楼中的孩子们收听英语电台。英语是他们想要去的国家的语言，学习英语便能够幸存下来；英语也是所谓敌台的语言，学习英语就能够获得消息里的真相。在这里，英语是与生存、自由、真实乃至希望联系在一起的。在空间上的跨越不再可能之后，学习外语就成了一种新的可能性：打开语言上的空间。此外，孩子们还有一个略显荒诞的心愿，即忘记德语，把它从记忆中彻底消除，这样他们就可以不再理会那些语言上的侮辱与威胁。这里的"翻译"，把德语转换成英语，是在认识到母语中已存在的危险的异质之后，企图通过一种从日常语言开始的全面的取代，彻底摆脱母语所笼罩之处的侮辱和歧视、欺蒙和迫害。第四章中智者形象的老先生说过：

> "你们之中谁不是外国人呢？犹太人、德国人、美国人，我们这里所有人都是外乡人。我们可以说'早上好'或者'天要亮了'，或者'您好吗？''下雷雨了'，这就是所有我们能够说的，几乎是所有了。我们只是支离破碎地说着我们的语言。而你们想忘记德语吗？这点我不能帮助你们，但我可以帮助你们重新学会这门语言，像一个外国

人学一门外语,小心地,谨慎地,像有人在黑暗的屋子里点亮了光,然后又默默离开。"(第 90 页)

像学习一门外语一样重新学习母语,首先要用一种"外国人"的眼光来看待已经面目全非的母语,审视一门语言可操作的空间和可言说的边界。新的学习是以对自身语言的怀疑为前提的。

20 世纪初以来,奥地利文学中的语言怀疑与批判传统,在战后文学中首先便是以纳粹权力运作机制对语言的腐蚀为批判对象的。在第四章的这些段落里,我们可以很明显地看到纳粹语言对日常生活无孔不入的渗透和干预,充分感受到福柯的著名命题"话语即权力"。不论是阅读印刷品、收听广播,还是生活中不经意间地问候与寒暄,所有德语使用者都无时无刻不被卷入其中。所有人都在学习使用相同的陈词滥调中无暇思考,放弃了想象。在或显或隐的恐吓和威胁下,在日常的不断重复中,他们无意识地不断内化着强加给他们的标准与价值,一切异己的话语和思想都要被抵制、被杀死。德语已经沦为一种易于管理和操纵的迫害工具,一种杀人武器,它同样也在这个过程中杀死了自己。

那么,如何才能使它起死回生,如何开始新的学习?如果试图从纳粹语言中剥离出所谓纯净的语言,那么这种语言是否过于羸弱而无法生存?如果相信摆脱了纳粹语言的蒙蔽和欺骗,就能凭借自己的理性重新获得确凿的现实,那么这种现实是否过于僵冷而毫无希望?如果只是把语言当成工具,用来描述被确定性填满的现实，那么想要修复这种工具的企图，就和小说中孩子们用英语替代德语的愿望一样孩子气……小说显然没有止步于此。

于是，艾兴格在这部作品中尝试了第三个层次的"翻译"，即挖掘语言自我实现、自我突破的潜力，借此拓宽现实的疆界，在对我们所见的现实的"翻译"过程中，探寻更加本真的东西。

首先，小说中反复出现的"不确定性"来自一种超现实主义倾向的临界状态。在半梦半醒之间，或者在某种极端的体验中，眼前的现实开始模糊、交融、流动，常识和理智开始动摇，梦境和现实不再分立界线的两边，藏在各种事物背后的"秘密"，就会向人掀开面纱的一角。在第一章中，领事问埃伦，关于鲨鱼的故事是否是她的梦境。而埃伦是这样回答的：

"梦到的？"埃伦大声叫起来，"绝不可能！我们院子里的小孩子们都不愿意和我玩，也是我梦到的？我的妈妈被驱逐，留下我一个人，也是我梦到的？没有人能为我担保，也是我梦到的？您把地图藏了起来，还拒绝了我的签证，难道也是我的梦！"（第9页）

埃伦在用童话般的语言讲述了鲨鱼的故事之后，立刻提到了日常生活的场景，它们遵循现实的逻辑，与历史的现实相符。梦境还是现实，悬而未决，这对于第一章中年幼的埃伦来说，或许还在现实主义的范畴内。类似这种梦境渗透进现实、幻想撕破现实表象的情节，在接下来的章节中反复出现，不断升级，它不仅出现在主人公的主观视角下，也发生在群体中，或者其他成人角色的身上。在第三章中，孩子们乘坐马车前往神圣之地。当马车不断绕着圈子无法接近边境线，而孩子们感到天旋地转昏昏欲睡之时，"一切都在转"这个句子成为现实与幻想的临界点。这句话之后，民间故事中的人物奥古斯汀便登上了马车，继而是哥伦布和大卫王。在末尾处，车夫把孩子们赶下车，而孩子们大声回答："我们已经在边界的那边了！"这段经历或许是埃伦的梦境，但它同时是孩子们共同的梦境，它没有把孩子们留在幻想里，但已经改变了他们内心的某种声音。第八章开端出现了一个似乎喝醉又似乎陷于狂躁幻想的火车司机。他"忘记了他的目的地"。

> 他必须找到它，一定要，一定要把它找出来。黑暗中，车头灯的光线背后，它就隐藏在那里……（中略）只要那些人仍旧把一个个悲伤而昏暗的火车站当成远大而光明的目的地，只要那些人还在用一个个名字代替智慧，只要那些人还绕着远路企图避开正中间的道路交叉点，只要那些人依然把出发和到达混为一谈……（中略）他仍旧尝试着要绕到车头灯光线的背后去，因为目的地就隐藏在那里。（第192至194页）

一个货运列车司机忘记了目的地，要到光线的背后去寻找它。这是不符合常理的行为，但在他那如梦似幻的荒诞行为和隐喻式的迷乱话语背后，对冷漠、盲从、沦为机械的同事和上司的指责，却是深刻而清醒的。而第九章则是小说中超现实色彩最浓厚的一章。埃伦在屠宰场争抢酒肉的行为，已经无法用日常的逻辑解释。她的内心独白，与全知视角下的声音交织在一起，充满了箴言色彩，而空袭的场景在作者的描绘下也仿佛古老经卷中预言的末世画面。埃伦已经从战争中的饥饿困乏和生离死别里抬起头来，她眼前是人类的善忘与贪婪、顺应与挣扎。

在涉及这类情节的时候，小说在形式上也相应地表现为层层叠叠的隐喻。它们展现了一种转换的过程，把现实中的事物，通过各种模式的联想，映射到另一个层面的新领域当中。这无疑是一种语言上的临界乃至跨界状态。比如第二章中，经营游艺棚的男人违规让孩子们乘坐了空中飞椅。孩子们在旋转中，接近了飞翔的状态，"触到了最远的星光"。艾兴格利用"Gesetz"（法令、定律、规则）这个词，把乘坐空中飞椅这种"克服了沉重的鞋子的重力法则"的游乐，升华成"冲破了秘密警察的法律条令""遵循着自己内心力量的法则"的行为。而在小说末尾，即将在飞升中死亡的埃伦，"仿佛最后一次在空中飞椅上旋转。铁链噼啪作响，它们已经做好了准备，不再阻挡埃伦飞翔。它们已经做好了准备，就要彻底断裂"。先前想要飞翔的孩子们被空中飞椅的铁链拉回了地面，而此刻铁链即将断裂，现实中的禁令与羁绊再也无法阻止埃伦踏上最终的道路，去追寻更大的希望。

另外，小说中的诸多人物，也与现实有着或近或远的距离。埃伦和其他孩子、邻居、外国士兵扬等，可以被看作是小说现实中的人物；奥古斯汀、哥伦布、大卫王，是离现实距离最远的人物形象；第七章中的黑夜，是对自然现象的拟人，但是文中对"她"有大量的心理描写，"她"与埃伦之间存在着若有若无的互动，所以这个形象超越了修辞上的拟人手法，更像是在寓言或童话等文体中会登场的人物；而经营游艺棚的男人、灵车车夫、阁楼的老先生，看似与埃伦是一个世界中的人物，却有着极其模糊的面目和身份，他们突然登场说出意蕴深刻的话语，却显得没有来龙去脉、没有内心世界，所以他们更像是隐喻式的人物，象征着瞬间的救赎，抑或永恒的智慧。

此外值得一提的是，小说中重要概念的含义往往是流动的，其本身就包含着相对的意义。作者通过向这些概念填充不同的内涵，通过这样一个一再重复的"翻译"过程，不断变换着诸多"能指"的"所指"，从而对眼前的现实和所谓的确定性进行不断的瓦解和重建。下文仅举最重要的意象"星"为例。

"星"第一次出现在第五章《对恐惧的恐惧》的开头，"镜子像一枚巨大的暗色纹章，中间就绣着那颗星"。它首先便是以镜像出现的，预示着这个形象的飘忽不定。通过埃伦的外婆之口，我们得知其他"有着错误祖父母"的孩子必须佩戴这颗星，而埃伦并不需要。那么它显然就是大卫之星，在二战中代表着对犹太人的羞辱和迫害，指向的结局是死亡。但埃伦主动把它缝到了衣服上，对着镜子上下跳动，感到十分幸福。对她来说，这颗星是她与其他孩子的联结，是她融入其他孩子的条件；另一方面，在镜中升起又落下的星，也与天空中的星辰有了对应。当埃伦在蛋糕店受到了侮辱，她才开始意识到星的含义。此时的她虽然感到害怕，却"嫉妒那些戴着星的孩子"，因为她到这个时候才真正对他们的恐惧感同身受。直到孩子们渐渐把星和死亡联系到了一起，即将被送往波兰的安娜给了他们一个答案："跟从那颗星！""向你们自身寻求答案去吧。"在最后一章《更大的希望》中出现的星，是高悬于天空的金星，一路指引着埃伦走向她的目的地。我们都知道，金星就是长庚星与启明星，它具有双重的性质。在文中它先是出现在傍晚，被称为"Abendstern"（昏星），代表了黑暗的降临；此处它被喻为一颗升上天空、照耀在阵亡士兵头上的榴弹，正是这样的榴弹，最终夺走了埃伦的生命。而最后埃伦在纵身一跃之前，又见到了已经被送往集中营的小伙伴格奥尔格，告诉他"我看到了那颗星！"小说的最后一句话是："一座座战火中的桥，上方高悬着启明星。"前文的"Abendstern"在这句话中成为"Morgenstern"（晨星）。星在小说的末尾代表了黑暗的消散、白日的到来，死亡的象征终被转化成了希望的象征。

庄亦男

2019 年 3 月 10 日

**参考文献：**

1.Aichinger, Ilse: *Die größere Hoffnung*. Frankfurt am Mein: Fischer-Taschenbuch-Verlag 1991.

2.Aichinger, Ilse: *Meine Sprache und ich: Erzählungen*. Frankfurt am

Main: Fischer- Taschenbuch-Verlag 1978.

3.Müller-Richter, Klaus: *Die Sprachkritik in der poetologischen Diskussion der N~~chkriegsliteratur.* In: *Sitzungsberichte der philosophisch-historischen Klasse Metapher und Geschichte,* Bd. 759, Wien: VÖAW 2007.

4.Radisch, Iris: *Ilse Aichinger wird 75: Ein ZEIT-Gespräch mit der österreichischen Schriftstellerin.* In: *Die Zeit* vom 1. 11. 1996.

5.Ratmann, Annette: *Spiegelungen, ein Tanz: Untersuchungen zur Prosa und Lyrik Ilse Aichingers.* Würzburg: Königshausen & Neumann 2001.

6.Rosenberger, Nicole: *Erzählen als Übersetzen Zum Textbegriff in Ilse Aichinger Roman Die grössere Hoffnung und in ihrer Kurzprosa.* In: Sabel, Barbara & Bucher, Andre (Hrsg.): *Der unfeste Text: Perspektiven auf einen literatur- und kulturwissenschaftlichen Leitbegriff,* Würzburg: Königshausen & Neumann 2001.

7.W. Leine, Torsten: *Magischer Realismus als Verfahren der späten Moderne:Paradoxien einer Poetik der Mitte.* Berlin: Walter de Gruyter GmbH & Co. KG 2018.

图书在版编目（CIP）数据

更大的希望 /（奥）伊尔泽·艾兴格著；庄亦男译
. -- 南京：江苏凤凰文艺出版社, 2020.8
ISBN 978-7-5594-4207-9

Ⅰ. ①更… Ⅱ. ①伊… ②庄… Ⅲ. ①长篇小说 – 奥地利 – 现代 Ⅳ. ① I521.45

中国版本图书馆 CIP 数据核字 (2019) 第 260874 号

Originally published as: "Die größere Hoffnung"
©1948 by Bermann Fischer Verlag NV, Amsterdam. All rights reserved by S. Fischer Verlag, Frankfurt am Main.

本书中文简体版权归属于银杏树下（北京）图书有限责任公司。
版权登记号：10-2019-543

# 更大的希望

［奥］伊尔泽·艾兴格 著　庄亦男 译

| | |
|---|---|
| 责任编辑 | 王　青 |
| 特约编辑 | 石儒婧 |
| 筹划出版 | 银杏树下 |
| 出版统筹 | 吴兴元 |
| 营销推广 | ONEBOOK |
| 装帧制造 | 墨白空间·张静涵 |
| 出版发行 | 江苏凤凰文艺出版社 |
| | 南京市中央路 165 号，邮编：210009 |
| 网　　址 | http://www.jswenyi.com |
| 印　　刷 | 北京天宇万达印刷有限公司 |
| 开　　本 | 889 毫米 ×1194 毫米　1/32 |
| 印　　张 | 10 |
| 字　　数 | 204 千字 |
| 版　　次 | 2020 年 8 月第 1 版　2020 年 8 月第 1 次印刷 |
| 书　　号 | ISBN 978 - 7 - 5594 - 4207 - 9 |
| 定　　价 | 48.00 元 |

后浪出版咨询(北京)有限责任公司常年法律顾问：北京大成律师事务所
周天晖　copyright@hinabook.com
未经许可，不得以任何方式复制或抄袭本书部分或全部内容
版权所有，侵权必究

本书印刷、装订错误可随时向承印厂调换。联系电话：010-64010019